Arena-Taschenbuch
Band 2206

Tamora Pierce,
1954 in Pennsylvania geboren, begann bereits mit elf Jahren zu schreiben und hat sich inzwischen nicht nur in den USA, sondern auch in Deutschland mit Fantasy-Literatur einen Namen gemacht.

Weitere Informationen über die Autorin und ihr Werk findet ihr im Internet unter folgender Adresse:
http://www.sff.net/people/Tamora.Pierce/

Von Tamora Pierce sind als Arena-Taschenbücher erschienen:
Dhana – Kampf um Tortall (Band 1965)
Dhana – Im Tal des Langen Sees (Band 1966)
Dhana – Der Kaiserliche Magier (Band 1967)
Dhana– Im Reich der Götter (Band 1968)

Die Schwarze Stadt (Band 1815)
Im Bann der Göttin (Band 1816)
Das zerbrochene Schwert (Band 1817)
Das Juwel der Macht (Band 1818)

Emelan – Im Reich der Magie (Band 2205)

Tamora Pierce

EMELAN

Die magische Flotte

Aus dem Amerikanischen
von Angelika Eisold-Viebig

Arena

Danksagung

Mein Dank gilt meinem Vater, Wayne Pierce, für seine Hilfe und seinen Rat bei meinen Nachforschungen über Schwarzpulver; meiner Mutter, Mary Lou Pierce, für ihre Ratschläge bezüglich des Gärtnerns (mehr im ersten Band der Serie benutzt, aber trotzdem geschätzt); Rick Robinson, nicht nur für Meeresfragen, sondern auch für das schnelle Korrekturlesen und erste Leserreaktionen; und Tyndulf dem Friedensstifter für die Hafenkette. Wie immer bei dieser Serie geht mein Dank an Thomas Gansevoort, besonders bezüglich Fragen der Weberei und Schmiedearbeit. Dank auch an Victorian Vedio und dem Cumberland General Store als Lieferanten unschätzbaren Quellenmaterials in so geheimnisvollen Bereichen wie Schmiedehandwerk, Pflanzen, Weben und Spinnen.

Für Tim,

meinen hingebungsvollen Retter, der mir hilft das alles überhaupt zu Papier zu bringen und der es mit mir aushält, wenn ich damit unzufrieden bin, und für Richard McCaffery Robinson, der mich durch Angelegenheiten der Seefahrt schifft, mit einem wachen Auge für Sturmböen und Untiefen, nicht zu vergessen für die Irrtümer einer Landratte.

In neuer Rechtschreibung

1. Auflage als Arena-Taschenbuch 2002

Titel der Originalausgabe: *Circle of Magic (Volume II: Tris's Book)*
Originalverlag: Scholastic Press, New York

Aus dem Amerikanischen von Angelika Eisold-Viebig
Umschlaggestaltung: Jörg Huber
Umschlagtypografie: Agentur Hummel + Lang
Karten: Heike Völker-Sieber
Gesamtherstellung: Westermann Druck Zwickau GmbH
ISSN 0518-4002
ISBN 3-401-02206-7

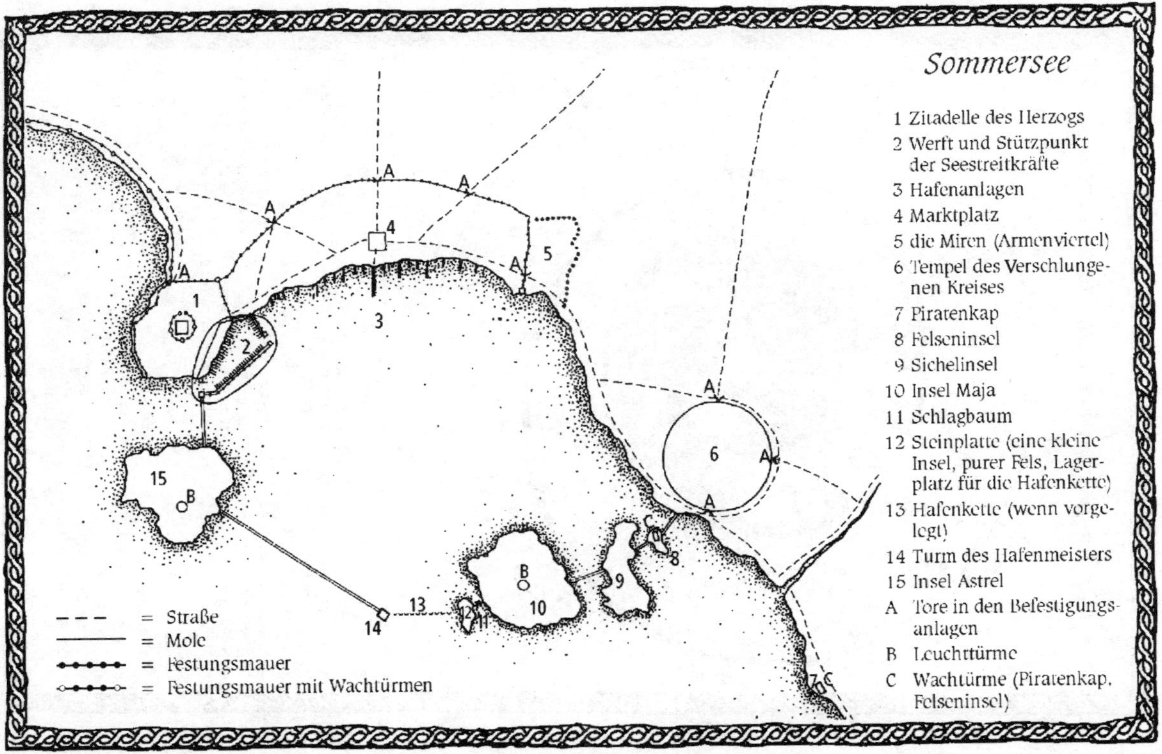
Sommersee
1 Zitadelle des Herzogs
2 Werft und Stützpunkt der Seestreitkräfte
3 Hafenanlagen
4 Marktplatz
5 die Miren (Armenviertel)
6 Tempel des Verschlungenen Kreises
7 Piratenkap
8 Felseninsel
9 Sichelinsel
10 Insel Maja
11 Schlagbaum
12 Steinplatte (eine kleine Insel, purer Fels, Lagerplatz für die Hafenkette)
13 Hafenkette (wenn vorgelegt)
14 Turm des Hafenmeisters
15 Insel Astrel
A Tore in den Befestigungsanlagen
B Leuchttürme
C Wachtürme (Piratenkap, Felseninsel)
= Straße
= Mole
= Festungsmauer
= Festungsmauer mit Wachtürmen

Der Tempel des Verschlungenen Kreises

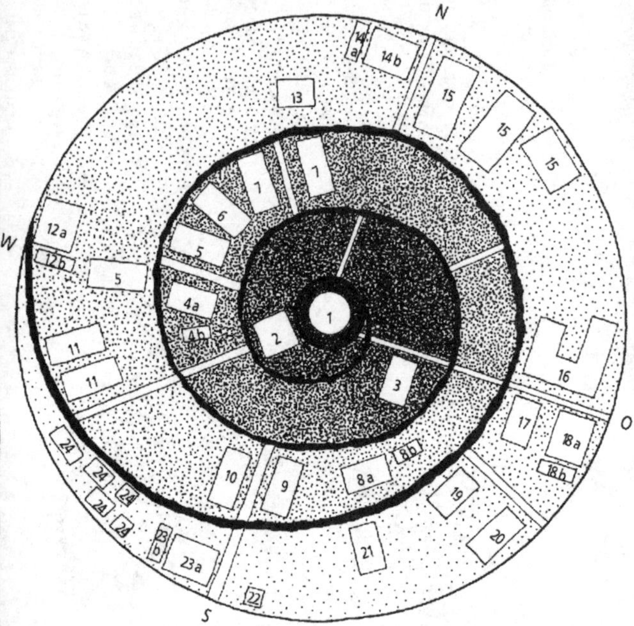

1 der Turm
2 Verwaltung (Arbeitsräume u. Wohnung d. Obersten Geweihten Mondenstrahl)
3 Gasträume
4a Mädchen/Frauen Schlafräume
4b Schlafräume der Mädchen von Adel
5 Krankenstationen
6 Töpferei
7 Webereien
8a Jungen/Männer Schlafräume
8b Schlafräume der Jungen von Adel
9 Gerichtshof, Bibliothek des Rechtswesens
10 Sporthalle: Leibesübungen, Kriegs- und Kampfkunst
11 Zimmersleute
12a Wassertempel
12b dazugehörige Schlafräume (Bäder f. diesen Tempel befinden sich im Tempel selbst)
13 Haus Disziplin
14a Erdtempel
14b dazugehörige Schlafräume, Bäder
15 Scheunen, Lagerhäuser, Speicher (Not-Schlafräume)
16 Hauptbibliothek, Klassenzimmer
17 Vogelhaus (hauptsächlich Brieftauben)
18a Lufttempel
18b dazugeh. Schlafräume, Bäder
19 Gewächshaus des Geweihten Kranichs
20 Stall
21 Glasbläser
22 Eisenbarts Schmiede
23a Feuertempel
23b dazugeh. Schlafräume, Bäder
24 Schmieden

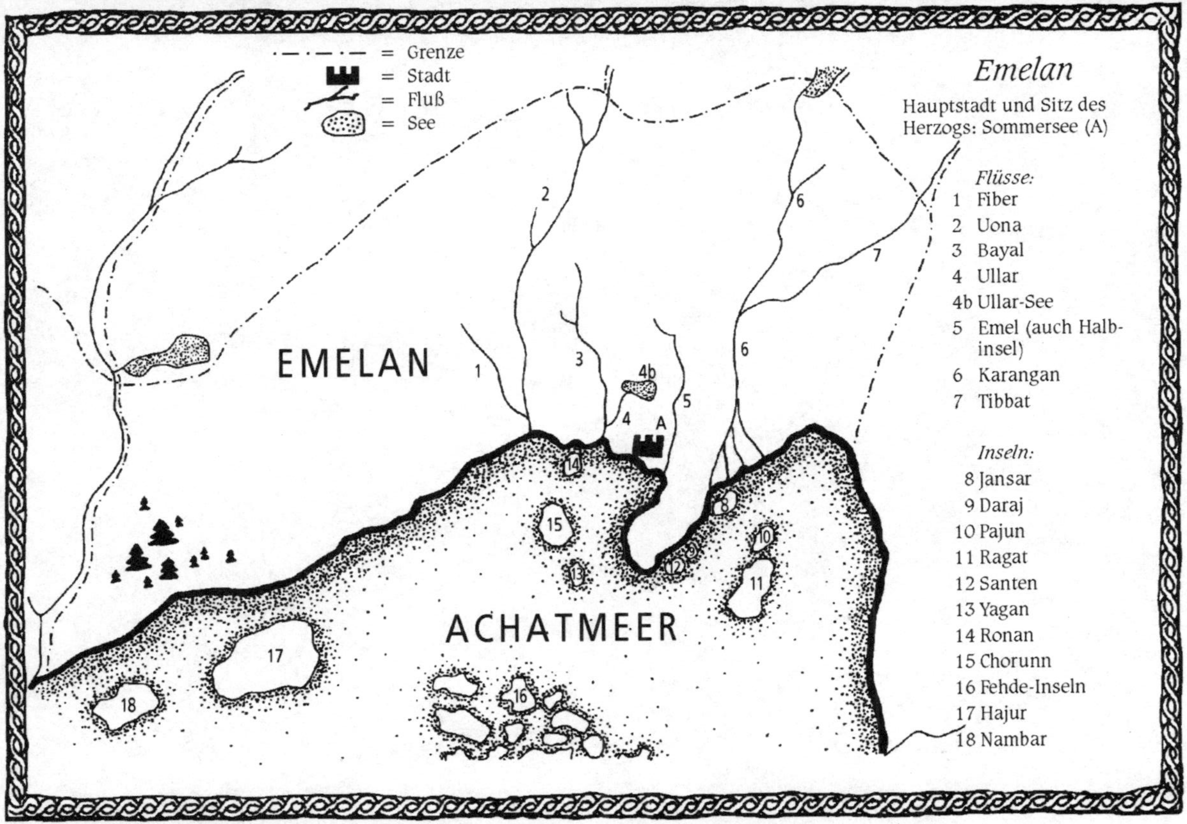
Emelan
Hauptstadt und Sitz des Herzogs: Sommersee (A)
= Grenze
= Stadt
= Fluß
= See
EMELAN
ACHATMEER
Flüsse:
1 Fiber
2 Uona
3 Bayal
4 Ullar
4b Ullar-See
5 Emel (auch Halbinsel)
6 Karangan
7 Tibbat
Inseln:
8 Jansar
9 Daraj
10 Pajun
11 Ragat
12 Santen
13 Yagan
14 Ronan
15 Chorunn
16 Fehde-Inseln
17 Hajur
18 Nambar
A
1
2
3
4
4b
5
6
7
8
9
10
11
12
13
14
15
16
17
18

1

Sie war eingezwängt, mehr noch, richtiggehend eingeklemmt zwischen schweren Steinbrocken. Von einer Seite drückte jemandes Knie schmerzhaft gegen ihren Oberschenkel, an der Wade des anderes Beines spürte sie den Druck eines Fußes von jemand anderem.

Sie waren vier Kinder und ein Hund, und sie waren in einer Luftblase unter der Erde gefangen. Die erste Welle eines Erdbebens war gerade im Abklingen, doch es stand ihnen noch ein weiteres Beben bevor.

Schweiß strömte ihre Wangen und ihren Rücken hinab. Sie drehte sich zur Seite und legte ihre Handflächen an beide Seiten eines Spalts zwischen den Steinen. Sie rief die Magie in sich und sandte sie durch den Spalt. Neue Beben rollten in ihre Richtung. Ihre unbändige Kraft erhitzte Erde und Steine und drang immer weiter. Diese Hitze! Das Feuer der Erde schien sie und ihre Freunde, deren Körper an sie gepresst waren, verbrennen zu wollen. Die heißen Erdwellen rollten durch den Boden, ihr unglaublicher Druck nahm von Mal zu Mal zu . . .

Trisana Tandler sprang aus dem Bett, warf dabei das dünne Laken ab, das ihre einzige Zudecke gewesen war, und rannte zum offenen Fenster. Sie beugte sich weit hinaus und atmete in tiefen Zügen die Nachtluft ein. Sie war nicht verschüttet, sie befand sich über der Erde in ihrem Dachzimmer des Hauses Disziplin im Tempel des Verschlungenen Kreises in Emelan. Das Erdbeben lag nun schon zehn Tage zurück und sie und ihre Freunde hatten es überlebt.

Aber die Hitze! Kein Wunder, dass sie immer noch davon träumte. Die Luft um sie herum war erdrückend heiß. Jede Tür und jedes Fenster unter dem Dach waren geöffnet, doch draußen war es kaum kühler.

Draußen musste aber zumindest ein winziger Lufthauch wehen, denn Stimmen erreichten nun ihr Ohr. Früher hatte Tris gedacht, die Stimmen bedeuteten, dass sie verrückt wurde. Inzwischen wusste sie, dass es nur Gesprächsfetzen einer Unterhaltung waren, die irgendwo geführt und vom Wind zu ihr getragen wurde. Dies hören zu können machte sie immer noch ein wenig nervös, obwohl meist von ganz alltäglichen Dingen gesprochen wurde.

»Amerin Glasfeuer, ich bin beeindruckt.« Die hochnäsige Stimme gehörte einem Mann, der Tris unbekannt war. Der Name Amerin aber ließ sie aufhorchen, denn sie hatte einen Cousin, der so hieß. Doch sein Name war Tandler, nicht Glasfeuer, und er war hunderte von Meilen weg, an der Universität Lichterbrücke. Amerin war ein recht verbreiteter Name.

»Die Gelehrten, die diese Briefe schrieben, loben Euch sehr. Ich könnte Euch genauso wenig verweigern unsere Bibliothek zu benutzen, wie ich fliegen könnte.«

Tris schüttelte den Kopf und versuchte diese Stimme aus ihren Ohren zu bekommen. Zu schwitzen und dann auch noch einem langweiligen Gespräch zuhören zu müssen war einfach zu viel! Allein diese Bewegung verschaffte ihr ein neuerliches kleines Lüftchen.

»Novizin Jaen, wie konntest du zulassen, dass unser Vorrat an Verbänden so abnimmt?«

»Aber ... Geweihte Weidenwasser, ich wusste nicht, dass ich die anderen Lagerräume überprüfen sollte, und nach dem Erdbeben wurden so viele Verbände benötigt ...«

»Ach, nun weine nicht, mein Kind. Wir müssen uns nur schnell etwas überlegen.«

»Die Seher erwarten doch nicht noch mehr Ärger, oder doch?«

»Man muss nicht in die Zukunft sehen können, um zu wissen, dass es noch mehr Ärger gibt, wenn wir schon mal keine Verbände mehr haben.«

Tris murrte. Magie sollte etwas Großes und Mächtiges sein, nicht eine Frage des Inhalts der Leinenschränke! Sie steckte ihre Finger in die Ohren und rubbelte heftig. Als sie aufhörte, waren die Stimmen verschwunden und ihr war heißer als zuvor.

Irgendwo in der verschwommenen Dunkelheit vor ihren schwachen Augen befand sich die zwanzig Fuß hohe Mauer, die den Verschlungenen Kreis umgab. Dort oben könnte sie vielleicht eine richtige Brise erwischen.

Tris streifte ihr Nachthemd ab und zog ihr leichtestes Baumwollkleid über. Sobald sie es anhatte, fasste sie ihren Wasserkrug, und ohne an ihr Kleid oder den Boden zu denken, schüttete sie sich das Wasser über ihren Kopf. Für einige wenige segensreiche Momente war ihr kühler.

Sie tastete unter ihrem Bett nach ihren Lederpantoffeln und schlüpfte hinein. Sie hatte keine Lust mit ihren widerspenstigen roten Locken zu kämpfen, daher band sie ein Tuch um ihren Kopf, sodass zumindest ihr Nacken frei war. Zuletzt tastete sie auf ihrer Kommode nach ihren in Kupferdraht eingefassten Sehgläsern. Sie setzte sie sich auf ihre lange Nase und eilte zur Tür. Vor Überraschung schrie sie laut auf. Eine ihrer Mitbewohnerinnen im Haus Disziplin lehnte im Türrahmen. Im Finstern war das dunkelhäutige Mädchen fast unsichtbar und Tris sah es erst, als sie vor ihm stand.

»Das ist ja ein Ding«, kommentierte der Überraschungsgast leise. »Ohne diese Sehgläser bist du blind wie eine Fledermaus, aber du weißt genau, wo alles ist, sodass du nicht einmal eine Kerze brauchst, um dich anzuziehen.«

»Du hättest dich auch bemerkbar machen können, Daja«, grummelte Tris.

Ihre Hausgenossin ignorierte diesen Einwurf. »Eines Tages wird unser Freund Briar dir einen Streich spielen und, während du schläfst, alles woanders hinlegen. Was machst du denn dann?«

»Frag lieber, was er macht, wenn ich ihn dabei erwische«, erwiderte Tris. »Und dass du ihm das bloß nicht vorschlägst. Warum bist du überhaupt noch wach?«

Daja Kisubo hob die Arme und streckte sich. Wenn sie auf Zehenspitzen stand, berührten ihre Finger fast den Türrahmen. Obwohl sie fast ein Jahr jünger war als Tris, war sie eine Handspanne größer als diese. »Er braucht ganz bestimmt nicht meine Hilfe, um sich irgendwelche Streiche auszudenken«, erwiderte sie und ihre melodische Stimme klang trocken. »Ihm fallen selbst genügend ein. Warum ziehst du dich an?«

»Oben auf der Mauer wird es kühler sein. Vielleicht erlaubt Lerchenfroh mir für eine Weile dorthin zu gehen.«

»Woher willst du wissen, dass es dort kühler sein wird?«, fragte Daja.

»Bin ich nun die Wetterhexe hier oder nicht?«, fragte Tris gereizt, die Hände in die Hüften gestützt. »Ich weiß es eben.«

»Dann warte.« Daja drehte sich um und betrat ihr eigenes Zimmer gleich gegenüber.

Tris murrte, folgte ihr dann jedoch und lehnte sich nun in deren Türöffnung. Dajas Zimmer war von Kerzen erleuchtet, die auf dem Familienaltar in der Ecke brannten. Daja zog sich eine Hose und ein Hemd an und schüttelte ihre vielen kurzen Zöpfe zurecht. Sie schlüpfte in ihre Sandalen, blies die Kerzen aus und folgte dann Tris nach unten.

Es war noch gar nicht so spät. Eine der Frauen, die im Haus Disziplin die Aufsicht hatten, war immer noch wach und schrieb einen Brief. Sie trug nur ein ungefärbtes langes Baumwollhemd – ihre Sommertracht im Erdentempelgrün war achtlos über einen Stuhl geworfen. Wie Daja hatte sie dunkle Augen und eine dunkle Hautfarbe, doch ihre Haut hatte eine hellere Braunschattierung. Ihre glänzenden Locken waren kurz geschnitten und umgaben fächerförmig ein fast katzenartiges Gesicht mit breiten Wangenknochen und einem spitzen Kinn. So spät es auch war und so heiß ihr sein mochte, schenkte sie den beiden Mädchen dennoch ein Lächeln, was diese erwiderten. Selbst Tris mit all ihren Launen und ihrem Jähzorn mochte die Geweihte Lerchenfroh.

»Nur für eine Stunde«, antwortete Lerchenfroh auf die Bitte der Mädchen und kramte in einer Tasche ihrer Tracht. Sie holte eine runde, eiserne Münze hervor, die zeigte, dass ihr Besitzer die Erlaubnis hatte sich draußen aufzuhalten, und reichte sie Tris. »Wenn es immer noch so heiß ist, wenn ihr zurückkommt, richten wir für euch im Erdgeschoss ein Lager.«

Daja erschrak, als plötzlich jemand, der im Schatten in der Nähe der Haustür gesessen hatte, aufstand. Es war ein Junge. Seine Hautfarbe war von einem kräftigen Goldbraun, seine mandelförmigen Augen von einem auffallenden Graugrün. Er trug sein schwarzes Haar kurz geschoren. Seine Nase war kurz und gerade, sein Mund fest und in den Mundwinkeln leicht nach unten geneigt. »Lerchenfroh . . .«, begann er.

»Ja, Briar, du darfst«, erwiderte Lerchenfroh, müde aber amüsiert. »Zieh dir Schuhe an.«

Murrend betrat der Junge sein Zimmer.

Aus dem Zimmer gegenüber streckte jemand seinen Kopf heraus – ein Mädchen mit braunem, von sonnengebleichten Strähnen durchzogenem Haar, das in zwei Zöpfe geflochten war, und mit Augen von einem hellen Kornblumenblau. »Ich habe Stimmen gehört«, sagte das Mädchen schläfrig und gähnte. Ein junger Hund mit elfenbeinfarbenem, lockigem Fell tapste aus dem Zimmer in die Wohnstube.

»Sandri, wir gehen auf die Mauer, um uns abzukühlen«, sagte Daja. »Willst du mitkommen?«

Das Mädchen nickte, verschwand im Zimmer und schloss die Tür. Eine Minute später kam Sandri fertig angezogen heraus, ihre Zöpfe band sie mit einem Tuch hoch.

Auch der Junge erschien wieder – auf einem Bein hüpfend, während er versuchte eine Sandale über einen Fuß zu schieben. »Ihr Mädels solltet nicht ewig brauchen, um fertig zu . . .«, begann er, da merkte er, dass alle auf ihn warteten. Er sah zu dem Hund. »Du solltest mich lieber nicht warten lassen, Kleiner Bär.«

Sandri schob Briar lachend vor sich durch die Haustür nach draußen ins Freie. Der Welpe kläffte und folgte ihnen, Daja und Tris bildeten das Schlusslicht.

Tris hielt in der Tür kurz an und sah zurück. »Lerchenfroh?«

»Ja, meine Liebe?«

»Möchtet Ihr vielleicht auch kommen? Mit uns, meine ich?« Tris war über sich selbst erstaunt. Was war aus ihr geworden? Vor zwei Monaten hätte sie niemals irgendjemanden so etwas gefragt, schon gar nicht einen Erwachsenen.

Vor zwei Monaten war sie ins Haus Disziplin gekommen. Jetzt gab es Tage, an denen sie nicht sicher war, wer sie war, aber sie mochte die Veränderung.

Lerchenfroh lächelte. »Vielen Dank, aber ich muss mich um das Feuer für den Mitternachtsgottesdienst kümmern. Vielleicht ein andermal?«

Tris errötete heftig wegen ihrer gefühlsmäßigen Entgleisung, nickte und rannte los, um ihre Wohngenossen einzuholen.

Sie schnauften schwer, als sie oben auf der Mauer angelangt waren, und jeder suchte sich eine Schießscharte, um darin zu sitzen. Tris hatte Recht gehabt, es war tatsächlich kühler hier oben und sie hatten einen guten Blick auf die Bucht hinter dem Südtor des Verschlungenen Kreises. Der Hund ließ sich mit einem zufriedenen Bellen auf den Pfad fallen.

»Was für ein Sommer!«, stöhnte Daja.

»Dabei haben wir erst die zweite Woche des Heumondes«, erwiderte Sandri. Sie löste ihre Zöpfe und kämmte mit den Fingern durch ihr Haar. »Wir haben noch zwei Wochen im Heumond und dann noch den ganzen Wurzelmond.«

»Vielleicht sogar noch einen Großteil des Gerstenmondes. Rosendorn sagt, die Omen künden einen langen Sommer und einen kurzen Herbst an.« Briars Lehrerin, die Geweihte Rosendorn, war die zweite Frau, die im Haus Disziplin die Aufsicht führte.

»Was tut ihr denn hier oben?« Zwei Wachen, die an der Mauer

Posten bezogen hatten, kamen auf sie zu. Sie waren in die rote Ordenstracht derjenigen gekleidet, die den Göttern des Feuers dienten, und trugen als Waffen lange Stäbe, die mit breiten, zwei Fuß langen Klingen gekrönt waren.

Die vier Freunde standen auf und rückten näher zusammen. Der Hund saß vor ihnen und klopfte mit seinem Schwanz auf die Steine. Tris wühlte in ihrer Tasche, holte die eiserne Münze heraus und reichte sie Sandri. Meist war es besser, wenn die einzige Adlige unter ihnen das Reden für die vier übernahm.

»Wir haben die Erlaubnis«, erklärte Sandri und zeigte den Wachen die Münze. Die eine Seite der Münze zeigte ein D, für Haus Disziplin, auf der anderen waren ein Vogel und ein dorniger Zweig eingraviert, für Lerchenfroh und Rosendorn.

»Aber die Münze gilt eigentlich nur für ein Kind«, wandte die weibliche Wache ein. »Da . . .«

Die andere Wache, ein Mann, war um einiges größer als seine Partnerin. Die vier Kinder sahen, wie er sich nach unten beugte, um ihr etwas ins Ohr zu sagen. Obwohl er nur flüsterte, hörten sie trotzdem die Worte: »Es sind diese Kinder, du weißt schon, die vier Magier. Sie sind oft zusammen unterwegs.«

Briar streckte seine Brust heraus. Es gefiel ihm, Magier genannt zu werden, als sei er ein Mann.

Sandri stemmte die Hände in die Hüften. »Ich bin die Hochwohlgeborene Sandrilene fa Toren, Tochter von Graf Mattin fer Toren und der Gräfin Amiliane fa Landreg. Ihr habt mein Wort, dass wir alle die Erlaubnis haben hier zu sein«, informierte sie die Wachen.

Die Frau blinzelte auf Sandri hinunter. »Diese Art von Auftreten wird besser wirken, wenn du mitsamt deiner vorwitzigen Nase

noch ein wenig gewachsen bist.« Sie gab die eiserne Münze zurück.
Sandri fasste sich an die Stupsnase.
»Beugt euch nicht über die Mauer«, riet ihnen der Mann. »Und spielt auch nicht in den Schießscharten.« Die beiden Wachen streichelten noch kurz den Hund, dann gingen sie weiter.
»Also wenn du willst, ziehe ich jeden Tag ein wenig an deiner Nase, bis du einen solchen Zinken hast wie dein Onkel.« Briar zupfte mit den Fingern an Sandris Nasenspitze. »Das mach ich wirklich gern für dich.«
»Vielen Dank, zu gütig, Briar«, antwortete Sandri säuerlich.
»Ich würde es dir nicht anbieten, wenn es nicht mein Ernst wäre«, versicherte er und seine graugrünen Augen waren groß und blickten ernst. »Wirklich.«
Tris kletterte wieder in ihre Schießscharte. Sie schob ihre Sehgläser zurecht und betrachtete das weite Meer und die Inseln, die sich vor ihnen erstreckten. Obwohl der Mond gerade erst anfing wieder zuzunehmen, konnte sie manches in der Ferne erkennen: den Wachturm auf der Felseninsel zum Beispiel und die glasige Glätte des Achatmeeres. An dem kurzen Aufblinken über schwarzen Umrissen erkannte sie den Leuchtturm auf der Insel Maja. Im Osten, ein oder zwei Meilen den langen Arm der Halbinsel Emel entlang, schimmerte das Leuchtfeuer auf dem Piratenkap.
»Seht euch das mal an! Keine einzige Wolke am Himmel!« Tris liebte Stürme. Sie betrachtete einen klaren Himmel als eine persönliche Beleidigung.
Sandri lehnte sich über ihre Schießscharte. »Piratenwetter«, stellte sie fest.
Daja verzog das Gesicht. »Verdammte Jishen.«

»Was bedeutet das?«, fragte Tris. »J-jishen. Das ist Händlersprache, stimmt's?«

Daja zuckte mit den Schultern. »Ich weiß nicht – Zecke? Laus? Blutegel?«

»Es ist etwas, das sich von anderen ernährt und sie dann tötet«, fügte Sandri hinzu.

Tris blickte aufs Meer hinaus. Der Wind drehte sich ein wenig und trug den Duft von Bäumen an ihre empfindliche Nase.

Er trug auch Stimmen zu ihr.

»Das Ding is vielleicht schwer.«

»Still!«

Tris biss sich auf die Lippen. Nicht schon wieder!

»Habt ihr auch etwas gehört?«, flüsterte Briar.

»Warum haben die nur mich und dich ausgesucht?«, schnaufte derjenige, der sich vorher schon beschwert hatte. »Um dieses Ding zu tragen, wären mindestens noch zwei weitere Leute mehr nötig . . .«

»Je weniger Bescheid wissen, desto besser, du fauler Dummkopf! Und jetzt halt's Maul!«

»Es sind zwei Männer«, flüsterte Daja und sah sich nervös um. Sie war kein ängstliches Mädchen, doch sie fühlte instinktiv, dass es sich da um dunkle Geschäfte handelte. »Aber niemand ist zu sehen . . .«

»Tris hört etwas im Wind«, stellte Sandri fest.

»Und wir hören es auch?« Briar runzelte die Stirn. »Aber wir haben es nie vorher gehört.«

»Das war vor dem Erdbeben«, erklärte Daja. »Bevor wir unsere Magie verknüpft haben . . .«

»Pst!«, zischte Tris. Sie schloss ihre Augen und konzentrierte sich auf die Sprecher. Was immer sie trugen, es war wirklich sehr schwer. Sowohl der Jammerer als auch der Unwirsche keuchten. Außerdem hatten sie Angst, auch wenn der Unwirsche das leugnete. Sie hörte die Furcht in ihrer beider Flüstern.

»Was jetzt?«, fragte der Jammerer. Er klang deutlicher – sie mussten ihre Last abgesetzt haben. »Sollen wir klopfen?«

»Ich schwöre bei Shurri Feuerschwert . . .«

Das Rumpeln von Riegeln, die zurückgeschoben wurden, und quietschenden Angeln – das Geräusch einer schweren Tür, die geöffnet wird – unterbrach den Unwirschen.

Die anderen drei Kinder stellten sich hinter Tris. Wenn sie sich konzentrierte, waren die Stimmen in ihrer aller Ohren noch lauter. Wie Tris hörten auch sie die Unterhaltung.

»Ihr seid spät dran!«, zischte eine weibliche Stimme. »Wollt ihr vielleicht, dass wir erwisch' wern?«

Daja rümpfte die Nase. Die Frau war betrunken.

»Bringt das Ding hier rein, bevor noch jemand kommt! Die Wachen wern in 'ner Stunde abgelöst, aber manchmal kommen se auch früher!«

Der Unwirsche und der Jammerer grunzten, sie schienen ihre schwere Last wieder aufgenommen zu haben. Einen Atemzug später schloss sich eine Tür.

Tris sah die anderen an. »Habt ihr es auch gehört?«

»Als ob sie gleich neben uns gestanden hätten«, erwiderte Briar. »Und keiner von uns konnte vorher diesen Hörtrick.«

»Wir sind jetzt eins«, murmelte Sandri.

»Nicht richtig eins«, protestierte Tris. »Als du heute Morgen hingefallen bist, habe ich es nicht gespürt. Als Briar das Küchlein aus der Kühlkammer geklaut hat, wurde mein Bauch nicht voll.«

»Das Küchlein war sowieso schon kurz vor dem Vergammeln«, grummelte Briar.

»Wir haben seit dem Erdbeben nicht besonders viel mit Magie gearbeitet«, erklärte Daja und zog spielerisch an Sandris Zopf. »Sonst hätten wir vielleicht herausgefunden . . .«

»Was herausgefunden?«, fuhr Tris sie an.

»Dass wir anscheinend wissen, was mit der Magie des anderen vorgeht. Wir können wahrscheinlich nicht die gleichen Dinge machen, aber wir wissen, was in unser aller Magie vorgeht.« Daja seufzte.

»Vielleicht verschwindet es wieder«, sagte Tris.

»Was ist mit diesen Typen, die wir gehört haben?«, wollte Briar wissen. »Können wir sagen, was sie vorhaben oder wo sie sind?«

Tris schüttelte den Kopf. »Ich höre nur Stimmen – ich kann nicht sagen, woher sie kommen.«

»Schmuggler vielleicht?«, meinte Daja nachdenklich. »Auf den meisten Inseln wird irgendwas geschmuggelt und viele Wachen sind der Ansicht, dass sie nicht genug Geld bezahlt bekommen.« Sie hatte lange Jahre unter jenen verbracht, die auf den Meeren lebten und arbeiteten, und wusste dadurch viel von dem, was überall so vor sich ging.

»Es könnten tatsächlich Schmuggler sein«, erwiderte Tris.

»Kümmert euch nicht drum«, riet Briar. »Es ist nie gut, seine Nase in anderer Leute Angelegenheiten zu stecken.«

»Können wir Nasen vielleicht bei dieser Unterhaltung ausklammern?«, bat Sandri und rieb kurz ihre Nasenspitze.

Rostige Angeln knarrten im Wind. Tris legte einen Finger über ihre Lippen und die vier hörten auf zu reden.

». . . hier is die Schnur.« Die Frau sprach nun klarer, als ob die

Wirkung des Alkohols nachließe. »Aber wenn du's auf den Boden legst, wird's dann auch brennen? Wir . . .«
Es gab ein dumpfes Geräusch, dann kam ein erstickter Seufzer. Briar verzog das Gesicht. Als er noch ein Straßendieb war, hatte er des Öfteren mit angehört, wie Leute erstochen wurden. »Die Frau ist tot«, stieß er hervor.
Tris sog entsetzt die Luft ein.
»Wenn wir sie hier im Freien liegen lassen, werden sie sie finden!« Das war der Jammerer. »Sie werden wissen, dass was . . .«
»Klappe«, fuhr ihn der Unwirsche an. »Sobald wir weg sind, zündet der Magier die Schnur an und . . .«
Etwas röhrte und zur gleichen Zeit war ein lauter Knall zu hören. Helles Licht erleuchtete den Nachthimmel. Die vier Kinder zuckten zusammen und starrten hinaus über das Wasser. Der Wachturm auf dem Piratenkap stand in Flammen und ganz in der Nähe, nur eine Meile entfernt, brannte der Wachturm auf der Felseninsel lichterloh.
Der Hund, der aus seinem Schläfchen aufgeschreckt war, begann wie verrückt zu bellen.

2

Briar hatte seinen Haferbrei aufgegessen und gähnte. Er war erschöpft. Nachdem die Türme explodiert waren, hatten die vier noch eine weitere Stunde auf der Mauer bleiben und zuerst die Fragen der Wachen beantworten müssen, dann des Kommandanten der Wachen, dann die ihres gemeinsamen Lehrers, Niklaren Goldauge, und schließlich die von Mondenstrahl, der Ehrenwerten Geweihten, die oberste Hüterin des Verschlungenen Kreises war. Sie hatten nur sehr wenig Schlaf bekommen, bis die große Uhr des Tempels jeden zur Arbeit des neuen Tages rief.

Neben Briar sitzend, die blassgrauen Augen nur halb geöffnet, stocherte Tris mit ihrem Löffel in ihrem restlichen Haferbrei. Sie hatte noch weniger Schlaf gehabt als Briar. Trotz ihrer Müdigkeit hatten die Bilder dieser heftigen Explosionen sie lange wach gehalten. Nach dem zu urteilen, was die Erwachsenen in der Nacht gesagt hatten, wusste niemand, was die Explosionen verursacht hatte.

Tris gegenüber saß Daja Kisubo. Ihr war es egal, ob sie ausgeruht war oder nicht, und ihr war auch egal, was die Explosionen ausgelöst hatte. Sie wollte mit den täglichen Pflichten beginnen. Wenn sie die beendet hatte, durfte sie zu ihrem Lehrer gehen, dem Schmiedemagier Eisenbart, um von ihm weiter Unterricht in Metallbearbeitung zu bekommen. Heute wollte er Gold zu dünnen

Blättern hämmern und sie freute sich darauf. Sie hatte immer ein gutes Gefühl bei Gold gehabt – nicht aufgrund seines Wertes, weswegen ihr Händlervolk es mochte, sondern wegen seiner Freundlichkeit und seiner Bereitschaft Fehler zu vergeben, wenn sie damit umging.

Neben ihr faltete Sandri ordentlich ihr Mundtuch und legte es neben ihre Schüssel. Wie immer saß sie mit völlig geradem Rücken da und musterte mit lebhaften Augen ihre Freunde. Daja muss an die Schmiedearbeit gedacht haben, entschied Sandri. Nur wenn Daja an Werkzeuge, Schmiedearbeit und Feuer dachte, bekam sie diesen träumerischen Blick, den manche Mädchen bekamen, wenn sie an einen bestimmten Jungen dachten. Briar wiederum war natürlich nicht ausgeschlafen. Zwei Monate waren nicht genug, um einen nächtlichen Dieb in einen tagsüber arbeitenden Gärtner zu verwandeln. Und Tris, die in ihre halb leere Schüssel starrte, woran dachte sie wohl? Tris stellte immer Fragen. Sie hatte letzte Nacht viele Fragen gestellt und keine Antworten bekommen. Vielleicht war das der Grund, weshalb sie jetzt stirnrunzelnd ihren restlichen Haferbrei betrachtete.

»Ich sah einmal solche Explosionen«, bemerkte Sandri und spielte mit dem kleinen Beutel, der an einer Kette um ihren Hals hing. »Ein Schuppen mit einigen Fässern Mehl fing Feuer und sie gingen in die Luft. Der Ladenbesitzer erklärte meinen Eltern, dass das passieren kann, wenn man Mehl verschließt und dann anzündet.«

Tris starrte sie aus eisgrauen Augen an. »Willst du behaupten, Mehl hätte die beiden Wachtürme in die Luft gesprengt?«

»Wenn man genug davon hat?« Briar unterdrückte ein Gähnen.

Neben Sandri winselte der Hund.

»Man könnte meinen, dass wir dich niemals füttern, Kleiner Bär.«

Am Kopfende des Tisches fuhr Lerchenfroh sich mit einer Hand durch das Haar.

»Er wächst ja schließlich auch, stimmt's, Kleiner Bär?« Sandri kraulte den Welpen hinter den Ohren.

»Das ist es ja, was mir Angst macht«, sagten Lerchenfroh und Daja wie aus einem Mund. Sie lächelten sich an.

Sandri grinste wehmütig. Kleiner Bär war klein genug gewesen, um in ihren Schoß zu passen, als sie ihn bekommen hatten. Jetzt konnte er sich über ihrem und Dajas Schoß ausbreiten und immer noch seine Schnauze auf das Bein von jemand anderem legen.

»Wo ist denn Rosendorn?«, wollte Briar wissen.

»Beim Wassertempel«, antwortete Lerchenfroh. »Man braucht sie dort immer noch, um Hustensaft herzustellen.« Sie stand auf und schüttelte ihre grüne Tracht aus. »Sie sagte, du wüsstest, was du heute zu tun hast . . .«

»Unkraut jäten«, war seine Antwort. »Denn im Sommer heißt es immer jäten, jäten, jäten.«

Lerchenfroh lächelte. »Nun, zumindest ist es dann ja schon nicht mehr so viel wie gestern.« Briar schnaubte halb lachend.

»Die Geweihte Weidenwasser hat mich gebeten sie bei den Webhäusern zu treffen«, sagte Lerchenfroh. »Warum eine Wassergeweihte mich bei den Gebäuden des Erdentempels treffen will . . .«

Tris schob ihre Schüssel weg. »Sie haben kein Verbandszeug mehr, zumindest fast keines«, erklärte sie. »Eine Novizin hat das Lager nicht richtig verwaltet.« Als sie merkte, dass nichts als Schweigen ihrer Erklärung folgte, sah sie auf. Lerchenfroh und ihre Freunde betrachteten sie interessiert. »Ich habe es gehört, in Ordnung?«

»Weshalb haben wir es dann nicht gehört?«, wollte Briar wissen.

»Ich war allein«, antwortete Tris. »Es war, bevor wir nach draußen gingen. Vielleicht müsst ihr nahe bei mir sein, damit ihr mithören könnt.«

Lerchenfroh steckte eine der losen roten Locken von Tris wieder mit einer Haarnadel fest. »Manchmal denke ich, dass wir noch nicht einmal den kleinsten Teil deiner Begabungen gesehen haben, Tris. Wir . . .«

Kleiner Bär fing plötzlich an ohrenbetäubend zu bellen und rannte zur Haustür hinaus.

»Es ist jemand, den er kennt«, verkündete Briar. »Habt ihr gesehen, wie sein Schwanz wedelt?«

»Nein, Kleiner Bär, du springst mich nicht an«, befahl eine vertraute, energische Stimme. »Nein! Ich sagte Nein! So ist es gut – aber nun fang nicht wieder an.«

Ein großer Mann weißer Hautfarbe mit langem schwarzem, von silbernen Strähnen durchzogenem Haar, das lose um seine Schultern hing, betrat das Haus, den Zeigefinger auf Kleiner Bär gerichtet. Der Welpe kroch hinter ihm her und jaulte glücklich. Er wusste, dass Niklaren Goldauge ihn ganz gewiss nicht an sich hochspringen lassen und sich das Gesicht lecken lassen würde, doch Kleiner Bär hoffte immer noch auf eine Chance seine Zuneigung zeigen zu können.

»Guten Morgen allerseits«, grüßte der Mann.

Tris rannte zu ihm und zog an einem seiner fleckenlosen weißen Ärmel aus Leinen. »Niko, habt Ihr herausgefunden, wie die Türme zerstört wurden?«

»Tris, bitte zerknautsche mir nicht mein Hemd«, entgegnete Niko. Sein Ton war entschieden, doch seine dunklen Augen, die tief unter dichten dunklen Brauen lagen, waren freundlich. »Zufälligerweise bin ich genau aus diesem Grund hier. Lerchenfroh, es tut mir Leid, aber Tris muss sofort mit mir kommen.«

»Sie hat Pflichten«, meldete sich Briar zu Wort. »Die gleichen wie wir alle.«

»Abwaschen«, fügte Daja hinzu.

Niko schüttelte den Kopf. »Es muss jetzt gleich sein; ich brauche Tris. Wir müssen uns die Zerstörung der Wachtürme ansehen. Wir bleiben vielleicht sogar über Mittag fort.«

Tris stand ganz still, die Finger überkreuzt betete sie darum, mitgehen zu können.

»Ich werde abwaschen und abtrocknen«, bot Sandri an, »wenn sie das Gleiche ein andermal für mich tut.«

Lerchenfroh stemmte ihre schlanken braunen Hände in die Hüften. »Seid ihr beiden damit einverstanden?«, fragte sie Daja und Briar.

Daja zuckte mit den Schultern. »Na klar.«

Briar scharrte mit dem Fuß auf dem Boden und runzelte die Stirn. »Ich weiß nicht«, erwiderte er trotzig. »Es scheint mir nicht gerecht.«

Trist starrte ihn an.

Er blickte auf und grinste breit. »Ich muss aufhören dich zu ärgern«, meinte er. »Es ist einfach zu leicht. Das macht keinen Spaß mehr.«

Tris streckte ihm die Zunge heraus, dann rannte sie nach oben, um ihre Schuhe zu holen.

»Ich an deiner Stelle würde die Pflichten bald erledigen«, riet Niko Daja. »Eisenbart hat eine besondere Aufgabe für dich. Ich sah ihn in der Haupthalle – sobald er einige Dinge erledigt hat, wird er hier sein.«

Daja stand sofort auf und begann die Schüsseln einzusammeln.
Eine Stunde später, nachdem sie viele Stufen gestiegen waren, standen Tris und Niko an der Stelle, an der vorher der Wachturm der Felseninsel gestanden hatte. Die Wände, die vorher vierzig Fuß in die Luft geragt hatten, waren jetzt nur noch zwei oder drei Fuß hoch und zudem schwer beschädigt. Nur am Rand war noch etwas vom Fußboden des Erdgeschosses übrig, alle anderen Bretter waren verschwunden und gaben den Blick auf den Keller frei. Die Steine waren rußgeschwärzt, angeschlagen und voller Risse. Tris bemerkte Spuren von Rot, wo Niko zufolge die Männer des Herzogs die Leichen gefunden hatten. Ein eigenartiger Geruch lag in der Luft: ein scharfer, rauchiger Geruch nach verkohltem Holz und verbranntem Fleisch.
Niko kauerte am Kellereingang und starrte hinein, während er seinen buschigen Schnurrbart glättete. Trotz ihrer anstrengenden Kletterei sah er frisch und elegant aus. Er bildete einen scharfen Kontrast zu seiner schwitzenden Schülerin, die mit knallrotem Gesicht in einem schlecht sitzenden grünen Musselinkleid dastand. Tris fummelte an ihren Haaren, um ihre Locken wieder hoch- und damit aus ihrem Gesicht zu stecken. »Sieht ganz so aus, als sei der Turm völlig zerstört, oder? Aber wie? Ein Magier?«, fragte sie.
Niko sah zu ihr hoch. Für einen Augenblick war sie nicht sicher, ob er ihre Frage gehört hatte. Dann nahmen seine dunklen Augen einen weichen Ausdruck an. Er fing eine Haarnadel auf, die ihr aus der Hand fiel. »Ich hätte dafür sorgen sollen, dass du einen Hut trägst.«
»Der läge jetzt sicher schon im Meer. Wer hat das getan?«
Er seufzte. »Eigentlich dürfte niemand in der Lage sein hier zerstörerische Magie anzuwenden. Der magische Schutz war in

den Grundmauern verborgen. Was immer es war, das die Explosion auslöste, es zerstörte selbst diese Sprüche. Siehst du, wie die Steine nach außen geschleudert wurden?«

Tris kauerte sich interessiert neben ihn. »Wo waren die Schutzsprüche?«

»Kannst du sie denn nicht sehen?«, fragte er. »Sie sind hier überall – oder besser gesagt, was von ihnen übrig ist.«

Sie wischte sich mit dem Ärmel über das Gesicht. »Ihr könnt vielleicht Magie sehen, ich nicht.«

Er starrte sie fassungslos an. »Aber das ist ganz leicht. Habe ich dir noch nicht beigebracht, wie es geht?«

Obwohl ihr so heiß war und es sie überall juckte, musste Tris lächeln. »Nun, letzte Woche mussten wir uns von diesem Erdbeben erholen. Zwei Wochen vor dem Beben seid Ihr praktisch überall herumgerannt, um die Ursache für die furchtbaren Omen zu finden, die die Seher empfingen. Davor wiederum studierten wir Gezeiten und Sternenkonstellationen.« Sie wedelte mit ihrem Rock, um sich ein wenig Frischluft zu verschaffen. »Nein – ich glaube nicht, dass wir schon mal die Magie des Sehens behandelt hätten.«

»Also wirklich, dabei hatte ich vor, deinen Unterricht gut zu planen«, murrte er. »Unglücklicherweise haben sich die Ereignisse überstürzt . . . und im Augenblick habe ich immer noch nicht die Zeit für diese Lektion.« Er dachte kurz nach, dann streckte er eine Hand aus. »Gib mir deine Sehgläser.«

Tris schreckte zurück. »Aber ich brauche sie.«

»Nur für einen Augenblick.«

Langsam nahm sie sie ab und reichte sie ihm. Nun konnte sie nicht einmal sehen, was er mit dem Finger auf die Innenseite der Gläser malte.

Unvermittelt wehte eine kleine Brise und fuhr durch ihr Haar. Drei Locken sprangen prompt aus den Haarnadeln und Stimmen erreichten ihre Ohren:

»Mein Junge, ich dachte schon, etwas sei schief gegangen.« Die Stimme gehörte einem Mann und klang kalt, fast metallen.

»Vergebt mir, mein Herr. Dies ist der erste Moment, in dem ich mir sicher bin allein zu sein.« Eine andere männliche Stimme, sie kam Tris irgendwie vertraut vor. Nicht sehr vertraut, wie zum Beispiel Eisenbarts oder Nikos Stimme, aber es war eine Stimme, die sie schon einmal gehört hatte. Jugendlich, selbstsicher ...

»Wir sind noch nicht bereit zu handeln. Erwarte weitere Anweisungen!«, befahl die kalte Stimme. »Erledige deinen Teil und deine Schuld wird bezahlt sein.«

Die Brise verwehte und die Stimmen mit ihr. Stattdessen hörte Tris nun ein schwaches Piepsen, ein wirkliches Geräusch, nicht eines, das aufgrund irgendwelcher eigenartiger Kräfte in ihr aus der Luft geholt wurde. Sie blickte sich um. Gab es da einen Vogel hier oben?

Niko zog sein Taschentuch heraus und fuhr damit über ihre Sehgläser. »Machst du die denn auch manchmal sauber?«

»Natürlich tu ich das!« Sie riss sie ihm aus der Hand und schob sie auf ihre Nase. »Und was nun?«

»Sieh nicht direkt auf diesen Steinhaufen«, befahl er ihr. »Sieh aus den Augenwinkeln darauf.«

Gehorsam drehte sie den Kopf, um die Steine nur noch aus ihrem linken Augenwinkel zu betrachten – nichts. Sie drehte ihren Kopf in verschiedene Richtungen, ohne Resultat. Von Niko kam ein unterdrücktes Geräusch, das sowohl ein Lachen als auch ein Niesen gewesen sein konnte. Sie starrte ihn böse an.

Etwas Silberfarbenes flackerte an den Rändern ihrer Gläser. Mit einem erstaunten Einatmen drehte sie sich in die Richtung. Der silberne Schimmer verschwand. Langsam sah sie nach oben zu den Wolken.

Da war es, am Rand von manchen Dingen war ein Schimmer von silberhellem Licht.

Bald hatte sie den Trick heraus, auf alles insgesamt und nichts im Besonderen zu schauen. Wenn sie ihren Blick nicht auf etwas Bestimmtes richtete, konnte sie schimmerndes Licht überall an den Steinen um sie herum sehen, Symbole und Teile von Buchstaben. »Wie lange wird das anhalten?«, fragte sie. »Der Zauber auf meinen Gläsern?«

»Solange du diese Gläser hast«, erwiderte er. »Erinnere mich nur daran, dir den entsprechenden Spruch beizubringen, bevor du neue bekommst.«

Wieder piepste etwas. Tris sah sich nach der Geräuschquelle um. Was hörte sie denn da nur?

»Erinnerst du dich, dass ich sagte, ich bräuchte deine Hilfe?«, fragte er und erhob sich. »Um herauszufinden, was passiert ist, muss ich in die Vergangenheit sehen. Das ist einer der großen Sprüche, und wenn ich ihn alleine anwende, wird es mich so beanspruchen, dass ich danach nicht mehr in der Lage sein werde mich zu bewegen, geschweige denn zum Piratenkap zu gehen. Wenn du mir etwas von deiner Magie leihen würdest, wäre es leichter für mich.«

Sie blinzelte. »Was muss ich denn tun?« Sie hatte einmal Sandri etwas von ihrer Kraft geliehen, aber sie hatte keine Ahnung, wie es geschehen war.

»Ich werde deine Magie rufen, du musst es mir nur erlauben. Nicht einfach mit Worten, Trisana. Du musst mir vertrauen.«

Sie sah hoch, in seine Augen, die von dichten schwarzen Wimpern eingerahmt waren. Ihm vertrauen? Er war ihr Lehrer. Er hatte in ihr Inneres gesehen und ihr gesagt, dass sie nicht verrückt sei – obwohl ihre Familie das jahrelang behauptet hatte. Ihm hatte sie es zu verdanken, dass sie dort lebte, wo sie erwünscht war, und auf den Winden reiten konnte. »Natürlich tue ich das, Niko.«

Er nahm ihre Hand. Sofort spürte sie etwas, ein Ziehen oder Zupfen. Sie sah einen Strom von Licht durch ihre Finger rinnen und durch seine Finger in seinen Körper, wo er sich mit einem Lichtstrom in ihm vereinigte. Die Luft um sie herum wirkte schwer. Niko hielt weiterhin ihre Hand und ging langsam um den Turm, die andere Hand streckte er mit der Handfläche nach oben vor sich aus.

Fäden, die Perlenschnüren glichen, strömten aus seinen Fingerspitzen in die Luft und auf die Steine um ihn. Sobald er und Tris den Kreis um das Loch im Boden vollendet hatten, hielten sie inne. Die Perlenschnüre strömten weiter, bis sie die ganze Hügelspitze bedeckten wie taufeuchte Spinnweben.

Als Niko Tris losließ, konnte sie immer noch den Faden sehen. Er verband sie auch mit Niko, als dieser an den Kellerrand trat, sein Gürtelmesser zog und einen Schnitt in seine beiden Handflächen machte.

»Immer wenn du einem Spruch besondere Stärke verleihen willst, besiegle ihn mit Blut«, erklärte er beiläufig. »Und da wir Magier mit Prinzipien sind, nehmen wir unser eigenes Blut. Man weiß von manchen Magiern, die das Blut anderer benutzten, egal, ob jene bereit dazu waren oder nicht.« Er sah zu, wie hellrote Tropfen in den offenen Keller fielen. »Sollte ich jemals davon hören, dass du solche Praktiken anwendest, Trisana, wirst du den Tag verwünschen, an dem du mich getroffen hast.«

Tris hielt eine Hand über ihren Mund. Sie mochte den Anblick von Blut nicht, und wenn sie sah, wie Niko sich gelassen selbst ins Fleisch schnitt, wurde ihr übel.

»Ihr braucht Euch um mich keine Sorgen zu machen, Niko«, sagte sie, sobald sich ihr Magen wieder beruhigt hatte. »Ganz bestimmt nicht.«

Niko lächelte grimmig. »Wahrscheinlich nicht.« Er holte tief Luft und schloss kurz die Augen.

Ein flackerndes Bild erschien vor ihnen, um sie herum und an manchen Stellen sogar auf Nikos Körper. Auf diesem Bild war der Turm noch unbeschädigt. Zwei Männer in Hüten und Umhängen liefen darin umher. Sie trugen etwas Großes und Schweres, was in Segeltuch eingewickelt war. Eine Tür im Turm wurde geöffnet und eine Frau in der Uniform einer Wache rief sie hinein.

»Das sind der Jammerer, der Unwirsche und die Trinkerin!«, rief Tris aus. Die vergangene Nacht hatten sie und die anderen Niko von der Unterhaltung erzählt, die sie auf der Mauer mit angehört hatten.

Die Vision verschwamm und verschwand gänzlich. Niko zitterte. Tris konzentrierte sich mit aller Kraft auf den schimmernden Lichtstrom, der immer noch von ihr zu ihm lief. Niko holte tief Luft und stand wieder aufrecht; der Turm erschien erneut. Die Männer kamen heraus und auch die Frau. Die Last der Männer war verschwunden, doch einer von ihnen hielt das Ende einer Schnur in Händen, die zurück in den Turm führte. Er legte sie ab und half seinem Genossen die Wachfrau zu töten. Sie sahen nicht, wie ein plötzlicher Feuerstoß die Schnur in Brand setzte. Die

Flamme fraß sich die Schnur entlang und in den Turm, während die beiden Männer ihr Opfer auf den Boden fallen ließen und sich stritten. Dann folgte die Explosion. Für einen Augenblick meinte Tris sehen zu können, wie der Turm auseinander fiel, Stein um Stein, jedes Stück von Feuer umhüllt.

Das Bild verschwand. Tris trat zu Niko, als er stolperte, und legte einen Arm um seine Taille. Sie half ihrem Lehrer zu einem großen Stein und ließ ihn dort niedersitzen.

»Was war das denn?«, fragte sie ihn.

Er griff nach seiner Wasserflasche und trank durstig.

»Ich weiß es nicht«, erwiderte er schließlich. »Ich habe noch nie etwas Ähnliches gesehen oder gehört – nicht in meinen dreiundfünfzig Jahren.«

Sie ruhten sich eine Weile aus und unterhielten sich. Schließlich stand Niko auf. »Ich glaube kaum, dass ich diesen Spruch noch einmal schaffe, aber ich sollte mir das Piratenkap trotzdem ansehen«, meinte er. »Gehen wir.«

Tris folgte ihm zur Treppe, als sie das gleiche Piepsen wie vorher hörte. Jetzt war es ganz nahe, wurde jedoch immer schwächer.

»Wartet«, rief sie. Vorsichtig untersuchte sie den Steinhaufen zu ihrer Linken. In einer Nische aus Steinen fand sie ein Vogelnest. Ein Junges war noch am Leben – sein Piepsen war es gewesen, was sie gehört hatte. Neben dem Nest lag ein totes Geschwisterchen.

»Ein Star«, sagte Niko und blickte über ihre Schulter. »Sie haben manchmal im Mittsommer eine zweite Brut. Die Eltern sind wahrscheinlich tot, wenn sie hier ihr Nest hatten. Dieses Junge hier wird auch bald sterben.«

Tris blickte auf das Vogeljunge. Das ist nicht richtig, dachte sie und kramte nach ihrem Taschentuch. Es kann schließlich nichts dafür, dass sein Zuhause zerstört wurde. Sie kniete sich hin, legte ihr Taschentuch auf einen Felsen und griff nach dem Nest.

»Tris, überlege doch«, befahl Niko scharf. »Du kannst es nicht retten.«

»Warum nicht?« Mit einer Behutsamkeit, die sie Menschen gegenüber kaum an den Tag legte, schob sie beide Hände unter das Gebilde aus verwobenen Halmen aus Heu.

»Weil es schon beinahe tot ist. Siehst du, wie jung es ist? Es hat ja kaum Stoppelfedern. Wenn es am Leben bleibt, wird es Wärme und stündliche Fütterung brauchen. Es ist noch nicht so weit, allein überleben zu können.«

»Dann werde ich ihm helfen. Ich werde tun, was immer ich tun muss. Es ist schließlich nicht seine Schuld, dass seine Eltern getötet wurden.«

Niko seufzte und bot ihr sein eigenes Taschentuch an. »Du kannst zum Verschlungenen Kreis zurückkehren. Wie ich schon sagte, könnte ich selbst mit deiner Hilfe keinen zweiten Zeitenspruch am Piratenkap vollbringen. Wenn es dort genauso aussieht wie hier«, er machte eine ausholende Handbewegung, »wissen wir ohnehin, was geschehen ist. Halte das Junge hoch.« Er öffnete seine Wasserflasche und schüttete vorsichtig eine winzige Menge Flüssigkeit in seine Handfläche. Indem er seine Finger als Rutsche benutzte, ließ er einige Wassertropfen nacheinander in den offenen Schnabel des Vogels rollen, während Tris das Nest für ihn hochhielt. Als das Tier seinen Schnabel schloss und zurücksank, sagte Niko zu Tris: »Jetzt deck es zu. Halt es warm und achte darauf, dass es nicht in einen Luftzug kommt. Was den Rest betrifft . . .«

»Ich könnte die Geweihten im Lufttempel fragen. Sie halten einige Vögel.« Langsam und vorsichtig stand Tris auf und legte das bedeckte Nest in ihre Armbeuge.
Niko blickte auf seine Schülerin hinunter und grinste. »Da fällt mir ein, dass du eigentlich Rosendorn fragen könntest. Sie findet des Öfteren Nestlinge in ihrem Garten. Sie hat sogar ein paar aufgezogen.«
Tris starrte ihn an. Sie hatte Angst vor Rosendorn. Die Geweihte hatte eine scharfe Zunge und ein aufbrausendes Temperament.
»Möchtest du andauernd zum Lufttempel laufen? Rosendorn wird wissen, was zu tun ist. Ich bezweifle immer noch, dass es leben wird . . .«
»Er.«
»Tris, du kannst doch jetzt noch nicht sagen, was für ein Geschlecht es hat.«
»Dann kann es genauso gut ein Er sein wie ein Es«, erwiderte sie stur. »Es ist für tote Sachen. Sie und er für lebendige.«
»Na, meinetwegen. Ich habe nicht die Zeit mich zu streiten. Wenn du darauf bestehst, es – ihn – zu retten.«
»Das tu ich.« Tris musste schlucken, als sie an ihre Aufgabe dachte. »Ich hoffe, Rosendorn wird mir helfen.«
»Das wird sie bestimmt. Sie mag Vögel viel lieber als Menschen. Also los, gehen wir. Du musst ihn füttern und einen Platz für ihn finden und ich muss zum Piratenkap.«
Tris stützte ihren Schützling mit ihrer freien Hand und folgte Niko.

3

Wenn Tris über die tausend Fuß Wasser geblickt hätte, die die Insel vom Land trennten, hätte sie drei Menschen auf dem Pfad unter den Mauern des Verschlungenen Kreises gesehen. Einer davon war Daja, wie schon beim Frühstück in ihre leichtesten braunen Baumwollhosen und ein Hemd gekleidet, mit einem roten Trauerband um ihren linken Arm. Bei ihr, in der roten Tracht eines Geweihten des Feuers, waren ihr Lehrer, der Schmiedemagier Eisenbart, und sein weiß gekleideter Lehrling Kirel.

Eisenbart hatte eine dunkle Hautfarbe, sogar noch einige Töne dunkler als Dajas. Was er noch an Haar besaß, wuchs in einer Löwenmähne um einen glänzenden kahlen Hinterkopf. Am Kinn spross ein wilder Bart. Die Ärmel seiner Tracht waren hochgerollt und mit Bändern festgemacht und enthüllten so muskulöse Arme und große, starke Hände. Kirel war einen halben Kopf größer, von weißer Hautfarbe und hatte blaue Augen und langes, blondes Haar. Bevor sie das Haus verlassen hatten, hatte Daja dafür gesorgt, dass Kirel sich mit einem Öl einrieb, das seine empfindliche Haut vor der Sonne schützte. Eine Flasche davon steckte in einem Korb auf dem Maulesel, den sie mitgenommen hatten.

»Zieh deine Schuhe aus und geh auf die Knie und die Hände«, befahl Eisenbart ihr. »Je mehr du in Kontakt mit der Erde bist, desto besser.«

Daja hielt das für ein wenig verrückt, aber sie gehorchte und stellte ihre Sandalen auf die Seite. Hier draußen brannte die Sonne unbarmherzig herunter. Daja schwitzte bereits so sehr, dass Schweißtropfen ihre Wangen und ihren Rücken hinabrannen. Einen Augenblick lang dachte sie, sie hätte im Augenwinkel ein Fischerboot vor der Sichelinsel gesehen. Als sie genauer hinsah, konnte sie nichts erkennen.

»Erinnerst du dich noch, wie ich verschiedene Metalle unter einem Stück Stoff verbarg?«, fragte er.

Daja nickte. »Ihr habt mich raten lassen, was unter dem Tuch war, und ich erkannte die Metalle durch meine Magie.«

Das Haar des Magiers wippte, so heftig nickte er. »Tu jetzt das Gleiche. Suche unter dir nach jeder Spur von Metall. Kein rohes Metall, sondern Metall, das bearbeitet wurde.«

Schweiß tropfte von ihrem Gesicht. »Es ist zu heiß.«

»Zu heiß?«, rief er aus und seine weißen Zähne blitzten in einem breiten Grinsen auf. »Kind, wir beide sind schwarz! Schwarze Menschen sind für Hitze gemacht, sie brauchen sie geradezu – genau wie blasse Jungen wie Kirel für Schnee und Frost gemacht sind.«

Kirel blieb stehen. Er war ein Stück weitergelaufen und hielt eine lange Rute zum Aufspüren von Metall vor sich. »Ich hasse Schnee«, erwiderte er ruhig. »Und ich hasse Hitze. Wenn Ihr nicht verrückt wärt, Eisenbart, würdet Ihr diese furchtbare Hitze genauso hassen wie ich.« Er griff an seinen Kopf und band sein Haar mit den Zöpfen zurück, die an beiden Seiten seines Gesichts baumelten.

Daja verdeckte mit der Hand ihr Grinsen. Sie liebte es, mit diesen beiden zu arbeiten. Sie waren so ungezwungen und fröhlich, wie die Männer in ihrer Familie es gewesen waren, und machten ihre Scherze über die Arbeit, während sie sie erledigten.

Eisenbart schüttelte den Kopf. »Shurri und Hakoi«, murrte er und benannte damit die Göttin und den Gott des Feuers, »verschont mich vor Menschen, die nicht wissen, wie man Spaß hat. Versuchen wir es noch einmal, Daja.«

Mit einem Nicken legte sie ihre Handflächen auf die bloße Erde. Aus irgendeinem Grund konnte sie Metall auch riechen, also schnüffelte sie konzentriert. War da eine Spur von ...?

Sie atmete wieder ein und musste japsen, als der Geruch von Kupfer, Eisen, Silber und Gold in ihre Nase stieg. Ihre Augen tränten, sie musste niesen und konnte gar nicht mehr aufhören. Eine Hand schob sie sanft zur Seite, ein Taschentuch wurde ihr in die Finger gedrückt. Sie musste noch einige Male niesen und fragte sich, ob es möglich war, dass man beim Niesen erstickte.

Die Erde zitterte unter ihr. Ihre Kehle wurde eng vor Angst: ein Erdbeben! Sie warf sich nach hinten und ihre Nieser hörten mit einem Mal auf. Das letzte Beben lag gerade zehn Tage zurück. Kam jetzt ein weiteres?

Kleine Erdklumpen rollten den Abhang hinab. Daja wischte sich über die Augen und sah Eisenbart dort stehen, wo sie gekniet hatte. Seine Arme waren ausgestreckt, die Hände parallel zum Boden. Er machte eine schüttelnde Handbewegung, so als wolle er Gold in einer Pfanne waschen. Unter ihm zitterte der Erdboden sachte.

Daja seufzte vor Erleichterung. Es war kein neues Erdbeben, nur Magie, die etwas aus dem Boden zog. Die Erde begann ein eigenartiges, maschenförmiges Muster anzunehmen. Eisenbart kniete sich nieder und grub seine Finger in die Erde.

»Kannst du die Ecke dort drüben nehmen?«, fragte er und deutete auf die Erde. »Es ist ein Drahtnetz.«

Daja ging zu der Stelle, auf die er gezeigt hatte, und grub ihre Finger einige Zentimeter in die Erde, bis sie ein metallenes Netz zu fassen bekam. »Hab es«, antwortete sie.

»Auf drei, ja? Eins – zwei – drei.«

Sie zogen das Netz aus dem Boden: ein großes Netz, etwa drei Fuß lang und vier Fuß breit. Daja blinzelte. Das Netz war aus genau den Metallen, die sie gerochen hatte, dünne Drähte, die ineinander geflochten waren. An etwa der Hälfte der Verknüpfungspunkte waren kleine Spiegel angebracht.

»Wofür, um Himmels willen, ist das denn?«, fragte sie.

Kirel kam zu ihnen und hielt drei oder vier kleinere Stücke des Netzes in den Händen. »So etwas habe ich noch nie gesehen.«

»Hat sich keiner von euch jemals gefragt, warum in den letzten vier Jahrhunderten kein einziger Pirat den Verschlungenen Kreis angegriffen hat?«, fragte Eisenbart.

»Ich bin . . . war eine Händlerin.« Daja schluckte schwer. Sie hätte beinahe gesagt »Ich bin eine Händlerin«, aber dieser Teil ihres Lebens war vorbei. »Wir dachten nicht darüber nach, wie Kaqs sich verteidigen könnten oder nicht.« Wäre Sandri jetzt hier, würde sie ihr für die Verwendung des Wortes Kaq einen strafenden Blick zuwerfen. Wie die meisten Worte der Händler für Nichthändler war es nicht gerade schmeichelhaft.

»Ich komme aus Nord-Lairan«, erklärte Kirel. »Wir wussten nicht einmal, dass man in Schiffen kämpfen kann.« Er grinste und zwinkerte Daja zu.

»Es gab eine Zeit, da bedeckte dieses Netz das ganze Ufer, von der Hafenmauer«, Eisenbart deutete nach rechts, wo der Schutzwall sich von der Felseninsel zum Kliff erstreckte – »bis zur Mündung des Flusses Emel ins Meer. Auch in der Erde vor den Mauern liegt ein solches Netz. Ein Gürtel, der etwa eine Meile breit ist, umgibt den ganzen Verschlungenen Kreis. Sobald der Rat der Geweihten befürchten muss, dass Piraten oder Räuber zu Land die Gegend unsicher machen, weckt er das magische Netz, und das geht . . .:« Eisenbart summte eine eigenartige Melodie.

Daja und Kirel schnappten nach Luft. Das Netz, das Daja und Eisenbart hielten, verschwand. Daja spürte immer noch das Metall in ihren Fingern, aber sie konnte keine Verbindung herstellen zwischen dieser Tatsache und dem, was sie in der Ferne sah . . .

Unmöglich, dass sie die Dupan-Inseln sehen konnte. Nidra war acht Tagesreisen von hier entfernt, vor der Küste von Hatar. Trotzdem war sie sich eigentlich sicher. Schließlich war sie erst vor fünf Monaten aus dem Hafen der Insel gesegelt . . .

Es war nicht nur der seltsame Anblick. Sie konnte auch alles riechen, das Meer und so vertraute Schiffsgerüche wie Teer und nasse Taue. Das Deck schwankte unter ihren Füßen und einer ihrer Vettern kletterte pfeifend den Mast hoch.

Sie zwinkerte und hielt ein metallenes Netz in ihren Händen. Kirel schüttelte benommen den Kopf. »Ich erstieg den Berg der Schwarzen Zacken«, flüsterte er.

Daja ließ das Netz fallen und wischte sich mit dem Ärmel über die Augen. Sie hatte sich auf dem Dritten Schiff Kisubo befunden, das ihrer Familie gehört hatte. Es gab sie nicht mehr. In einem späten Wintersturm, nicht lange nachdem sie Nidra verlassen hatten, hatten sie Schiffbruch erlitten und waren ertrunken.

»Tut mir Leid«, sagte Eisenbart und legte eine Hand auf ihre Schulter. »Ich habe keine Macht darüber, was die Menschen sehen oder fühlen, wenn das magische Netz geweckt wird. Es ist jedoch sehr mächtig, wie du gerade erfahren hast. Die Piraten lagen tagelang am gleichen Platz vor Anker und waren zu schwach, um sich gegen ihre Gefangennahme zu wehren, wenn der Spruch erst einmal gelöst wurde. Dies ist das erste Mal, dass ich selbst auf der anderen Seite des Netzes war, wenn der Spruch seine Wirkung entfaltete.«

Daja zuckte mit den Schultern. »Es lag nur am Niesen, dass meine Augen tränten«, schwindelte sie. »Aber sagt doch, meine Freunde und ich, wir waren vor dem Erdbeben so oft an dieser Küste. Wir sahen niemals etwas Derartiges.«

»Das solltet ihr auch nicht«, erwiderte der Magier. »Es wirkt nur, wenn es geweckt wurde. Und es funktioniert schon so lange und so gut, dass ein Großteil des Rates nicht weiter darüber nachdachte, bis ich sie daran erinnerte, dass es beschädigt sein könnte, als nach dem Erdbeben ein Teil der Küste ins Meer sackte. Wir müssen so viel davon finden, wie wir können, und es zur Reparatur mitnehmen.« Er seufzte. »Wenn es zum großen Teil in solche Stücke gerissen ist«, er nickte in Richtung von Kirels kleinem Stoß, »dann werden wir Hilfe brauchen.«

»Gab es denn Omen von Piraten?«, fragte Kirel besorgt.

»Wer braucht Omen?«, fragte Eisenbart zurück. »Wir hatten ein Erdbeben. Überall sind die Verteidigungsanlagen beschädigt. Welcher Pirat würde sich eine solche Gelegenheit entgehen lassen?«

Energisch wie eine Hausfrau nahm Eisenbart das große Netzstück und faltete es zusammen wie eine Decke. Daja half dabei und dachte über das nach, was er gesagt hatte. Sobald das Netz klein genug gefaltet war, lud Eisenbart es in den leeren Korb auf dem Maulesel. Kirel fügte einen Stapel kleinerer Stücke hinzu und ging zurück, um weiterzusuchen. Daja entfernte sich ein Stück weit von der Stelle, wo sie zuerst das Netz entdeckt hatte, und kniete sich hin.

Sie wurde von einem Boot abgelenkt, das sie aus den Augenwinkeln sah. War das ein Fischerboot? Sie drehte den Kopf, um es zu betrachten.

Das Meer war leer. Es war kein Schiff in Sicht.

Sandri war gerade mit dem Abwasch fertig, als Lerchenfroh von den Webhäusern zurückkam. »Hatte Tris Recht?«, fragte sie.

Lerchenfroh nickte. »Ich kann einfach nicht glauben, dass die Aufsicht im Wassertempel so nachlässig ist, dass eine Novizin vier Lagerräume leer werden lassen kann, aber so ist das Wasservolk nun mal. Alles nur Schaumschlägerei, vom kleinsten Steinchen in ihrem Weg lassen sie sich ablenken.« Sie schüttelte den Kopf. »Was noch schlimmer ist, die Geweihte Sumpfgras sagte mir, dass ihre beiden besten Weberinnen sich bei dem Beben nicht nur einige Knochen gebrochen haben, sondern auch noch ihre Webstühle kaputtgegangen sind. Die anderen weben immer noch Tücher und Decken für das Landvolk. Die Geweihte Sumpfgras stellt eine Weberin für die Verbände ab, aber sie werden uns trotzdem brauchen.«

»Ich werde natürlich tun, was ich kann«, erwiderte Sandri, »aber wie Ihr wisst, kann ich nicht weben. Ihr hattet bis jetzt nicht die Zeit es mir beizubringen.«

»Das ist richtig«, stimmte Lerchenfroh ihr mit einem Seufzer zu. »Doch was wir zu tun haben, hat nicht direkt etwas mit Weben zu tun. Und gelobt seien Mila und der Grüne Mann, dass du trotz deiner Jugend so stark bist. Sonst könnten wir das niemals schaffen. Komm jetzt. Lass Kleiner Bär bei Briar.«

Sie führte Sandri entlang des Spiralweges zwischen Haus Disziplin und den beiden großen Webhäusern. Durch eine offene Tür betraten sie eine kleine Werkstatt, abseits von jenen Räumen, wo Sandri das Klappern von einem Dutzend Webstühlen hören konnte, an denen gearbeitet wurde. In dieser kleinen Werkstatt befand sich eine eigenartige Ausstattung. Einige Rollen mit Verbandsmaterial lagen auf zwei langen Tischen. Noch mehr solcher Rollen befanden sich in einem großen Korb, der auf dem Boden stand. Andere Körbe beinhalteten riesige Spulen mit Baumwollfaden. Die Fenster waren offen, um jede Brise hereinzulassen, die der Tag bringen würde. Zwei Novizinnen saßen auf einer Bank neben der Tür.

Lerchenfroh schickte sie in die Küche im Turm, um Tee zu holen. Sobald sie fort waren, nahm sie Sandris Hand in ihre.

»Worum ich dich jetzt bitten werde, wird dir eigenartig vorkommen.« Sie holte tief Luft. »Ich werde dir beibringen, wie man richtig webt, sobald wir die Zeit dazu haben. Was wir heute tun werden, ist nicht das richtige Weben. Der Stoff mag vielleicht so aussehen, aber es ist eigentlich ein Schwindel. Wenn du dich auf Magie verlässt, ohne zu lernen, wie man richtig webt, wird einmal ein Tag kommen, wo deine große Magie nichts mehr nützen wird. Magie kann dir nicht zeigen, wie man richtig webt. Die Stücke einer Novizin haben immer Löcher, lose Fäden oder Stellen, die wiederum zu dicht gewebt sind, und all diese Dinge schwächen die Kraft der Magie, die du in die Arbeit fließen lässt. Verstehst du das?«

»Aber natürlich«, erwiderte Sandri. »Ich will lernen, wie man richtig webt.«

Lerchenfroh lächelte und umfasste Sandris Wange mit einer

Hand. »Deshalb wirst du auch eine sehr gute Weberin abgeben – dir ist die Arbeit wichtig, nicht nur die Magie.« Sie sah sich um. »Heute ist es jedoch Magie, die wir brauchen – und zwar Magie, die schnell arbeitet.« Sie begann eine Rolle der Leinenbinden aufzuwickeln, sodass etwa ein Drittel der Länge des Tisches davon bedeckt war. »Siehst du die Spulen voll Baumwollfaden? Bring ein paar davon her. Lege sie in einer Reihe über das Leinen hier. Nimm die losen Enden und ziehe sie, bis sie über dem anderen Ende deines Arbeitstisches hängen.«

Sandri gehorchte. Sie zog die Fäden in verschiedene Richtungen über das Leinen und ahmte dabei Lerchenfroh nach, die das Gleiche am anderen Tisch tat.

»Auf diese Weise kann man auch eine Wand gegen Zerstörung verstärken oder eine Gruppe von Menschen zusammenbringen«, erklärte Lerchenfroh, die jetzt herüberkam, um das zu überprüfen, was Sandri gemacht hatte. »Wir weben Magie und bringen Steine oder Menschenherzen dazu, ihr zu folgen. Und wir beide bringen jetzt den Faden dazu, dem ursprünglichen Muster des Tuches zu folgen wie eine Kletterpflanze, die sich an ihrem Gitter entlangrankt. Wir ziehen neues Tuch aus dem alten.« Sie zeigte auf eine Fadenrolle. »Dies wird dein Einschlagfaden sein. Er wird sich verketten und ein neues Tuch bilden.«

Sandri überlegte mit gerunzelter Stirn. »Eigentlich müssten Briar und Rosendorn das doch auch können, oder nicht? Sie lassen Pflanzen in Rankgittern wachsen. Flachs und Baumwolle kommen von Pflanzen – ich wette, sie könnten das auch, wenn wir irgendwann Hilfe brauchen sollten.«

Lerchenfroh grinste. »Wenn die Lage verzweifelt wird, werde ich genau das tun.«

»Können die anderen Weber das auch?«

Lerchenfroh schüttelte den Kopf. »Nicht alle von ihnen haben magische Kräfte. Und selbst für diejenigen mit Magie wäre es eine große Umstellung gegenüber dem, was sie gewohnt sind. Deine Magie fließt noch genauso leicht in das Weben von Tuch selbst wie in einen Spruch über das Tuch. Doch dazu ist auch ein sehr starker Magier nötig.«

Die Novizinnen kehrten mit Tee und einem Tablett voll Kuchen, Obst und Käse zurück. Lerchenfroh nippte an ihrem Tee, nickte und sagte den Novizinnen dann, sie sollten sich auf die Bank setzen und leise sein.

Sandri blickte auf die Fäden, die in unterschiedlichste Richtungen zeigten, und das Ganze schien ihr wie ein völliger Wirrwarr. Sie zog eine Grimasse. »Ich weiß nicht, ob ich das kann.«

»Keine Sorge. Ich werde das magische Muster in dir verankern. Entspanne dich und lass deine Kraft gleichmäßig dem Muster folgen. Klammere dich nicht daran, lass deine Kraft aber auch nicht ungeführt laufen, sonst bekommst du ein Tuch mit Knötchen. Präge dir das Muster gut ein, damit du es später einmal selbstständig machen kannst.«

Sandri sah ihre Lehrerin an und ihre blauen Augen blickten besorgt. »Seid Ihr sicher, dass ich das kann?«

Lerchenfroh lächelte. »Du wärst überrascht zu wissen, was du alles tun kannst. Und jetzt entspanne dich und mach deinen Geist ganz leer.«

Sandri holte tief Luft und konzentrierte sich auf ihre Atmung und nichts anderes. Lerchenfroh legte Sandris Handflächen auf die Stellen, wo die Fäden sich mit dem gewebten Tuch überlappten, und bedeckte Sandris Finger mit ihren eigenen. Als Sandri bis sieben gezählt hatte und ausatmete, fiel Lerchenfroh in ihren Atemrhythmus ein. Das Geräusch von klappernden Webstühlen und das Geplauder der Weber verklangen, der Duft der Kräuter, der von draußen hereindrang, verschwand, selbst die unglaubliche Hitze nahm ab. Sandri ließ sich zufrieden in diese Ruhe fallen, denn sie wusste, dass sie sich der Quelle ihrer eigenen Magie näherte.

Lerchenfroh war bei ihr und hielt das, was sich wie ein schimmerndes Netz anfühlte. Wenn Sandri genauer darauf schaute, bewegte es sich unter ihrem Blick. Zuerst schien es aus Nadeln gemacht zu sein, dann aus kühler Flüssigkeit, dann aus einfachem Faden. Lerchenfroh presste es in ihre Hände und ihren Geist, wo es tief in Sandri eindrang. Sanft lenkte Lerchenfroh ihre Aufmerksamkeit auf das Material unter ihren Händen. Die Fäden begannen sich zu winden und zu kriechen wie winzige Schlangen. Die langen Fäden, die sich über den endlos wirkenden Tisch streckten, verschwanden in dem bereits gewebten Stoff. Wenn sie genau hinsah, konnte Sandri erkennen, wie die neuen Fäden sich mit den alten verbanden wie Kletterrosen, die sich hochrankten. Sobald sie das freie Ende erreicht hatten, warteten bereits andere Fäden darauf, sich mit ihnen zu verbinden. Schließlich begannen alle Fäden zu tanzen und sich ineinander zu verweben.

Jetzt sah Sandri, woher der Eindruck von Nadeln und heilender Flüssigkeit gekommen war. Visionen von verschiedensten Wunden stiegen aus dem Muster, um ihren Geist zu durchdringen und durch ihre Finger zu rinnen. Der Stoff, den sie webte, musste auch Fleisch neu weben, schmerzhafte Wunden mit neuen Muskel- und Hautfäden schließen. Wo etwas zerstört worden war, würde ihr Verband etwas Neues, Gesundes wachsen lassen.

Du bist so weit. Lerchenfrohs Stimme flüsterte in ihrem Geist. *Pass auf, dass du dich an das Muster hältst, mit dem wir begonnen haben. Zweihundert Fäden auf eine Handspanne. Es ist normal, wenn du am Anfang etwas langsam bist. Du musst nur immer die Zügel in der Hand haben, wie bei einem Pferd, das zugeritten werden muss.*

Das mach ich, versprach Sandri.

Lerchenfroh zog sich zurück, während Sandri weiterarbeitete. Ihre Fäden verwoben sich. Anfänglich verwickelten sich einige Fäden ineinander, als wären sie balgende Kinder. Sandri konzentrierte sich auf sie, zwängte sie auseinander und schickte sie in die richtige Richtung. Zuerst kämpften sie dagegen an und bildeten einen Knoten, doch Sandri gab nicht nach. Einen nach dem anderen scheuchte sie an seinen Platz zurück.

Sie nahm nur am Rande wahr, dass Lerchenfroh mit ihren eigenen Binden begann. Später ersetzten die Novizinnen fast leere Fadenrollen mit neuen und wickelten den fertigen Stoff auf. Sandri konnte sich nicht einmal bei ihnen bedanken. Ihre ganze Aufmerksamkeit war auf die Magie gerichtet, die aus ihren Händen strömte, während die Verbände immer weiter- und weiterwuchsen.

4

Tris hatte Glück, obwohl sie sich eigentlich nicht sicher war, ob sie es so bezeichnen wollte. Als sie ihr Vogeljunges nach Hause brachte, hielt sich Rosendorn zum ersten Mal seit Tagen im Haus Disziplin auf, anstatt irgendwo anders beschäftigt zu sein. Tris musste ihren ganzen Mut zusammennehmen, um Rosendorns Arbeitsraum zu betreten. Sie hätte es am liebsten hinausgeschoben, doch ihr Schützling suchte sich genau diesen Augenblick aus, um sein ungestümes Betteln um Futter zu wiederholen. Kleiner Bär, der trübsinnig neben der offenen Tür lag – Lerchenfroh und Rosendorn hatten Sprüche in ihren Arbeitsräumen angebracht, um neugierige Welpen fern zu halten –, hob seinen Kopf und wedelte mit dem Schwanz.

Die ruhige Unterhaltung im Arbeitsraum verstummte. Dann sagte Rosendorn langsam: »Ich höre einen jungen Vogel.«

Vorsichtig machte Tris einen Schritt um den Hund herum und trat durch die offene Tür. »Niko meinte, Ihr könntet mir vielleicht helfen.«

Briar war bei seiner Lehrerin. Beide starrten sie an. »Lockenkopf, was ist auf der Felseninsel geschehen?«, fragte er sofort.

»Lass mal sehen«, sagte Rosendorn und streckte eine Hand aus. Tris reichte ihr gehorsam das Nest. »Ich kann mich auf keinen Fall auch noch um Vögel kümmern«, fuhr die Geweihte fort. »Diese hohlköpfigen Schwätzer am Wassertempel haben mir erklärt, dass uns eine Katastrophe ins Haus steht, wenn ich nicht noch mehr Säfte und Salben herstelle.«

Murrend entfaltete sie das Taschentuch, um sich das Vogeljunge anzusehen.

Briar und Tris warfen sich viel sagende Blicke zu. Rosendorn sprach immer leicht abfällig über die Geweihten am Wassertempel, selbst Lerchenfroh tat das manchmal. Bereits vor Wochen hatten die vier Kinder beschlossen, dass Wasser und Erde, zumindest was die ihnen geweihten Menschen betraf, einfach nicht gut zusammenpassten.

»Also erzähl schon«, bat Briar, während Rosendorn das Vogeljunge untersuchte.

Da Niko ihr nicht befohlen hatte ihre Beobachtungen für sich zu behalten, erklärte Tris, wie sie in die Vergangenheit geschaut und was sie gesehen hatten. »Ich glaube, dass die drei Leute, die Schmuggler und die betrunkene Wachfrau, dort oben getötet wurden«, schloss sie. »Man konnte sehen, wo sich die Toten befunden hatten.«

Rosendorn ging zu ihren Regalen. Sie streckte sich nach oben und holte eine schmale Flasche herunter. Wie die meisten Dinge in diesem Raum schimmerte die Flasche silberweiß, wenn Tris sie aus den Augenwinkeln sah, und strahlte sogar noch heller als die Überbleibsel der Zaubersprüche auf der Felseninsel. Tris rieb sich die Augen. Es war schlimm genug, dass das Südtor und der Turm des Verschlungenen Kreises sie fast geblendet hatten. Doch sie hatte nicht erwartet so viel Magie, mächtige Magie, hier in dieser einfachen Hütte zu finden.

»Also hat Niko mit dir eine Vision der Vergangenheit heraufbeschworen? Das ist eine große Arbeit«, kommentierte Rosendorn und öffnete ihre Flasche. »Ich brauche einen der dünnsten Strohhalme, die wir in der Schublade aufbewahren.« Sie deutete darauf und Briar gehorchte sofort.

»Niko hat die ganze Arbeit getan«, erwiderte Tris. »Ich lieh ihm nur etwas von meiner Kraft. Er sagte, zum Piratenkap müsste ich nicht mehr mitkommen, wir könnten es an einem Tag nicht zweimal schaffen.«

Sie sah aufmerksam zu, als Rosendorn einen kurzen Strohhalm von Briar entgegennahm, ihn in die offene Flasche steckte und das trockene Ende mit der Fingerspitze bedeckte. Dann zog sie den Strohhalm heraus, hob kurz den Finger von der Öffnung und ließ einen Tropfen Flüssigkeit in den Schnabel des Vogeljungen fallen.

Der Kleine schloss den Schnabel und nieste, dann setzte er sich aufrecht und öffnete den Schnabel wieder. Rosendorn gab ihm noch zwei Tropfen.

»Man muss hiermit sehr vorsichtig sein«, erklärte sie und legte den Strohhalm beiseite. »Es ist damit wie mit allen Medikamenten oder Drogen – er könnte sich daran gewöhnen und nichts anderes mehr wollen. Du musst Vogeljungen ein Futter geben, das dem ähnelt, das sie von ihren Eltern bekommen.«

Rosendorn sah mit immer noch gerunzelter Stirn zu Tris. Tris zwang sich diesen durchdringenden Blick zu erwidern. »Du weißt, dass du dich halb zu Tode arbeiten kannst und er trotzdem sterben könnte«, sagte Rosendorn schließlich.

Tris nickte. »Niko sagte mir das auch schon. Ich möchte es trotzdem gerne versuchen.«

»Er wird es dir auch nicht danken, falls er leben sollte. Stare sind nervtötende Vögel. Ihre Brut schreit ohrenbetäubend, wenn sie hungrig ist. Wenn sie alt genug sind, um sich zu bewegen und zu fliegen, picken sie ihre Eltern, bis sie gefüttert werden.«

»Das sind doch schöne Aussichten«, meinte Briar mit einem Grinsen.

»Was muss ich tun?«, wollte Tris wissen.

»Hm, vorerst musst du ihn alle fünfzehn Minuten füttern, bis ich dir etwas anderes sage. Briar, du wirst zum Geweihten Gaumenwohl gehen . . .«

Briar klatschte in die Hände. Neben Lerchenfroh und Rosendorn war der Küchenmeister des Verschlungenen Kreises sein Lieblingsgeweihter, eine verlässliche Quelle sowohl von herzhaftem Essen als auch von Süßigkeiten.

». . . und unverzüglich wieder zurückkommen!«, fügte Rosendorn streng hinzu. »Tafel und Kreide bitte!«

Briar reichte ihr beides.

»Warme Ziegenmilch – Ziege, vergiss das nicht! Kuhmilch ist für den Kleinen zu schwer verdaulich. Ziegenmilch mit einem Schuss Honig, um sie zu süßen. Das wär's fürs Erste – du kannst sie dir aus unserer Kühlkammer holen«, sagte Rosendorn zu Tris. »Erhitze die Milch in einem kleinen Topf. Erwärme sie nur so weit, dass ein Tropfen auf deinem Handgelenk sich warm anfühlt, nicht heiß. Wenn er dich verbrüht, verbrüht er ihn auch.«

Tris rannte los, um das zu erledigen.

»Hole einen der runden Körbe und sauberes Stroh«, sagte Rosendorn zu Briar gerichtet, »und lege alles auf den Tisch.«

Als Briar mit den Dingen kam, die sie benötigte, hatte sie ihre Nachricht an Gaumenwohl beendet. Sie gab Briar die Tafel und sagte: »Du musst bei dieser Hitze nicht rennen, aber trödle auch nicht.«

Briar nickte und ging los.

Tris beeilte sich die Ziegenmilch mit Honig auf dem Herd zu erwärmen. Anders als die anderen drei Kinder, die wegen ihrer häuslichen Pflichten immer ein großes Theater machten und meist irgendetwas verdarben, war Tris daran gewöhnt, im Haushalt zu arbeiten, seit sie groß genug war, um über einen Tisch zu sehen. Jedes Familienmitglied, bei dem sie gelebt hatte, hatte deutlich gemacht, dass sie sich ihren Unterhalt verdienen musste. Sie hätte es niemals zugegeben, doch nun, da Unterricht in Magie und Meditation ihre Zeit bestimmte, gefiel ihr die stille Routine des Abstaubens und Waschens sogar, selbst das gelegentliche Kochen im Haus Disziplin.

Als die Ziegenmilch warm war, trug sie diese in Rosendorns Arbeitsraum.

»Stell sie dorthin«, befahl die Geweihte und deutete auf einen Strohuntersetzer. Rosendorn legte gerade einen runden Korb mit frischem Stroh aus. Er hing in einem hölzernen Gestell, das ihn daran hinderte, auf die Seite zu rollen. »Das Ding hab ich vor Jahren gemacht, als ich merkte, dass immer wieder einmal irgendjemand mir verwaiste Vogeljunge brachte. Sie brauchen Stütze an Brust und Beinen – ein Korb mit einem flachen Boden und geraden Seiten wäre nicht gut.«

Tris starrte die Geweihte nur an. Seit sie in das Haus Disziplin gekommen war, fürchtete sie Rosendorns aufbrausendes Temperament und ihre scharfe Zunge. Lerchenfroh und Rosendorn waren gute Freundinnen und Briar liebte und verehrte seine Lehrerin, doch Tris hatte bisher nicht verstehen können, weshalb. War das die Rosendorn, die Lerchenfroh und Briar sahen, wenn niemand sonst dabei war?

»W-wieso wisst Ihr so viel über Vögel?«, stotterte sie. »Habt ... habt Ihr Magie mit ihnen?«
Rosendorn schob vorsichtig ihre Finger unter den Nestling, der sofort anfing zu kreischen, dann setzte sie ihn in sein neues Nest. »Du darfst dieses Junge nie fest anfassen. Seine Knochen und selbst der Schnabel sind noch sehr weich.«
»Ich werde es mir merken.«
»Nicht jeder, der Tiere liebt, muss gleich durch Magie mit ihnen verbunden sein, weißt du«, sagte Rosendorn und tippte mit dem Finger in die Milch. »Sehr gut – genau die richtige Temperatur. Nimm diesen sauberen Strohhalm und mach genau das Gleiche, was ich mit der Medizin getan habe. Gib ihm nur einen Tropfen oder zwei auf einmal.«
Mit zitternden Händen steckte Tris den Strohhalm in die Milch, verschloss das obere Ende mit der Fingerspitze und hob den Halm hoch. Sie nahm ihren Finger von der Öffnung und sah, wie die Milch herausfloss. Sie versuchte es erneut, hob diesmal den Finger nur kurz ab und verschloss die Öffnung sofort wieder. Jetzt hatte sie im Griff, wie viel Flüssigkeit herauskam, und konnte sie tröpfchenweise abgeben. Sie füllte den Strohhalm ein drittes Mal. Der Kleine piepte. War er schon lauter? Sie betete zu Asaia, der Göttin der Luft und der Vögel, und ließ zwei Tropfen in den offenen Schnabel fallen. Verblüfft schloss der Nestling seinen Schnabel und schluckte. Er hob den Kopf und bettelte um mehr.
Während Tris den Kleinen fütterte, sagte Rosendorn: »Gärtner und Bauern kennen sich mit Vögeln aus, denn sie müssen zumindest wissen, welche Vögel ihre Saat fressen und welche nicht. Ich habe mit den Nestlingen angefangen, als ich in deinem Alter war, auf dem Bauernhof meines Vaters. In Ordnung, das ist genug. Er wird

nun eine Weile schlafen, aber du solltest dich besser gleich wieder bereitmachen und noch ein wenig Milch erwärmen.«
»Alle fünfzehn Minuten?« Tris fragte sich, wie sie noch irgendetwas anderes schaffen sollte, während sie sich um ihren Schützling kümmerte.
»Bis er kräftiger ist. Wenn sein Zustand sich bessert, können wir die Abstände heute Nachmittag bereits auf halbstündlich verlängern. Wenn sein Zustand sich weiterhin bessert, können wir morgen vielleicht schon auf einen stündlichen Rhythmus übergehen.«
Tris schluckte. »Wann soll ich denn schlafen?«
»Gänschen! Siehst du denn Spatzen und Krähen in der Nacht herumfliegen? Die Vögel schlafen mit Sonnenuntergang. Komm her!« Sie ging zur Tür, die sich zum Garten hin öffnete, und winkte Tris zu sich. »Siehst du den Vogel, der dort am Brunnenrand sitzt?«
Tris sah ihn, ein hübscher schwarzbrauner Kerl, der seine Federn aufplusterte, während er laut pfiff. Er hatte etwa die Größe ihrer Hand, gelbe Beine und einen scharf aussehenden Schnabel. Als er sich umdrehte, schimmerten seine Federn in der Sonne.
»Das ist auch ein Star. Sie fressen Insekten und sind richtige Clowns. Sie können auch andere Vögel imitieren – viele der hier lebenden Stare können schreien wie Möwen. Sie bilden große Schwärme, die du bei Sonnenuntergang sehen kannst.«
Der Star auf dem Brunnenrand krächzte »Gaak« und flog davon.
»Jetzt komm«, sagte Rosendorn. »Wir haben noch einiges zu tun, damit es dein Kleiner heute Nacht warm genug hat.«

Als Briar das Reich des Geweihten Gaumenwohl in der Küche im Turm verließ, trug er einen vollen Korb sowie ein Fleischküchlein, damit er die langen Minuten bis zum Mittagessen überstand. Wenn Rosendorn nicht bereit gewesen wäre ihm die Geheimnisse der Pflanzenkunde beizubringen, wäre er völlig zufrieden gewesen damit, den Rest seines Lebens für Gaumenwohl zu arbeiten – auch wenn die Küche im Sommer ein heißer Ort war.

Während er an alles Mögliche dachte, zum Beispiel an den zerstörten Turm auf der Felseninsel oder an Tris' Vogel, verfiel er in eine alte Gewohnheit. Er vergaß völlig, dass es nicht mehr nötig war, sich zu verstecken, wenn er etwas zu essen hatte. Noch vor zwei Monaten war er ein halb verhungerter Straßenjunge gewesen. Daher suchte er jetzt nach einer dunklen Ecke, in der er ungestört sein Fleischküchlein verzehren konnte, und fand eine Nische in dem Gang mitten im Turm. Diesen Gang säumte ein herrlich geschnitztes, rundes Holzgitter, das durch die Geschosse bis zum Dach reichte. Es verlief bis hinauf zur großen Uhr an der Turmspitze und hinunter in die geheimen Räume weit unter der Erde, wo sich der so genannte Feuerkern befand. Innerhalb des Holzgitters verliefen senkrecht nach oben dicke Seile. Zwischen die Seile waren Kisten gespannt, die Nachrichten von den Sehern in den oberen Stockwerken nach unten beförderten. Als Briar auf seinem Weg zur Küche hier durchgekommen war, waren zwei Läufer auf dem Boden gesessen, bereit jegliche Botschaft aus den oberen Stockwerken zu befördern. Sie waren jetzt verschwunden. Briar verzog sich in seine Nische und biss glücklich in sein Fleischküchlein.

Etwas raschelte in der hölzernen Treppe. Ratten, dachte Briar und legte eine Hand an das kleine Messer, das in seinem Hemd steckte.

Damals in Hajra, seinem früheren Zuhause, hätten Ratten sofort versucht sich seine Mahlzeit zu schnappen.
Holz klapperte und Zahnräder bewegten sich. Nur Botschaften, die heruntergeschickt werden, dachte er und ärgerte sich über seine Schreckhaftigkeit. Als ob Gaumenwohl Ratten in die Nähe seiner Küche ließe!
Die Tür im Gitter wurde ganz langsam geöffnet. Briar stieg der Duft von Zimt in die Nase und er unterdrückte ein Niesen. Obwohl er bezweifelte, dass irgendein Dieb es wagen würde, sein Glück hier im Verschlungenen Kreis zu versuchen, wusste er, dass erfahrene Diebe Zimtöl dazu benutzten, um Fährtenfindermagier zu täuschen. Es war teures Zeug. Unter dem Zimt entdeckte er einen anderen, süßlichen Geruch: Mohnöl.
Vor drei Wochen hatte Rosendorn damit begonnen, ihm beizubringen, wie die Öle, die sie in ihrem Arbeitsraum aufbewahrte, Magie unterstützen konnten. »Wenn du Mohnöl verschwenden willst, benutzt du es nicht als Medizin«, hatte sie gesagt, »sondern um dich unsichtbar zu machen. Als Medizin ist es allerdings nützlicher.«
Silbernes Licht flackerte auf. Jemand verließ das Treppenhaus und schloss die Tür ohne das leiseste Geräusch. Briar kniff die Augen zusammen. Das Licht schimmerte überall um einen verschwommenen Schatten, der sich zwischen der Treppe und der Außentür bewegte. Es zeigte die Umrisse eines Mannes.
Ein reicher Mann, dachte Briar, als der Schatten den Turm verließ. Reich genug, um sich Zimt- und Mohnöl leisten zu können. Oder es ist ein Schüler, der die Vorräte seines Lehrers plündert.
Briar stellte seinen Korb ab und ging zum Treppenschacht. Er öffnete die Tür und betrachtete die Stufen und die Aufzugseile. Hier war der Zimtgeruch noch stärker. Briar fand Spuren von Öl

auf dem inneren Türgriff und auf den Zahnrädern, die die Holzkisten für Botschaften transportierten. Er schüttelte den Kopf, schloss die Tür und holte seinen Korb aus der Ecke, wo er ihn hingestellt hatte. Schüler, die mit ihrer Magie Spielchen treiben, dachte er. Wer sonst würde mitten am helllichten Tag Unsichtbarkeitssprüche im Turm ausprobieren?

Und wie sonst hätte er denjenigen innerhalb des Spruches sehen können, wenn es nicht ein Schüler war, der eine Kleinigkeit falsch gemacht hatte? Früher, im Gaunerviertel von Hajra, hatte er niemals den Herrn der Diebe sehen können, wenn er sich unter seine Untertanen mischte, ihre Geheimnisse belauschte und ihre Intrigen gegen ihn. Der Herr der Diebe hatte immer die besten Sprüche benutzt, die man für Geld kaufen konnte.

Die Turmuhr verkündete die Mittagszeit. Er sollte lieber zusehen, dass er nach Hause kam, damit Tris ihren Vogel mit richtigem Essen füttern konnte.

Dieses Versteckspiel des Schiffes machte Daja ganz verrückt. Immer wenn sie von ihrer Arbeit aufblickte, sah sie es aus den Augenwinkeln, doch sobald sie genau hinschaute, sah sie nur das Achatmeer, glasig von der Hitze des Tages. Seit Tris auf ihrem Weg nach Hause bei ihr vorbeigekommen war, schien das Schiff sich dort draußen herumzutreiben und Daja herauszufordern schneller hinzusehen und es zu erwischen. Als schließlich die Turmuhr das Ende der mittäglichen Ruhezeit verkündete, hatte sie das Gefühl, sie hätte bereits so oft aufgesehen, wie sie im Boden nach weiteren Stücken des magischen Netzes gefühlt hatte.

»Stimmt etwas nicht?«, fragte Kirel. Eisenbart hatte sie verlassen,

um das Netz weiter unten in der Bucht zu prüfen. »Du zappelst herum, als ob dich Sandflöhe beißen würden.«
»Ich habe ein Azigazi im Augenwinkel«, erwiderte sie gereizt. »Das ist fast so schlimm wie Sandflöhe!«
»Ein ... was hast du gesagt?«
»Tut mir Leid.« Er konnte nichts dafür, dass er ein Kaq war – ein Nichthändler, unwissend von Geburt an –, was sie oft vergaß, weil sie ihn so gern mochte. »Azigazi. Das ist eine Vision, so etwas wie eine Fata Morgana. Auf dem Meer kommen sie, wenn es sehr heiß ist. Weiße Händler sagen, es gibt sie auch im Schnee und in der Wüste. Du siehst Dinge, die es gar nicht wirklich gibt.«
»Ein Luftbild oder eine Vision. Azigazi.« Er sprach das Wort ganz langsam aus. »Könnte es etwas Magisches sein?« Er brachte ihr die Wasserflasche.
Dankbar trank Daja. »Ich weiß es nicht. Es gibt so viel, was mit Magie zu tun hat, wovon ich noch nie gehört habe.«
»Wo siehst du es denn?«
Sie deutete hinaus aufs offene Meer. »Ich meine immer, es sei ein Schiff dort draußen, eine einfache alte Feluke ...«
»Eine einfache alte ... was?«
Der arme Kirel war ein Landmensch. »Eine Feluke. Ein kleines Segelschiff mit Luggersegeln. Es gibt viele davon im Hafen – das gebräuchlichste Schiff hier bei uns, zum Fischen, für Kurierdienste oder für kleine Frachten. Aber sobald ich diese Feluke genau ansehen will, ist sie nicht da.«
»Bist du sicher, dass du sie wirklich siehst?« Er schirmte die Augen gegen die Sonne ab und suchte das Meer zwischen den Inseln vor Sommersee und den Hügel der Halbinsel Emel ab.

»Es ist deutlich genug, dass ich erkenne, welche Art von Schiff es ist«, entgegnete sie.

»Oh.« Einen Moment lang sah Kirel weiter auf das Meer hinaus und dachte nach. Dann blickte er sich nach ihrem gemeinsamen Lehrer um. »Eisenbart!«

Der Schmied winkte und kam zurück zu ihnen gelaufen. »Was ist denn los?«

»Ich sehe den ganzen Tag schon ein Azigazi«, erklärte Daja. »Es ist schließlich nur eine einfache Feluke; kein Grund, weshalb ich sie nicht sehen sollte. Sie sind ja hier in der Gegend üblich. Aber jedes Mal, wenn ich mir das Schiff genau ansehen will, ist es verschwunden.«

Eisenbarts dunkle Augen funkelten. »Versuche es zu spüren, wie du das Metall im Netz aufspürst. Schick deine Magie hinaus auf das Meer. Wenn es ein echtes Schiff ist, muss sich Metall darin befinden.«

Daja versuchte es. Sie schloss ihre Augen, lauschte und schnüffelte. Alles, was sie in ihrem Geist erkennen konnte, war Meereswasser, ruheloses, trügerisches Wasser, bereit, denjenigen zu verschlingen, der nicht auf der Hut war.

»Es ist nur Wasser«, erklärte sie fast beleidigt. Sie wusste, dass sie sich anhörte wie ein kleines Kind, aber ehrlich, was erwartete Eisenbart denn? Das Meer war eben das Meer, kein Metall!

»Na, na, na!«, murrte er. »Du machst Zicken.« Er stellte sich hinter sie und ergriff ihre Hände. »Erinnerst du dich, wie Sandri einen magischen Faden aus sich herausspinnen konnte? Nun gut, gib du mir auch einen.«

Sie versuchte diesen Faden in sich zu finden, doch Eisenbarts Berührung irritierte sie. Es war leicht, einen Faden an Sandri zu reichen, die sanft und nachgiebig war wie gut gewebtes Tuch. Eisenbart schien von Kopf bis Fuß aus Metall. Also gut, dachte Daja, dann eben keinen Faden, sondern Draht. Sie holte tief Luft, tauchte in ihr Inneres und holte einen schimmernden Draht heraus, den sie an ihn weiterreichte.

»Wunderbar«, sagte er. Sie spürte, wie seine Kraft sich wand und streckte. Jetzt spürte sie Metall unter und neben sich, als ihre gemeinsame Kraft nach draußen strömte: Stücke von Ketten, Metallreifen, die eine Kiste umgaben, ein ausrangierter Anker, all das rostete auf dem Meeresboden vor sich hin. Ihre Macht drängte weiter aufs Meer hinaus . . .

Es musste ein Schiff sein. Was sonst hielt Nägel und Metallbänder in genau dieser Weise? Daja zuckte zusammen, als sie auch Waffen sah: viele Schwerter und Messer, die kein unschuldiges Fischerboot mit sich führen würde, und eine ganze Menge von metallenen Speerspitzen.

Eisenbart atmete langsam aus und führte Daja sanft zur Küste zurück. Als sie ihre Augen öffnete, stolperte sie.

Eisenbart fing sie auf. »Ihr beide ladet die Stücke des Netzes auf, die wir gefunden haben, und bringt sie hinter die Tempelmauern«, befahl er Kirel. »Trödelt nicht! Ich werde Bescheid geben, dass die Tore geschlossen werden müssen.«

Daja fasste Eisenbarts Arm, bevor er gehen konnte. »Aber es ist doch nur ein einziges Schiff . . .«

Er tätschelte ihr sanft die Wange. »Wenn es in ehrlichen Geschäften unterwegs wäre, Kleines, dann müsste es sich nicht verstecken, oder? Das ist ein Erkundungsschiff von Piraten oder ich bin ein Tanzmädchen.«

»Selbst wenn es ein Erkundungsschiff ist, die Hauptflotte der

Piraten ist doch wohl noch nirgendwo in Sicht, oder?« Daja hob einen Stapel mit Stücken des magischen Netzes auf und verstaute die Teile in einem der Körbe des Maultiers.

»Noch nicht«, erwiderte Kirel und füllte den anderen Korb. »Vielleicht warten sie auf die Dunkelheit.«

»Seit wann siehst du denn schon dieses Azigazi?«, wollte Eisenbart wissen.

»Seit . . . ich weiß nicht«, antwortete Daja, ehrlich erschrocken. Geschichten von Piraten hatten ihr schon immer Angst eingejagt. »Es war mindestens eine Stunde vor der Mittagszeit.«

»Ich wette, sie ahnen nicht, dass wir sie entdeckt haben. Schau nicht so entsetzt«, sagte Eisenbart mit einem Grinsen. »Du hast uns wenigstens gewarnt. Und das nächste Mal achte mehr auf deine Azigazis!«

5

Sobald sie zu Mittag gegessen hatten, gab Rosendorn Briar Arbeit, die drinnen zu erledigen war. Er sollte kleine Flaschen mit Sirup und Leinensäckchen mit getrockneten Kräutern füllen. Während er sich an die Arbeit machte, zeigte Rosendorn Tris, wie sie aus dem fein gehackten Rindfleisch und hart gekochtem Eigelb, das Briar aus der Küche geholt hatte, eine Paste machen sollte. Tris rollte die Paste zu winzigen Bällchen und fütterte sie dem Vogeljungen mit dem Ende eines dünnen Holzstäbchens. Das und ein paar Tropfen Wasser bekam der Vogel abwechselnd mit der Ziegenmilch mit Honig. Die Geweihte half Tris auch einen kleinen Brenner zu basteln – eine Metallkiste, in der sich eine Kerze befand, um die benötigten kleinen Mengen Milch zu erwärmen. Nach der Mittagsruhe meinte Rosendorn, dass es nun ausreiche, den Nestling lediglich jede halbe Stunde zu füttern anstatt alle fünfzehn Minuten. Sie stellte die Flaschen und Beutelchen, die Briar gefüllt hatte, in einen Korb, gab ihrem Schüler den Auftrag eine Teemischung aus Weidenrinde zu bereiten und verließ die beiden Kinder.

Sobald sie fort war, ging Tris in ihr Zimmer, um sich einige Bücher zu holen, die sie lesen sollte. Sie band ihr Haar mit einem Tuch zusammen, streifte ihre Schuhe und Strümpfe ab und kehrte wieder in das Arbeitszimmer zurück, bereit für einen langen

Nachmittag. Rosendorn hatte ihr einen Platz vor dem Fenster gegeben, von dem aus man einen guten Blick auf die Turmuhr hatte. Briar, der kleine Rindenstücke in noch kleinere Stückchen riss, war nahe genug, um Tris Gesellschaft zu leisten, ohne dass sie sich bedrängt fühlte. Zum ersten Mal seit Stunden fühlte sie sich entspannt.

»Sie ist gar nicht so übel, stimmt's?«, sagte Briar nach einer Weile. »Ich meine, sie ist nicht so fröhlich und gut gelaunt wie Lerchenfroh, aber sie hat auch ihre guten Seiten.«

»Du bist vermutlich im ganzen Verschlungenen Kreis der Einzige, der das sagt«, bemerkte Tris schläfrig. Sie nahm ihre Sehgläser ab, stützte das Kinn in die Hand und schaute mit halb geschlossenen Augen aus dem Fenster. Es war eine Erleichterung, nicht ständig Licht am Rand ihres Gesichtsfeldes aufblitzen zu sehen. Ob Niko wohl die ganze Zeit so sah? Wurden seine Augen dessen nicht müde? Überall im Verschlungenen Kreis steckte Magie, das hatte sie nun gesehen – im Südtor, das Einlass in die sechs Fuß dicke Mauer bot, in den Steinen des Spiralweges, in Fenstern und Türen. Der Turm strahlte natürlich besonders viel davon aus, doch auch die Magier und ihre Schüler, denen sie begegnet war, hatten von Magie geschimmert. Im ganzen Haus Disziplin strahlte dieses magische Licht und ganz besonders in diesem Arbeitsraum – sie fragte sich, was sie wohl in Lerchenfrohs Arbeitsraum zu sehen bekäme. Die ganze Zeit hatte sie gedacht, dass Lerchenfroh und Rosendorn nicht so mächtig sein konnten wie Niko, der als großer Magier bekannt war. Sie hatte angenommen, dass deren Magie kleiner wäre, weil sie sich mit so normalen Dingen beschäftigte. Anscheinend hatte sie sich geirrt.

Leises Piepsen tönte aus dem Nest. Tris blickte auf die Uhr und merkte, dass es Zeit war, ihren Schützling zu füttern. Sie setzte ihre Sehgläser wieder auf und nahm die Decke vom Nest.

»Hässlicher kleiner Piepser«, meinte Briar, während er ihr über die Schulter sah, als sie Flüssigkeit in den offenen Schnabel tropfen ließ. »Was sind denn diese abstehenden Dinger?«

»Rosendorn sagt, sie heißen Stoppelfedern. Sobald er flügge wird, also wenn er richtige Federn bekommt, wird er ziemlich schnell wachsen.« Sie wandte sich ab, um ein feuchtes Tuch zu suchen, mit dem sie die verschüttete Milch aufwischen konnte, und wurde von einem Aufflammen silbernen Lichtes fast geblendet. Dessen Quelle war ein dickes, ledergebundenes Buch. Tris zuckte zusammen und hielt eine Hand vor die Augen.

Briar hielt sie auf dem Stuhl fest. »Vorsichtig ... du wärst fast heruntergefallen. Was ist denn eigentlich los mit dir? Seit deinem Ausflug mit Niko bist du so fahrig.«

Tris seufzte. Sie fand ein Tuch, wischte die Milch weg und deckte ihren Schützling wieder zu. »Niko hat etwas mit meinen Sehgläsern gemacht«, antwortete sie Briar und erklärte, wie sie dadurch nun in der Lage war Magie zu sehen. »Daran muss ich mich erst gewöhnen. Mit der Zeit wird es dann wahrscheinlich schon gehen. Niko zuckt schließlich auch nicht ständig zusammen.«

»Also, du siehst immer dieses Licht, hab ich Recht?«

»Meistens ist es so, als ob ein silberner Schleier über den Dingen läge oder als ob sie einen silbernen Umriss hätten. Dann gibt es noch die Sachen, die so hell scheinen wie Lampen, und zwar riesige Lampen. Beim Turm ist es zum Beispiel so – und damit meine ich nicht nur die Räume des Sehens und des Hörens. Der ganze Turm, von der Uhr bis zur Küche leuchtet.«

»Und dieses Licht bedeutet Magie.«

»So hat Niko es mir erklärt.«

Briar dachte darüber nach und tippte nachdenklich mit einem dicken Strohhalm auf den Arbeitstisch.

»Du wirst noch meinen Vogel aufwecken.« Tris nahm ihm den Strohhalm weg.

»Wir haben letzte Nacht das gehört, was du gehört hast«, bemerkte Briar unvermittelt.

»Ja.« Sie blickte ihn an und wartete. Er runzelte die Stirn, und die Richtung, in die ihn seine Gedanken führten, gefiel ihm gar nicht. »Also, vielleicht ist es so, dass wir vier untereinander die Magie der anderen auffangen, weil unsere kleine Hoheit uns zusammengesponnen hat. Und wir müssen gar nicht immer ganz nahe beieinander sein, damit das passiert.«

»Vielleicht.« Tris begriff, worauf er hinauswollte. »Du siehst ebenfalls dieses Licht? Und du denkst, es ist meine Magie, die überspringt?«

»Ich sehe es überall im Haus ein wenig schimmern und habe es auch im Turm gesehen«, erklärte er. »Nicht so stark, wie es anscheinend für dich ist. Aber . . .« Er zögerte und kratzte sich am Kopf.

»Soll ich jetzt den ganzen Tag warten, bevor du weiterredest?«, wollte Tris wissen. »Ich muss noch was lesen.«

Er zuckte mit den Schultern und erzählte ihr von der Gestalt im Treppenhaus des Turmes. »Ich dachte, es sei nur einer der Schüler, der einen neuen Spruch ausprobiert. Ich meine, wenn ich einen Unsichtbarkeitsspruch hätte, würde ich ihn auch gerne ausprobieren.«

Tris musste lächeln. »Selbst du könntest nicht alles essen, was du mit einem solchen Spruch bei Gaumenwohl stibitzen würdest.«

»Ich glaube ja nicht einmal, dass ich es schaffen würde. Gaumenwohl weiß immer, wenn irgendjemand in seiner Küche ist, egal, wie verrückt es darin zugeht. Trotzdem wäre es einen Versuch wert.« Nach einem Augenblick fügte er hinzu: »Ich fand es nur eigenartig, dass überhaupt jemand diese Art von Spruch im Turm benutzt. Aber jetzt weiß ich zumindest, warum ich ihn gesehen habe.«

»Entschuldige bitte«, sagte Tris. »Wie sollte ich wissen, dass Nikos Spruch ansteckend sein könnte? Hör mal – möchtest du vielleicht ein wenig Lesen üben, während du diese Rinde klein machst?« Vor einigen Tagen hatte sie damit begonnen, ihm das Lesen beizubringen, und hatte überrascht festgestellt, dass es ihr Spaß machte.

Briars Antwort schmeichelte ihrer Eitelkeit. Er zog sofort seinen Hocker und seine Weidenrinde herüber zu ihr, holte dann eine große Tafel und ein Stück Kreide. »Der erste Buchstabe«, sagte er und setzte sich auf seinen Hocker.

Tris schrieb ein A auf die schwarze Tafel.

»A. Apfel, Ameise, Amsel, gefolgt von B.«

Tris schrieb den Buchstaben auf.

Briar grinste. »Briar! Außerdem Beeren, Birne, Baum, Basilikum. Der nächste Buchstabe ist C . . .«

»Sandri.« Eine Tasse berührte ihre Lippen. Sie trank, schmeckte das Wasser, dem man mit Zitronenschale ein wenig Geschmack gegeben hatte. Sie und Lerchenfroh hatten lediglich zu Mittag gegessen und waren dann gleich wieder an die Arbeit gegangen. Erneut wurde die Tasse an ihre Lippen gehalten. Diesmal nahm Sandri sie in ihre Hände und trank mit gierigen Schlucken. Als die

Tasse leer war, stellte Sandri sie auf den Tisch neben einen aufgetürmten Haufen Verbandsstoff.

Sandri blickte auf ihre Arbeit und runzelte die Stirn. Sie verstand jetzt, was Lerchenfroh über diese Art von Weben gesagt hatte. Das Verbandsmaterial war an einigen Stellen zu locker und an anderen wiederum zu dick. Außerdem hatte es Löcher. Sie fuhr mit dem Finger durch eines hindurch und seufzte.

»Das macht bei Verbänden nicht so viel aus.« Lerchenfroh stand neben ihr. Sie war es gewesen, die Sandri aus ihrer Webtrance gerufen hatte. »Es gibt immer eine Lage obenauf oder darunter, die die Löcher verdeckt. Aber du musst dich jetzt ausruhen. Du jagst unseren Helferinnen ja Angst ein.« Sandri sah sich um, aber die Novizinnen waren fort. »Sie bringen gerade eine ganze Ladung voll in die Lagerräume.«

Sandris blaue Augen waren groß, als sie in Lerchenfrohs lächelndes Gesicht sah. »Jage ich ihnen wirklich Angst ein?«, flüsterte sie.

»Ein wenig. Aber das ist nicht so schlimm – Novizen müssen erst einmal stärker im Nehmen werden, bevor sie ihren Eid ablegen. Sie müssen sich daran gewöhnen, dass hier manchmal große magische Arbeit geleistet wird. Aber du hast jetzt Besuch, mein Kind.« Sie deutete auf die offene Tür.

Ein Mann in einer dunkelbraunen Tunika und Reithosen stand da und zog seine Reithandschuhe aus. Die Sonne glänzte auf seinem rasierten Kopf, aber sein fleischiges Gesicht lag teilweise im Schatten. Er hatte braune Augen, eine falkenartige Nase und einen breiten, entschlossenen Mund. Er war breitschultrig und muskulös gebaut und seine Macht umgab ihn wie ein Mantel.

Der Mann fing Sandris Blick auf, betrat den Raum und lächelte. Der Schatten war verschwunden, aus einer mächtigen und bedrohlichen Gestalt wurde ein freundlicher Mann mittleren Alters.

Etwas unsicher auf den Beinen – wie lange hatte sie denn gearbeitet? – knickste Sandri und erwiderte das Lächeln. »Onkel, entschuldige bitte!«, grüßte sie Herzog Vedris, Herrscher von Emelan. »Ich wusste nicht, dass du hier bist.«

Er ging zu ihr und sie gaben sich einen Begrüßungkuss auf die Wangen. »Es ist auch nur ein Kurzbesuch, um die Ehrenwerte Mondenstrahl zu treffen und mit ihr über die Wachtürme zu reden, die explodierten.« Seine Stimme war weich und angenehm. Er nickte zu dem Berg aus Leinen hin. »Du warst sehr fleißig.«

»Ich helfe Lerchenfroh.« Sie bot ihm einen Stuhl an. »Wir haben Tee oder Fruchtsaft, wenn du etwas möchtest.«

Lächelnd schüttelte er den Kopf. »Ich habe gerade im Turm Tee getrunken, danke. Außerdem kann ich nur ganz kurz bleiben – ich muss noch vor Einbruch der Dunkelheit zu Hause sein. Geweihte, bitte setzt Euch«, sagte er zu Lerchenfroh.

»Ehrlich gesagt, wollte ich Euch und Sandri kurz allein lassen«, sagte Lerchenfroh und ging zur Tür. »Ich hoffe, es ist Euch recht.«

Der Herzog nickte. Lerchenfroh verbeugte sich – die Geweihten mussten vor Adligen nicht knicksen oder knien – und verließ sie.

Vedris streckte die Hand aus und zog leicht an einem von Sandris Zöpfen, um sie zu necken. »Es freut mich zu sehen, dass du dich von deinen Erlebnissen während des Erdbebens erholt hast. Nach dem, was ich aus deinen und Nikos Briefen las, war es ziemlich dramatisch.«

»Das kann man wohl sagen.« Sandri schauderte. »Ich hatte Glück, dass meine Freunde bei mir waren.«

»Wie sie Glück hatten, dass du bei ihnen warst«, erklärte der Herzog. »Und was genau machst du nun hier?«
Sie erklärte es und zeigte ihm die fertig gestellten Stoffballen. Die Menge, die sich im Arbeitsraum befand, verblüffte sie, wo sie doch wusste, das es noch mehr davon gab. Fast ehrfürchtig blickte sie auf ihre Finger. Dabei war es so leicht. Das schien ihr irgendwie nicht richtig. Da sie diese Arbeit erst lernte, sollte es doch eigentlich mehr Anstrengung bedeuten, den Fäden zu befehlen sich zu weben. Sie blickte auf Lerchenfrohs Arbeit. Obwohl auch sie auf diese magische Weise gewebt hatte, war Lerchenfrohs Tuch fester und gleichmäßiger als ihres.
»Welch merkwürdige Wendungen das Leben so nimmt«, meinte der Herzog leise und rieb sich über seinen blanken Kopf, während er Sandris Arbeit begutachtete. »Mein Neffe und seine Frau waren liebenswert, aber ich kann nicht leugnen, dass sie völlig nutzlos waren.« Er hob die Hand, um Sandris Protest abzuwehren. »Meine Liebe, sie lebten lediglich für ihr eigenes Vergnügen und taten nichts, um jenen zu helfen, deren Arbeit ihnen das Geld dafür gab. Du jedoch . . . Ich habe das Gefühl, dass du in deinem Leben so viel erreichen wirst, dass es die Leere ihres Lebens wettmacht.«
Sandri musste ihm Recht geben – das war ja das Schlimme. Sie konnte es nur nicht über sich bringen, es laut zu sagen. »Bist du nicht furchtbar streng mit ihnen?«
»Natürlich bin ich das«, erwiderte er und seine Augen funkelten amüsiert. »Ich bin ein gemeiner alter Piratenjäger, dessen Lebensaufgabe es ist, streng mit den anderen zu sein.« Er rieb sich die Nasenwurzel und seufzte. »Ich werde langsam zu alt für all das, Sandrilene.«
Sie starrte ihn an. Von klein auf hatte sie den Lieblingsbruder ihres

Vaters für einen Mann gehalten, der hart wie Stahl war und niemals alterte oder ermüdete. Es war beunruhigend zu hören, wie er Schwäche eingestand. »Ist denn sonst alles in Ordnung?«

»Wir haben mehr Piraten als üblich. Ich hätte gedacht, die lautstarken Beschwerden der Kaufleute wären bis hierher zu vernehmen.«

Sie lächelte und freute sich zu sehen, dass er zurücklächelte. »Haben sie denn Grund sich zu beschweren?«

»Nur, wenn sie die gleichen Neuigkeiten hören wie ich. Die skrupelloseste aller Piratinnen der Fehde-Inseln, Pauha – sie nennt sich selbst Königin Pauha –, hat einen Teil der weniger mächtigen Anführer dazu überredet, unter ihrem Kommando zu segeln. Das ist schlimm genug, denn damit kann sie praktisch eine ganze Flotte auf die Beine stellen. Was jedoch noch schlimmer ist – ihr Bruder Enahar hat sich ihr angeschlossen. Er ist ein Magier und hat an der gleichen Universität studiert, an der Niko war. Enahar könnte alles erschweren, wenn Pauha es auf uns abgesehen hat.«

»Hat sie das denn?« Der Gedanke an eine Piratenflotte – nicht nur eine Hand voll Schiffe – mit einem machtvollen Magier an Bord jagte ihr eine Gänsehaut über den Rücken.

»Ich hoffe nicht.« Er stand auf und streckte sich. Sandri erhob sich ebenfalls. »Ich gebe mein Bestes, um sie zu verjagen. Der größte Teil von Emelans Flotte ist bereits auf See und bewacht die Küste.« Er umarmte Sandri herzlich. »Du musst dir keine Sorgen machen. Der Verschlungene Kreis hat seine eigenen Möglichkeiten, um unwillkommene Besucher abzuschrecken. Seit vierhundert Jahren hat niemand diese Mauern durchdringen können.«

»Und Sommersee?«, fragte sie und begleitete ihn zur Tür. Draußen

wartete ein berittener Trupp der herzoglichen Wache im Schatten der Bäume.
Seine Augen blitzten auf. »Die Piraten täten besser daran, ein ausgewachsenes Stachelschwein zu schlucken. Deshalb ist unser Hafen auch der beliebteste im ganzen Achatmeer – wir sind weit und breit der sicherste.« Er küsste sie auf die Wangen. »Behüt dich wohl, Sandrilene. Sobald die Dinge sich wieder etwas beruhigt haben, lade ich dich und deine Freunde aufs Schloss ein und du kannst ihnen alles zeigen.«
Während ein junger Wachmann das Pferd des Herzogs brachte, fasste Sandri ihren Onkel am Ärmel. »Pass auf dich auf, Onkel! Sollen deine Kaufleute ihre lautstarken Beschwerden doch in einem Hof schreien, wo du sie nicht hören kannst. Die Übung wird sie jung halten.«
Er warf den Kopf in den Nacken und lachte laut auf. »Das ist meine Lieblingsnichte, wie ich sie kenne!«
Die Wachen grinsten, während der Herzog aufstieg. Er hob seinen Arm zum Gruß und führte dann den Trupp den Spiralweg hinauf. Sandri winkte, solange sie ihn sehen konnte.
»Ich bin beeindruckt«, sagte Lerchenfroh leise. Sie trat zu Sandri und legte tröstend einen Arm um ihre Schultern. »Es heißt immer, er möge eigentlich nicht viele Leute, doch ich konnte sehen, dass er dich aufrichtig liebt.«
»Er arbeitet so schwer«, flüsterte Sandri. »Ich frage mich, ob das Volk das richtig zu schätzen weiß.« Sie seufzte und sah in Lerchenfrohs freundliches Gesicht. »Und wir gehen jetzt zurück an die Arbeit?«
»Noch für ein Weilchen«, erwiderte die Geweihte. »Zum Abendessen hören wir auf. Du spürst die Auswirkung der magischen

Arbeit, die du getan hast, noch nicht sofort, aber morgen wirst du sie merken.«
Fünf Minuten später, als Lerchenfroh und Sandri gerade wieder mit ihrer Arbeit beginnen wollten, stolperte eine aufgeregte Novizin zur Tür herein.
»Entschuldigt bitte«, stieß sie schwer atmend hervor. »Aber war Herzog Vedris schon hier? Die Oberste Geweihte Mondenstrahl möchte, dass er sofort wieder zu ihr kommt!«
Lerchenfroh runzelte die Stirn. »Er ist schon fort. In diesem Augenblick müsste er durch das Nordtor reiten.«
»Oh, bei allen Kuhpocken!«, rief die Novizin aus und rannte davon.
Sandri fummelte unruhig mit ihren Fadenspulen herum.
»Es wird schon nicht so schlimm sein«, beruhigte Lerchenfroh sie. »Und sollte es doch schlimm sein, werden wir bald genug davon hören.«
Sie hatte Recht. Sandri holte tief Luft, konzentrierte sich auf ihre Magie und das Weben begann.

Als es Zeit zum Abendessen war, waren Sandri und Tris völlig erschöpft und halb am Einschlafen. Briar richtete seine Aufmerksamkeit auf das Essen und wiederholte in Gedanken noch einmal die Buchstaben, die Tris ihm beigebracht hatte. Daja war ruhelos und musste immer an dieses versteckte Schiff denken und was es bedeuten konnte. Lerchenfroh, Niko und Rosendorn, die zum ersten Mal seit dem Erdbeben wieder zusammen aßen, sprachen über den Klatsch, den Rosendorn aufgeschnappt hatte, während sie am Wassertempel gearbeitet hatte.
»Niko, von Eurem Spruch bekomme ich Kopfschmerzen«, beklagte

sich Tris, als die Erwachsenen einmal schwiegen. »Muss ich denn die ganze Zeit Magie sehen können? Bekommt Ihr denn keine Kopfschmerzen?«

Niko sah sie an und hielt ihren Blick fest. Das Licht, das Tris sah, wurde stärker und immer stärker, bis sie ihren Lehrer strahlend hell sah.

»Autsch!«, rief sie aus und löste sich aus dem Blick, um ihre Augen mit dem Arm zu bedecken. »Hört auf! Das ist ja noch schlimmer als das Flackern!«

»So kann ich Magie sehen«, erklärte er und strich sich über den Schnurrbart, wie so oft, wenn er nachdachte. »Du siehst die Magie nicht mehr nur aus den Augenwinkeln, sondern ganz direkt, stimmt's?«

»Ihr hättet mich fast geblendet«, grummelte sie und rieb sich die Augen mit den Fäusten.

»Wenn es dir nicht gefällt, wandle den Spruch ab. Versuche die Intensität dessen, was du siehst, zu ändern. Schwäche das Strahlen der Magie ab.«

»Aber ich weiß nicht, was Ihr mit meinen Sehgläsern gemacht habt«, wandte sie ein. »Ich muss wissen, was Ihr getan habt, um etwas an Eurem Spruch ändern zu können.«

»Überprüfe ihn mit deiner Magie. Du musst lernen, wie man mit den Sprüchen von anderen umgeht.«

»Du siehst ein Flackern?«, fragte Daja.

»An den Umrissen«, sagte Briar, der grade dabei war, sich einen Löffel voll Reis in den Mund zu schieben. »Wie Geister . . .«

»Oder Azigazis«, murmelte Daja. Als alle sie ansahen, erklärte sie ihnen nicht nur, was das Wort bedeutete, sondern auch, was sie diesen Nachmittag gesehen hatte.

»Sie schnüffeln also hier herum«, sagte Rosendorn grimmig, als Daja fertig war. »Aasgeier. Parasiten.«

»Zumindest sind wir in Sicherheit«, erwiderte Lerchenfroh. »Besser sie beißen sich an uns die Zähne aus, als über ein Dorf herzufallen, das noch vom Erdbeben geschwächt ist.«

»Der Herzog hat Patrouillen die ganze Küste entlang postiert«, warf Sandri ein. »Die werden die Piraten schon vertreiben.«

Die Geweihten, Sandri und Tris zogen den Gotteskreis vor der Brust, um Böses abzuwehren. Daja legte eine Faust über die andere, als ob sie ein Seil hochklettere – so bat man den Händlergott um Unterstützung. Briar, der fast schon auf den Boden spucken wollte, um nach Diebesart Glücksfresser abzuschrecken, merkte, dass Rosendorn ihn ansah, und räusperte sich stattdessen nur.

Sie wollten gerade vom Tisch aufstehen, als Kleiner Bär anfing zu bellen. Jemand klopfte an die Tür und der Welpe rannte los, um ihn zu verbellen.

Rosendorn schirmte die Augen ab und versuchte das Gesicht des Fremden durch die halb offene Tür zu erkennen. Doch da die Sonne gerade unterging, sah sie nur einen Schatten. »Eisenbart ist es nicht – dafür ist er zu klein«, murmelte sie vor sich hin und stand auf, um den Fremden zu begrüßen. Briar fasste Kleiner Bär, der manchmal bei seinen Begrüßungen etwas übertrieb.

»Entschuldigt bitte! Man sagte mir, ich könnte den Magier Niklaren Goldauge hier finden?« Die höfliche Stimme war männlich und jung. Tris runzelte die Stirn, denn sie kam ihr bekannt vor.

»Ihr habt ihn gefunden«, antwortete Rosendorn und führte den Ankömmling in die Stube. »Möchtet Ihr vielleicht etwas zu trinken? Wir haben gerade das Abendessen beendet.«

»Danke nein«, erwiderte er mit einem Lächeln. »Ich aß bereits im Speisesaal.«
Als der Besucher näher kam, konnte man sehen, dass er ein gut aussehender junger Mann war, mit braunem Haar und funkelnden Augen der gleichen Farbe. Seine Nase war lang und leicht gebogen, Mund und Kinn sehr energisch. Er trug Kleidung in dem Stil, den auch Niko trug, doch Sandri erkannte, dass dieser Mann sich stärker für Mode interessierte. Sein rotes Hemd war am Kragen und entlang der Vorderseite weiß bestickt, seine blassgraue Tunika hatte ganz lange Ärmel. Nikos Kleidung war auch mit Stickereien verziert, allerdings hatten sie die gleiche Farbe wie der Stoff, und die Ärmel seiner Tunika reichten nur bis zum Ellbogen – ein Stil, der vor zehn Jahren modern gewesen war. Die weiten Kniebundhosen des jungen Mannes waren von einem etwas dunkleren Grau als seine Tunika, mit einem Satinstreifen entlang des äußeren Beinsaumes. Er trug wadenhohe Stiefel, die am Schaft mit winzigen Spiegeln besetzt waren, und einen goldenen Ohrring an einem Ohr.
»Meister Goldauge?«, sprach er Niko an. »Ich komme von der Lichterbrücke. Adelghani Rauchwind bat mich Euch einen Brief zu überbringen.« Er reichte Niko ein gefaltetes und versiegeltes Pergament. Briar ließ Kleiner Bär wieder los, der sich inzwischen beruhigt hatte. Der Welpe wäre sicher an dem Besucher hochgesprungen, doch dieser bückte sich und kraulte ihn, worauf Kleiner Bär völlig stillhielt.
»Rauchwind?«, fragte Niko nach und brach das Siegel auf dem Pergament. »Wie geht es ihm? Macht ihm die Arthritis immer noch zu schaffen?«
Der Besucher hatte das offene Lächeln eines kleinen Jungen. »An

feuchten Tagen ist er deshalb ziemlich gereizt, Meister. Da sagt er dann den Studenten, dass sie eben mitleiden müssen, wenn es ihm schlecht geht.«

Niko lächelte. »Rauchwind war immer schon gut darin, seine Launen anderen mitzuteilen.«

Lerchenfroh flüsterte Daja zu: »Lass uns den Tisch abdecken . . .« Ihr Blick fiel auf Tris und sie runzelte die Stirn.

Tris starrte den Besucher an, als hätte er zwei Köpfe. Ihr Gesicht war blass und ihre Augen waren weit aufgerissen. »V . . . Vetter Amerin?«, flüsterte sie.

Der junge Mann sah sie an. »Ja, Amerin ist mein Name.« Zu den Erwachsenen gewandt fügte er hinzu: »Ich bin Amerin Glasfeuer, ich hätte mich gleich vorstellen sollen – Glasfeuer ist mein Magiername. Aber du, junges Fräulein . . .« Er brach den Satz ab und blinzelte einige Male. Schließlich räusperte er sich und sagte: »Du bist die Tochter von Darra und Valden, stimmt's? Die . . . die Kleine, die immer so viel las? Trina, Trisha nein, Trisana, jetzt hab ich's.«

Sie senkte den Blick und wurde rot. »Ja.«

Jetzt runzelte er erstaunt die Stirn. »Das letzte Mal, als ich in Ninver war – wie lange ist das her?«

»Zwei Jahre«, flüsterte sie.

»Stimmt genau. Da hatten sie dich zu Onkel Murris und Tante Emmine geschickt. Niemand wollte mir sagen, warum.«

Tris nickte.

Amerin sah von ihr zu Niko. »Ich . . . ich weiß gar nicht, was ich sagen soll.« In seinen Augen stand ein eigenartiger Ausdruck. »Ich hätte nie gedacht hier Verwandte zu finden. Ich versprach Rauchwind lediglich, Euch diesen Brief zu geben.«

Lerchenfroh stand auf und deutete auf ihren Stuhl. »Setzt euch doch bitte. Ich denke, Ihr solltet noch ein Weilchen bleiben, meint Ihr nicht auch? Ich bin übrigens die Geweihte Lerchenfroh.«

Jeder stellte sich vor. Tris, die merkte, dass alle Blicke jetzt auf sie gerichtet waren, stand auf und begann den Tisch abzuräumen.

»Du solltest dich freuen jemanden aus der Familie zu sehen«, flüsterte Daja. Sie goss heißes Wasser in die Schüssel, in der sie das Geschirr spülten. »Du siehst nicht gerade begeistert aus.«

»Meine so genannte Familie hat alles getan, um mich loszuwerden«, erwiderte Tris leise und ließ einige Teller in das Wasser gleiten.

»War er daran beteiligt?«, fragte Sandri ebenso leise und nahm den Heißwasserkessel von Daja entgegen. Sie musste gähnen und hätte fast den ganzen Inhalt über Dajas Füße geschüttet.

»Nein, er . . .« Tris sah zurück zum Tisch.

Amerin erzählte den Geweihten und Niko gerade den Grund für seinen Besuch: »Ich musste die Bibliothek hier meiner Studien wegen besuchen. Ich stehe kurz vor meiner Abschlussprüfung . . .«

»Er war fort, bevor sie mich endgültig abschoben«, erinnerte sich Tris. »Der gleiche fette Schleimer, der mich auf Magie geprüft hatte, hatte ihn . . .«

»Derjenige, der sagte, du hättest keine?«, unterbrach Briar sie und nahm ein Geschirrtuch, um abzutrocknen.

»Genau der. Er hatte auch Amerin geprüft und ihn zur Lichterbrücke geschickt. Amerin kam meistens in den Winterferien nach Hause, eine Zeit lang auch in den Sommerferien. Das letzte Mal war er vor zwei Jahren zu Hause.«

»Er kleidet sich wie ein Geldsack«, meinte Briar. »Sein Klunker ist nicht schlecht.« Da er sich bei dieser Bemerkung mit der Hand ans Ohr fuhr, wussten die Mädchen, dass er Amerins Ohrring meinte. Tris drehte den Kopf seitlich – das war immer noch die beste Art nach Magie Ausschau zu halten, aus den Augenwinkeln. Sie bemerkte gar nicht, dass ihre Freunde das Gleiche taten. Stimmt, Amerin besaß Magie, sichtbar als ein schimmernder Lichtschein in seinem Inneren und als strahlend heller Fleck an seinem Ohrring. Amerins Magie schimmerte blass wie der Mond, fast unscheinbar neben den Sonnen, die in Lerchenfroh, Rosendorn und Niko strahlten.

Tris fragte sich, ob sie wohl auch leuchtete. Sie wandte den Kopf und betrachtete ihre Freunde. Leuchteten sie? Sie meinte etwas in ihnen zu sehen, aber es bewegte und versteckte sich, als sie genauer hinsehen wollte.

»Tris«, sagte Rosendorn in diesem Augenblick und deutete auf ihren Arbeitsraum. Der Nestling schrie. »Das dürfte wohl das letzte Mal sein, dass du ihn heute füttern musst.«

Rasch goss Tris die restliche Ziegenmilch in eine Tasse und trug sie in den Arbeitsraum, um sie auf dem kleinen Brenner zu erwärmen. Ihr Schützling piepste lauter als am Morgen. Das ist sicher ein gutes Zeichen, dachte sie, obwohl das Piepsen sie im Augenblick etwas nervös machte. Es schien ewig zu dauern, bis die Milch sich erwärmte, und fast hätte sie den Honig vergessen. Sie rannte zurück zum Küchentisch, nahm sich den Topf und trug ihn zurück, um eine winzige Menge davon in die Milch zu geben. Endlich war die Milch warm genug. Sie nahm die Tasse herunter und fütterte den Nestling mit Hilfe des Strohhalms, bis er genug hatte. Er starrte Tris an, rülpste und kuschelte sich in sein Nest zum Schlafen.

»Du machst das sehr gut.«

Tris zuckte zusammen und bekam einen Spritzer Milch auf die Wange. Nachdem sie ihn mit einem Baumwolltuch weggewischt hatte, blickte sie ihren Vetter an. Er musste fast zweiundzwanzig sein, erinnerte sich Tris, einer der älteren unter den drei Jungen und zwei Mädchen der Familie ihres Onkels. Er war deren Stolz und Freude, der zukünftige Magier, der sie reich machen würde.

»Ich habe schon den ganzen Tag geübt.« Sie deckte das Nest ab und blies die Kerze aus, die ihr zum Erhitzen gedient hatte. Mit Erleichterung sah sie, dass die Sonne schließlich hinter der äußeren Mauer des Verschlungenen Kreises verschwunden war.

»Warum bist du denn nicht in Ninver«, fragte er. »Alles, was Meister Goldauge mir sagte, ist, dass du seine Schülerin bist. Ich beneide dich, weißt du. Niklaren Goldauge ist einer der Ratsmitglieder von Lichterbrücke. Er ist sehr berühmt.«

»Kannst du vielleicht auch mal aufhören zu reden, damit ich dir antworten kann?«, unterbrach sie ihn.

Er lächelte, doch in seinem Blick stand so etwas wie Nervosität. »Entschuldige. Ich bin wohl etwas aufgeregt ihn endlich kennen gelernt zu haben und . . . natürlich auch, dich hier zu treffen. Weshalb bist du hier?«

»Sie wollten mich nicht mehr«, sagte sie geradeheraus. »Sie schickten mich zum Tempel des Gebrochenen Kreises und die schickten mich hierher. Erst nachdem ich schon eine Weile hier war, erfuhr ich, dass ich Magie habe.«

»Soll das heißen, die Magieprüfer bemerkten es nicht?« Amerin blickte sie nicht an, sondern malte unsichtbare Zeichen auf die Tischplatte. »Bei mir entdeckten sie Magie.«

»Bei mir aber nicht«, sagte sie und merkte, wie sie wütend wurde.

»Die ganze Familie und die Leute vom Gebrochenen Kreis – sie dachten, ich sei besessen oder verrückt oder . . . kein menschliches Wesen. Sie . . .« Die Bündel mit getrockneten Kräutern über ihrem Kopf raschelten in einer plötzlich aufkommenden Brise.

Tris blickte auf und sah ihrem Vetter ins Gesicht. Nun, da sie darüber nachdachte, erinnerte sie sich, dass Amerin – dessen Augen immer aussahen, als ob sie allein die Person anlächelten, die er gerade anblickte –, dass Amerin immer nett zu ihr gewesen war. Er hatte ihr nie etwas Böses getan. Tris seufzte und beruhigte sich wieder. Die Kräuter raschelten nicht mehr, sie strömten lediglich einen stärkeren Duft aus. »Niko sagt, meine Magie sei . . . eigenartig. Sie hängt mit dem Wetter zusammen. Ich verstehe es selbst nicht.«

Amerin schüttelte den Kopf. »Man hat uns beigebracht, dass ein Magier niemals aufhört Neues zu lernen. Ach übrigens, Trisana . . .«

»Sag bitte Tris«, erwiderte sie. »Nur Base Uraelle rief mich bei meinem vollen Namen.«

»Tris. Ich bekam einen Brief von meiner Mutter – er wartete hier auf mich. Sie schreibt, dass Onkel Valden krank ist und vielleicht stirbt. Ich denke, du solltest so bald als möglich nach Hause gehen.«

Sie starrte ihn an. Was erwartete er von ihr? »Wenn mein Vater mich sehen will, wird er nach mir schicken«, fuhr sie ihn an. Wieder raschelten die Kräuter über ihrem Kopf, diesmal stärker als vorher. Die Brise zupfte an ihrer beider Haar und Kleidung. »Das letzte Mal, als ich ihn sah, erzählte er einem Fremden, dass er und meine Mutter mich nicht mehr sehen wollten. Nie mehr!«

»Du kannst das doch nicht zwischen euch stehen lassen«, redete Amerin auf sie ein. »Geh nach Hause, solange du noch kannst – das würde ich jedenfalls tun. Geh jetzt nach Hause und schließe

Frieden mit ihm. Ich gebe dir Geld für deine Reise. Und in Sommersee liegt ein Schiff im Hafen . . .«

Die Kräuter wurden nun von der immer stärker werdenden Brise heftig hochgeschleudert. Ein Bündel löste sich von seinem Haken und flog durch die Tür in die Stube.

»Tris«, rief Niko warnend.

Briar erschien in der Tür, das Kräuterbündel in einer Hand. »Reiß dich zusammen!«, fuhr er sie an. »Wenn du hier alles durcheinander bringst, nachdem ich so lange aufgeräumt habe . . .«

»Was ist denn? Was ist los?«, fragte Amerin und blickte von Briar zur errötenden Tris.

Sie wusste, was los war. Sie war wieder einmal dabei gewesen, die Beherrschung zu verlieren, und hatte die Luft um sie herum aufgewühlt. Wenn sie sich nicht beruhigte, würde sie einen Wirbelwind hierdrin auslösen – ein schöner Dank für die Freundlichkeit, die Rosendorn heute ihr gegenüber gezeigt hatte. Tris holte tief Luft, faltete die Hände vor sich und zählte ganz langsam, konzentrierte sich nur auf ihre Atmung und das Zählen.

Die Luft im Arbeitsraum beruhigte sich.

»Meister Niko! Meister Niko!«, rief jemand vor dem Haus. »Ihr werdet im Turm gebraucht!«

Tris und Amerin folgten Briar in die Stube. Jeder starrte auf die völlig aufgelöste Novizin, die heftig atmend in der Tür stand.

»Was ist denn passiert?«, fragte Niko und erhob sich von seinem Platz.

»Ihr werdet es nicht für möglich halten«, stieß die Novizin hervor. »Es geschah erst vor wenigen Minuten. Jedes Glas und jeder Spiegel im Raum des Sehens ist zerbrochen. Alles! Selbst die

Wasserschüsseln, mit denen die Geweihten ihre Visionen heraufbeschwören, sind zerbrochen!«

Niko verließ das Haus im Laufschritt.

»Aber das ist doch unmöglich, oder?«, meinte Rosendorn fassungslos zu Lerchenfroh. »Der Turm ist doch magisch geschützt, von innen wie von außen.«

»Ein Beben vielleicht?«, meinte Amerin. Tris, die nahe bei ihm stand, bemerkte, dass seine Hände zitterten.

»Keiner der Spiegel oder Kristalle bekam während des großen Erdbebens auch nur einen Sprung«, sagte Lerchenfroh. »Kein einziger.«

Amerin seufzte. »Tja! Ich wäre wahrscheinlich nur im Weg, wenn ich meine Hilfe anböte. Vielleicht sollte ich lieber in die Bibliothek gehen und mit meinen Studien beginnen. Darf ich um einen Kuss bitten, Base?«

Tris sah ihn abweisend an. Ungerührt gab Amerin ihr einen Kuss auf die Wange. »Du solltest nach Hause gehen«, flüsterte er. Er bedankte sich bei den beiden Geweihten und ging.

Lerchenfroh blieb an der Tür stehen und blickte unglücklich zum Turm. »Wer kann das nur gewesen sein?«, flüsterte sie. »Es macht uns blind für alles, was die Zukunft für uns bereithält. Hatten wir nicht schon genug Überraschungen für einen Sommer?«

6

Es war noch nicht einmal drei Uhr morgens, als Tris ihre Augen öffnete. Irgendetwas stimmte mit der Luft nicht. Die Winde, die normalerweise um diese Zeit von Norden kamen und über den Verschlungenen Kreis wehten, drehten sich und kamen zurück, obwohl sie hinaus über das Meer sollten. Tris fühlte sich, als ob ein schweres Tier über ihr in der Luft lauerte, sie nach unten drückte und ihr das Atmen erschwerte.

Ihr Starenjunges schlief und würde nicht vor der Morgendämmerung erwachen. Bis dahin waren es noch gut zwei Stunden.

Irgendwie schaffte sie es, sich anzukleiden, ihr Haar unter ein Tuch zu binden und aus dem Haus zu kommen. Kleiner Bär folgte ihr zum Südwall und die Treppen hinauf.

Für Tris war das Treppensteigen äußerst unangenehm, da ihre Beine immer noch von dem langen Ausflug zum Turm der Felseninsel schmerzten. Sie biss die Zähne zusammen und ging weiter, versuchte, nicht auf ihren Rock oder den Hund zu treten. Sobald sie auf der Mauer stand, fand sie die Stelle, wo sie die letzte Nacht mit den anderen dreien gewesen war, und spähte aufs Meer hinaus.

Der Wind wirbelte um sie herum wie ein böses Omen. Über dem Tempelgebiet in Richtung Norden war es eine herrliche Nacht, ohne Wolken, die die Sterne oder das blasse Mondlicht verdeckten.

Zu ihrer Linken schimmerte das Licht von der Insel Maja herüber auf die dunkle Felseninsel. Die Halbinsel zu ihrer Rechten war dunkel, seit der Wachturm auf dem Piratenkap zerstört war.
Direkt vor ihr, etwa eine Meile weit draußen über dem Meer, wartete ein Sturm. Aus den sich hoch auftürmenden Wolken zuckten Blitze. Ein Regenvorhang erstreckte sich in einem breiten, schweren Band, so weit Tris nach Westen oder Osten sehen konnte, und bewegte sich langsam auf die Hafeninseln und die Halbinsel zu.
Tris runzelte die Stirn. Der Wind vom Landesinneren hätte eigentlich sofort davon aufgesogen werden und die Sturmwolken aufblähen müssen. Stattdessen hielt er inne, als träfe er auf eine Mauer. Tris drehte den Kopf etwas zur Seite. Aus den Augenwinkeln sah sie überall in diesen Wolkenmassen silbernes Licht aufblitzen.
Sie schloss die Augen und atmete tief ein, konzentrierte sich darauf, sich zu entspannen. Ihr Geist löste sich aus ihrem Körper und verband sich mit der Luft, die an ihr vorbeiwehte. Sie eilte mit dem Wind über das Wasser, schaumgekrönte Wellen kitzelten ihren Bauch. Sie stieg nach oben, tauchte ein . . .
Und prallte gegen eine glasglatte Wand. Wütend zischte der Wind, drückte sich vom Hindernis ab und rollte zurück zur Küste. Tris fand eine stärkere Brise und ritt darauf geradewegs auf die Wolken zu, nur um erneut an eine Wand wie aus Glas geworfen zu werden. Sie ritt auf dem Wind nach oben und rechnete mit einer langen Reise, denn echte Sturmwolken würden sich mindestens drei Meilen in den Himmel erheben. Stattdessen wurde sie in einer Höhe von nicht einmal einer Meile über den Rand der Wolkenwand geworfen. Sie schlitterte mindestens zwei Meilen über dieses harte Dach und zusammen mit ihrem Windbruder wurde sie

unruhig, als sie nicht in der Lage war zum Meer hinunterzustoßen. Sie kreisten und wichen zurück wie eine Katze, die gerade eine Maus verloren hat. Ihre Reise zurück zur Küste dauerte nicht sehr lange, was bedeutete, dass dieses Ding, was immer es war, sich langsam vorwärts bewegte.

Das schrille Jaulen eines Hundes unterbrach Tris' Konzentration. Sie wurde aus dem Wind zurück in ihren eigenen Körper geholt.

»Du schon wieder! Hör mal, du hast hier wirklich nichts verloren.« Es war der große, dünne Wachmann, der sie schon in der vergangenen Nacht zur Rede gestellt hatte. Seine Partnerin stand daneben, eine Armbrust in der einen, Kleiner Bär in der anderen Hand. Der Welpe bellte und kämpfte darum freizukommen. »Heute Nachmittag wurde ein Erkundungsschiff der Piraten in der Bucht gesichtet«, fuhr der Mann fort. In dieser Nacht trugen die Wachen Kampfkleidung: Helm und Lederwams mit Beschlägen, rote Tuniken, die bis zum Oberschenkel reichten, und schwere Ledersandalen. »Keine Besucher hier oben erlaubt. Und kannst du deinen Hund nicht zur Ruhe bringen?«

»Nein«, antwortete Tris geradeheraus. Sie deutete auf den Sturm. »Sieht das für Euch normal aus?«

»Es ist nur ein Sturm«, erwiderte die Frau. »Wir könnten Regen gebrauchen.«

»Wenn das ein Sturm ist, bin ich Herzog Vedris persönlich«, antwortete Tris bissig. »Sturmwolken türmen sich meilenweit in den Himmel. Die hier sind nicht einmal hoch genug für das allerkleinste Gewitter!«

Die Wachen tauschten Blicke aus.

»Bin ich nun eine Magierin oder nicht?«, rief Tris ungeduldig aus.

Kleine Windstöße spielten um ihr Haar, zogen ihr das Tuch vom Kopf und schickten es die Mauer hinunter. »Die letzte Nacht waren meine Freunde und ich Magier. Entweder bin ich heute auch eine Magierin, dann solltet Ihr auf mich hören, oder Ihr habt Euch letzte Nacht geirrt. Wie soll es nun sein?«

»Es kann ja nicht schaden, wenn wir dem Hauptmann Bescheid geben«, erwiderte die Frau langsam. »Ich kenne mich mit Stürmen nicht aus.«

»Aber ich!«, sagte Tris. Der Wind zerrte jetzt nicht nur an ihrer Kleidung, sondern auch an der der Wachen. Sie holte tief Luft und kämpfte darum, nicht ihre Beherrschung zu verlieren. »Würdet Ihr bitte auf mich hören?«

Abrupt drehte sich der Mann um und ging auf der Mauer entlang zu einem der runden Türme, die das Südtor flankierten. Als er zurückkehrte, begleitete ihn ein anderer Mann – kleiner, kräftiger und von dunkler Hautfarbe. Tris wiederholte ihm gegenüber, was sie den Wachen bereits erklärt hatte. Der Hauptmann hob ein langes Rohr aus Eisen an ein Auge und richtete es auf den Sturm.

»Sie hat Recht.« Er senkte das Rohr. »Das ist kein echter Sturm. Du . . .«

»Tris«, ergänzte sie schließlich, als ihr klar wurde, auf was er wartete.

»Tris. Gute Arbeit. Jetzt nimm deinen Hund und geh zurück ins Bett. Wir werden besser sofort die Kriegsmagier hierher holen.«

Nun, da ihr jemand glaubte, konnte Tris wieder leichter atmen. Sie nahm Kleiner Bär und ging nach Hause.

»Daja«, flüsterte eine männliche Stimme in Dajas Ohr. »Daja, wach auf.«

»Verschwinde, Uneno.« Im Halbschlaf meinte sie, es sei ihr älterer Bruder und sie läge in ihrer Hängematte auf dem Dritten Schiff Kisubo. »Ich übernehm deine Wache nicht.«

»Daja, ich bin's, Eisenbart. Ich brauche deine Hilfe.«

Sie setzte sich auf und wollte Uneno eins auf die Nase geben.

Ihre Nachtkerze brannte. Sie befand sich an Land, in einem festen Haus und in einem richtigen Bett. In der Ecke schimmerten die Götterstatuen von Händlergott Koma und seiner Gemahlin Oti im flackernden Licht ihrer Kerze. Sie blickte ihren Lehrer blinzelnd an. »Eisenbart?«

»Wir haben zu tun. Zieh dich an.« Er drückte ihr eine dampfende Schale in die Hand und ging.

Die Schale war mit heißer Schokolade gefüllt, ein seltenes und teures Getränk, das nur bei besonderen Anlässen serviert wurde. Beeindruckt schlüpfte sie schnell in ihre Kleidungsstücke und schlürfte das süße Getränk. Als sie schließlich nach unten tappte, war sie hellwach. Sie blickte aus dem Dachfenster und sah auf der Turmuhr, dass es erst kurz nach fünf Uhr morgens war.

Lerchenfroh und Rosendorn, die am Küchentisch saßen, sahen müde aus. Selbst Kleiner Bär, der morgens jeden, der aufstand, anbellte, schlief noch tief und fest vor dem Hausaltar. Eisenbart, der unruhig auf und ab gegangen war, lächelte, als Daja die Treppe herunterkam.

»Setz dich.« Er schob sie sanft auf einen Hocker am Tisch. »Bist du schon richtig wach?«

Daja nickte, während sie die letzten Knöpfe ihres roten Hemdes schloss.

»Schön. Dann hör mir gut zu: Ich wurde gebeten etwas sehr Gefährliches zu tun.« Er ging vor ihr in die Hocke und nahm ihre Hände in seine. »Vor der Halbinsel Emel im Osten, an der Insel Astrel und dem Schloss des Herzogs vorbei, verläuft ein Tarnspruch. Wir sind fast sicher, dass er eine große Piratenflotte verbirgt. Seine Gnaden möchte, dass ich jetzt sofort die Sprüche unserer Kette vor der Hafenöffnung erneuere und verstärke, was bedeutet, genau vor der Nase der Piraten zu arbeiten. Ich könnte deine Hilfe gebrauchen, doch nur, wenn du dir der möglichen Gefahren bewusst bist. Wir werden dort zwar von einem mächtigen magischen Schild geschützt, doch es ist eine Sache, verstandesmäßig zu wissen, dass man relativ sicher ist, und eine andere, ob man es auch im Bauch spürt.«
»Denk darüber nach, Daja«, sagte Lerchenfroh und ihre sonst so fröhliche Stimme war rau vor Müdigkeit und Sorge. »Du wirst dich in einem Boot befinden und kannst also nicht davonlaufen, wenn die feindliche Flotte angreifen sollte. Sobald du erst einmal da draußen bist, wirst du deine Meinung nicht mehr ändern können.«
Daja blickte in Eisenbarts blitzende, dunkle Augen. »Welche Art von Schutzschild haben wir?«
»Ein Stück des magischen Netzes, das wir gestern ausgegraben haben. Denk einen Augenblick darüber nach, Daja. Ich würde eher sterben, bevor ich zuließe, dass dir irgendetwas zustößt, aber wenn du Angst hast, will ich es sofort wissen.«
Sie starrte durch die offene Tür in Lerchenfrohs Arbeitsstube. Vor einem Jahr war das Dritte Schiff Kisubo gerade dabei gewesen, aus dem Hafen von Hajur zu laufen, als das Fünfte Schiff Kisubo im Hafen einlief. Es hatte einen Angriff von Piraten überstanden, doch seine Segel waren zerfetzt und sein Achter-

deck angesengt. Ein Mast war in der Mitte gebrochen. Als die Laufplanken ausgelegt wurden und die Mannschaft des Dritten Schiffes Kisubo sich am Dock versammelt hatte, um zu helfen, war der Erste, der vom Fünften Schiff ging, Onkel Tiwolu. Sein schweißüberströmtes Gesicht war schmerzverzerrt. In seinen Armen trug er den blutenden und von Pfeilen durchbohrten Körper von Tante Zaida.

Daja holte tief Luft und nickte. »Ich bin dabei.«

Eisenbart stand auf und zog sie ebenfalls hoch. »Dann lass uns gehen.« Er nahm einen Proviantbeutel vom Tisch und schwang ihn über die Schulter auf den Rücken. »Unsere Eskorte wartet draußen.«

Daja gab Lerchenfroh einen Kuss auf die Wange, dann blickte sie zu Rosendorn. Die sah sie gereizt an und meinte kurz angebunden: »Kein Grund gleich rührselig zu werden. Ich seh dich dann in ein paar Stunden wieder.«

Daja grinste. Sie hatte keine andere Antwort von Rosendorn erwartet. »Ja, in ein paar Stunden«, erwiderte sie und folgte Eisenbart hinaus. Eine zehnköpfige Truppe – Soldaten des Herzogs in schwarzem Lederwams und Helmen, die mit schwarz lasierten Metallringen besetzt waren – wartete auf sie. Einer von ihnen hielt die Zügel eines Pferdes ohne Reiter, der Rest war bereits aufgesessen.

»Kommt sie mit?«, fragte eine kleine, leicht untersetzte Frau mit den doppelten gelben Pfeilspitzen auf dem Helm, die sie als Feldwebel auszeichneten.

Eisenbart nickte, raffte seine Ordenstracht zusammen und schwang sich in den Sattel. Er streckte Daja seinen Arm entgegen. Als sie danach fasste, hob er sie hinter sich aufs Pferd und beachtete ihren entsetzten Ausruf gar nicht. Schon saß sie auf einer harten Tuchrolle. »Hast du meine Tasche?«, fragte Eisenbart den Mann neben ihnen. Der Soldat klopfte auf eine seiner Satteltaschen.

»Nordtor!«, befahl die Frau und setzte ihr Pferd in Bewegung. Als Eisenbarts Pferd lostrabte, krümmte sich Daja zusammen und schlang beide Arme um Eisenbarts Taille. Sie vergrub ihr Gesicht in Eisenbarts Tracht und betete zu Koma um Schutz vor den Piraten und zu ihren Vorfahren um Schutz vor den Gefahren des Landes, wie zum Beispiel Reiten auf einem Pferderücken.

»Hör mal«, sagte Eisenbart, als sie das Nordtor passierten, »hörst du mich?«

»Ja«, antwortete Daja. »Ich seh nur nicht hin.«

»Du brauchst auch gar nichts zu sehen. Unser Plan sieht folgendermaßen aus: Du wirst nach schwachen Stellen im Metall suchen – erinnerst du dich daran, wie das geht?«

»Ja.« Das hatte sie inzwischen gelernt.

»Wir werden mit dem Boot Glied für Glied die Kette entlangfahren, von der Steinplatte bis zum Turm des Hafenmeisters«, fuhr Eisenbart fort. »Wenn du eine schwache Stelle findest, sag es mir. Ich werde sie verstärken, genau wie ich die Sprüche in der Kette verstärken werde.« Er streckte seinen Arm nach hinten und tätschelte ihr Knie. »Ich wünschte, ich müsste dich nicht dafür bemühen, aber . . .«

»Ich bin außer Euch die Einzige im Verschlungenen Kreis, die sich auf die Magie der Metalle versteht.« Sie löste ihr Gesicht aus seiner Kleidung, damit er ihre leise Stimme besser hören konnte. »Ich bin die Einzige, die Metalle so fühlen kann wie Ihr.«

»Wenn etwas schief geht, kann es sein, dass ich auf deine Kraft zurückgreifen muss«, fügte er hinzu. »Es kann sein, dass wir beide gebraucht werden, um die Arbeit zu vollenden.«

»Große Magie«, flüsterte Daja.
»So groß und wichtig wie nur irgendetwas, was du oder ich jemals getan haben.«
Als sie die Straße nach Sommersee verließen, um einem steilen Pfad den Berg hinunter zum Hafen zu folgen, barg Daja ihr Gesicht wieder in Eisenbarts Kleidung. Schließlich hielten sie an und Daja konnte das Geräusch der Wellen hören, die an Felsen schlugen. Sie öffnete die Augen und sah, dass sie sich auf der Ostseite der Felseninsel befanden, innerhalb der Hafenmauern. Fackeln waren in den Sand gesteckt worden, um die wartende Barkasse zu erleuchten. Die Mannschaft des Bootes bestand aus Männern und Frauen in der schwarzbraunen Uniform der herzoglichen Marine. Daja ließ sich vom Pferd gleiten und rannte zum Boot. Sie stieg an Bord und setzte sich erleichtert auf die mittlere Bank.
»Wir müssen noch an deinen Reitkünsten arbeiten«, meinte Eisenbart, der inzwischen auch abgestiegen war und das Stoffbündel von seinem Pferd zog.
»Das ist ganz bestimmt nicht nötig«, murrte sie in Händlersprache. »Ich werde einfach nur zu Fuß gehen.«
»Zu Fuß geht man ohne Fracht und ein frachtloser Händler ist ein armer Mann«, erwiderte er in der gleichen Sprache, während er das Tuch aufschlug. Er zog eine lange Rolle silbernen Netzes heraus. Die Spiegel und Drähte blitzten selbst in dem fahlen Licht der Dämmerung auf.
Vorsichtig kletterten die Wachen in das Boot. Fünf trugen lange Speere mit sich. Sie setzten sich zu den Seeleuten und hielten ihre Waffen zwischen den Knien. Sobald alle saßen, reichte Eisenbart das metallene Netz ins Boot. Die Seeleute öffneten es zu seiner vollen Länge und Breite, dann benutzten sie die Speere, um es wie

einen Baldachin zu halten. Sobald das Netz sicher an seinem Platz war, nahmen die anderen Wachen Armbrust und Köcher von ihren Sätteln und gingen an Bord. Ein Mann blieb an Land, um auf die Pferde aufzupassen.

Daja wurde auf die Backbordseite gesetzt, auf die zweite Bank vom Bug aus. Eisenbart saß ebenfalls dort, zwei Bänke hinter ihr, die Tasche, die eine Wache für ihn befördert hatte, zwischen seinen Knien.

Als jeder sich auf seinem Platz befand, streckten die Wachen ihre Speere und strafften damit das Metallnetz, bis es das ganze Boot bedeckte.

»Ich werde den Spruch erst wecken, wenn wir bei der Kette sind«, erklärte Eisenbart. »Aber denkt bitte alle daran: Sobald ich es getan habe, seht nicht nach oben. Es würde euch ziemlich durcheinander bringen, glaubt mir.«

Daja nickte heftig. Sie selbst konnte bestätigen, wie beunruhigend das magische Netz sein konnte!

»Sobald wir in Sichtweite der Kette sind, darf niemand mehr sprechen, lediglich flüstern«, befahl die Anführerin der Soldaten und legte die Armbrust auf die Knie. Jeder nickte. Sie hatten ihr Leben lang am Meer gelebt und wussten, wie leicht Geräusche über das offene Wasser getragen wurden.

Der Steuermann nickte den beiden Seeleuten zu, die außerhalb des Bootes knietief in der sanften Brandung des Hafens standen. Schwer atmend schoben sie das Boot ins tiefere Wasser und kletterten hinein. Der Steuermann pfiff leise und die Ruder gingen nach oben, ein zweiter Pfiff und sie wurden ins Wasser getaucht. Daja ging es bereits wieder besser.

Die Felseninsel und die Sichelinsel glitten zu ihrer Linken wie

Schatten vorbei. Dennoch konnte Daja die Bäume auf den Inseln erkennen und da erst wurde ihr klar, dass es schon fast hell war. Sie kauerte sich zusammen und fühlte sich unangenehm sichtbar, obwohl die Inseln und die dicken Hafenmauern noch zwischen ihnen und dem Feind auf See lagen.

Als die höheren Wellen vor der Insel Maja sie erfassten, stieß eine gepresste Stimme hervor: »Wie lange noch?«

Es war Eisenbart. Ein Seemann hatte eine Hand durch den Gürtel seiner Ordenstracht geschoben, was dem Geweihten erlaubte sich über die Seite des Bootes zu beugen. Eisenbart machte tiefe Atemzüge und hielt sich mit einer Hand an der Bank, mit der anderen an der Reling fest. Sein Griff war so fest, dass seine Fingerknöchel weiß waren.

Daja verkniff sich ein Lächeln. »Ich hätte Euch für einen besseren Seemann gehalten«, flüsterte sie.

»Bin ich aber nicht. Ich brauche kleine Fehler, um meine Einzigartigkeit zu unterstreichen, sonst . . .« Er machte ein schreckliches würgendes Geräusch.

»Glückliches Mädchen, einen so bescheidenen Lehrer zu haben«, witzelte eine der Wachen leise.

»Er denkt, es sei jetzt schon schlimm«, flüsterte einer der Soldaten grinsend. »Er müsste mal vor dem Hafen segeln. Da spürt man die richtige See. Das hier ist ja wie in einer Waschschüssel herumzudümpeln.«

Sie verließen den Schutz der Insel Maja. Vor ihnen im grauen Morgenlicht lag die Hafenöffnung. Im Westen wurde sie vom Turm des Hafenmeisters begrenzt, im Osten vom kleineren Turm der Steinplatte. Dazwischen stand eine riesige schwarze Wolkenwand, in der heftige Blitze aufzuckten.

Daja sog erschrocken die Luft ein.
»Das ist nicht echt«, erklärte ihr der Steuermann, »nur das Werk von Magiern.«
Daja versuchte sich zu entspannen. Wenn es eine Täuschung war, war es eine sehr überzeugende Täuschung eines todbringenden Sturms.
Etwas am Fuße des Turms des Hafenmeisters schimmerte, Daja konnte es in ihren Augenwinkeln sehen. Sie runzelte irritiert die Stirn und zwang sich daran vorbeizuschauen. Da sah sie ganz am Rande ihres Blickfelds noch innerhalb der Mauer silbernes Feuer in Form einer Galeere schimmern. Eine weitere Galeere, die mit Magie unsichtbar gemacht worden war, lag vor der Felsplatte. Das mussten Schiffe des Herzogs sein. Schiffe, die durch Magie geschützt waren und als eine geheime Wache in der Hafenmündung lagen.
Eisenbart stand nun vorsichtig auf, berührte das Netz und summte eine Melodie. Daja blickte weg, als weißes Feuer entlang des metallenen Netzes raste und die eingeschlossenen Sprüche zum Leben erweckte. Ein Soldat stöhnte, er hatte nach oben zum Baldachin geblickt. Ein anderer Seemann streckte die Hand aus und zog dessen Gesicht nach unten, zwang ihn die Augen abzuwenden.
Leise, die Ruder verursachten kaum ein Plätschern, fuhr die Barkasse zur Hafeneinfahrt. Die Sperrkette, die in Friedenszeiten weit unten im Wasser verborgen lag, befand sich jetzt über Wasser.
Daja seufzte bewundernd auf. Diese Schutzvorrichtung lediglich als Kette zu bezeichnen war missverständlich. Sie glich eher einer Leiter. Zwei Ketten im Abstand von dreißig Fuß zueinander bildeten die Seitenteile und dicke Streben formten ihre Sprossen.

Diese Sprossen hatten scharfe Spitzen, sodass jedes Schiff, das versuchte diese Kette zu durchbrechen, diese Spitzen rammen musste.

»Sie ist wunderschön«, flüsterte sie. Mit funkelnden Augen blickte sie von einem Ende der Kette zum anderen. »Kein Wunder, dass dies der sicherste Hafen im Achatmeer ist.«

»Nett und gemütlich«, scherzte ein Seemann flüsternd.

»Anlegen!«, kam der leise Befehl. Die Soldaten legten Bolzen an ihre Armbrust und hielten sie schussbereit.

Daja betrachtete den Sturm. Jetzt konnte sie sehen, dass die Wolken sich nicht veränderten. Die Blitze, die über die lange Front jagten, folgten immer dem gleichen Muster in immer den gleichen Abständen. Ihre letzten Zweifel, dass dies doch ein echter Sturm sein könnte, verflogen.

Als sie sich der Kette näherten, schauderte Daja vor Ehrfurcht. Jedes Glied war etwa ein Achtel Fuß dick und fast einen Fuß lang und magische Zeichen in verschiedenen Metallen befanden sich darauf, um die Kette vor Rost, Bruch, Magie oder einem Unfall zu bewahren. Dies war Magie der ältesten und stärksten Art. Wenn ich jahrelang gelernt habe, dachte Daja, werde ich dann vielleicht ein Zehntel des Wissens besitzen, das nötig ist, um diese Dinge zu erschaffen?

Eisenbart wühlte in seiner Tasche. Er holte eine Flasche mit Öl heraus und brach das Siegel auf dem Korken.

»Wir haben keine Enterhaken dabei«, flüsterte der Steuermann. »Wie sollen wir denn unter der inneren Kette passieren können?«

Daja blickte zurück zu ihrem Lehrer. Eisenbart legte einen Finger an seine Lippen und bedeutete den Ruderern sie zum ersten

Metallstück zu bringen. Als sie kurz davor waren, schloss Eisenbart seine Augen und lächelte.
Daja war sich nicht sicher, ob die Seeleute es fühlen konnten, doch sie fühlte es. Ein leichtes Schaudern durchfuhr ihren Körper. Jemand sog erschrocken die Luft ein. Die riesige Metallkette, die zwischen ihnen und der äußeren Kette lag, erhob sich in die Luft: Die Barkasse fuhr darunter hindurch, niemand wagte es, auch nur hochzusehen, um herauszufinden, ob ihr Baldachin die Kette berührte. Daja hörte das Klirren von Metall, als die Kette sich wieder senkte.
Eisenbart seufzte. Als Daja sich umdrehte, rieb er seine Hände gerade mit Öl ein. Er deutete auf die äußere Kette und machte eine schiebende Bewegung in Dajas Richtung. Sie sollte sich nun an die Arbeit machen. Sobald die Kette in Reichweite war, beugte Daja sich nach vorne und fasste deren erstes riesiges Glied. Mit einem tiefen Atemzug befreite sie ihren Geist von allen Gedanken und Fragen und ließ ihre Magie fließen. Glied für Glied untersuchte sie das Metall zwischen der Steinplatte und der ersten Sprosse, suchte nach irgendwelchen Kratzern oder Rostspuren, die die Kette schwächen könnten.
Sie blickte zurück zu Eisenbart und nickte. Seine Handgelenke und Hände glänzten von dem stark duftenden Öl aus seiner Flasche. Sie hatte gesehen, wie er es vor einigen Tagen für die Metallbeschläge der Tempeltore hergestellt hatte. Eine Mischung aus Rosmarin, Geranien und Zypressenölen, durchtränkt mit Schutzsprüchen. Das Öl warf einen magischen Schein, der sie wärmte und ihr Mut gab.
Eisenbart bearbeitete nun die Kette, die sie gerade geprüft hatte, und rieb mit seinen geölten Händen jedes Glied. Als sie die erste

Sprosse erreicht hatten, wurden sie zurück zur inneren Kette gerudert. Sobald sie sich der Kette näherten, hob sie sich wieder von selbst und senkte sich, nachdem sie diese passiert hatten. Als die Kette zurück an ihrem Platz war, untersuchte Daja sie und Eisenbart stärkte sie mit seiner Macht. Diesen Ablauf wiederholten sie immer wieder.

Sie hatten etwa ein Drittel der Kette so bearbeitet, als jemand Daja an die Schulter stieß und aufs Meer hinausdeutete. Daja blickte auf die künstliche Sturmfront. Zwei eigenartige Kisten schaukelten davor im Wasser; eine befand sich auf einem Kurs, der sie geradewegs zu ihrem Boot führte, die andere, einige tausend Fuß entfernt, trieb in Richtung des massiven Turms des Hafenmeisters. Sie waren aus Holz und pechschwarz gestrichen. Irgendetwas an diesen Kisten machte Daja nervös. Magische Buchstaben schimmerten unter der schwarzen Farbe. Es gefiel ihr nicht, wie jedes Mal, wenn sie die Kiste, die ihnen am nächsten war, genauer anschauen wollte, ihr Blick daran abglitt wie ein Regentropfen auf Glas. Und war das nicht eine ihr vertraute Erfahrung? Genau wie bei dem Azigazi am Tag zuvor?

»Verlorene Fracht von der anderen Seite?«, mutmaßte der Steuermann laut.

»Sie schwimmen gegen die Strömung«, flüsterte einer der Soldaten. »Kommen genau auf uns zu.«

»Die erste treibt zur Kette, das ist ihr Ziel.« Die Stimme des Steuermanns war kaum vernehmbar.

»Daja«, flüsterte Eisenbart, »atme tief ein, ganz tief, so tief du kannst. Du bist . . . ein Blasebalg. Blas dieses Ding von uns weg!«

Ein Blasebalg?

Nun, wenn Eisenbart sagte, sie könne ein Blasebalg sein, dann konnte sie das auch. Sie dachte an den Blasebalg in seiner Schmiede und atmete tief ein. Ihre Lungen waren nun genauso mächtig und konnten die Luft bewegen wie der Wind. Öffnen, öffnen, öffnen, dachte sie und Wärme durchdrang ihre Adern. Die Magie erfüllte sie.

Daja beugte sich über die Seite und merkte nicht, dass eine Wache sie am Gürtel fasste, um sie an Bord zu halten. Ein letzter, kleinerer Atemzug und dann blasen! Sie blies langsam und stetig und schickte einen starken Luftstrom zu der Kiste. Es kämpfte dagegen an, das kleine Ding, genau wie es gegen die Strömung ankämpfte und versuchte auf seinem Kurs zu bleiben.

Eine ölige Hand fasste Dajas Schulter: Eisenbart war hinter sie getreten und ihre Nase füllte sich mit den durchdringenden Gerüchen von Rosmarin, Geranien und Zypressen.

Daja schickte erneut ihre Magie hinaus.

Die Kiste kam von ihrem Kurs ab und trieb über das Meer, um ihren Zwilling zu treffen. Beide Kisten drehten sich wie verrückt im Wasser. Als die Wache und Eisenbart Daja zurückzogen, schlugen die Kisten gegen den steinigen Untergrund am Turm des Hafenmeisters.

Unvermittelt verschwand alles in einem Feuerball. Eine unsichtbare Hand presste sie nach unten. Etwas drückte auf Dajas Augen und Ohren. Ein donnernder Schlag fuhr durch ihre Knochen. Gefangen zwischen den Sprossen der Kette, konnten die Insassen der Barkasse zerquetscht werden. Daja blies heftig und blieb lange genug ein Blasebalg, um alle davor zu bewahren, zerdrückt zu werden. Ein Regen von Steinen, Splittern und Wasser fiel durch den magischen Baldachin und durchnässte sie. Ein Splitter riss die Haut ihrer rechten Wange auf.

Als der Rauch sich zu verziehen begann, sah Daja, dass ein großes Stück der steinernen Plattform fehlte, auf der der Turm des Hafenmeisters stand.

Plötzlich spürte Daja ganz deutlich, wie Tris, Sandri und Briar aufwachten und riefen: *Was . . .? Daja, wo . . .?*

Jetzt nicht!, fuhr sie sie an. Draußen auf dem Meer wütete der vorgetäuschte Sturm.

»Ich muss mich deiner Kraft bedienen«, sagte Eisenbart unvermittelt zu Daja. »Darf ich? Ich glaube, wir sollten nicht viel länger hier bleiben.«

Die Sturmwolken verblassten. Daja nickte ihrem Lehrer zu. Er umfasste ihre Finger mit seinen öligen Händen. Weißes Feuer raste durch sie hindurch und ließ ihren Kopf nach hinten zucken. Magie blitzte um Schülerin und Lehrer in einem weiten Bogen auf, bis sie beide Ketten traf. Die magische Kraft raste durch die Ketten hindurch und ließ sie hell strahlen.

Jemand goss eine Kanne voll Wasser über sie beide.

Sie zuckten zusammen und ließen einander los.

»Ihr könnt aufhören«, informierte sie einer der Soldaten. »Das ganze Ding strahlt wie die leuchtende Sonne. Bringt uns hier raus!«, befahl er dem Steuermann.

Daja versuchte ihren Seufzer nicht laut werden zu lassen. Ein furchtbarer Schmerz begann in ihrem Hinterkopf zu hämmern. Wenn sie Eisenbart anschaute, konnte sie sehen, dass es ihm nicht viel besser ging.

Aber der Soldat hatte Recht. Beide Teile der Hafenkette strahlten, als seien sie aus reinster Energie. Von den verborgenen Schiffen innerhalb der Hafeneinfahrt hörte sie aufgeregte Rufe.

Der vorgetäuschte Sturm war verschwunden. Etwa hundert Meter

vor der äußeren Kette lagen Reihen von Schiffen, groß und klein, und an ihren Masten flatterten blutrote Banner.
Auf den Decks zweier Schiffe in der vordersten Linie sah Daja, wie die Mannschaften sich daranmachten Katapulte zu bestücken.
»Aber sie können uns doch nicht sehen«, flüsterte sie.
»Sie zielen auf irgendetwas«, erklärte ein Soldat.
»Rudert um euer Leben, verdammt noch mal!«, rief der Steuermann, niemand machte sich mehr die Mühe leise zu sein.
Die Katapulte wurden abgeschossen. Sie gaben zwei schwarze Bälle frei, einer flog auf den Turm des Hafenmeisters zu, einer in Richtung Steinplatte. Jeder traf mit einem Aufblitzen und Donnern, gefolgt von Rauch, einer Druckwelle und Steinsplittern. Daja konnte nicht sehen, was der Ball auf der Steinplatte angerichtet hatte. Der zweite Ball hatte sein Ziel verfehlt, stattdessen hatte er das verborgene Schiff auf der anderen Seite des Hafenmeister-Turms getroffen. Das Schiff war jetzt sichtbar, mit einem riesigen Loch im Deck, toten Seeleuten überall und Flammen, die aus dem Rumpf des Schiffes emporschossen.

7

Sandri drehte sich im Bett und spähte aus dem Vorderfenster ihrer Kammer. Der Himmel war perlgrau – es musste bald dämmern. Mit einem Seufzer vergrub sie sich tief in ihr Kissen.

Plötzlich erbebte die Luft um sie herum. Gelbe Blitze blendeten sie und rollender grauer Rauch füllte ihre Augen, ein merkwürdiger Geruch drang ihr in die Nase und die Luft schmeckte bitter und klebrig.

Es lastete ein Druck auf ihrem Gesicht, als ob jemand sie ersticken wollte, und ein Regen aus winzigen, harten Dingen prasselte auf sie herunter. Ein schneidender Schmerz durchfuhr ihre rechte Wange.

Mit einem Schrei setzte sie sich auf. Aus dem Dachzimmer war ein lautes Plumpsen zu hören, als ob Tris aus dem Bett gefallen sei. Von der anderen Seite der Wohnstube, durch Briars offene Tür, hörte sie eine Reihe von Flüchen.

Was . . .? Daja, wo . . .?, riefen alle drei gleichzeitig aus und sprachen zusammen in Gedanken.

Jetzt nicht!, kam die scharfe Antwort. Daja, schien es, hatte im Augenblick anderes zu tun.

Sandris Nase juckte. Sie nieste einmal, zweimal und tastete nach ihrem Taschentuch. Ihre Augen wurden wieder klar. Es gab weder Rauch noch Feuer im Zimmer.

Sie stieg aus dem Bett und rannte in Briars Zimmer. »Hast du das gespürt?«, wollte sie wissen.
Er kletterte aus seinem Nest, wie Sandri es nannte – eine Matratze auf dem Boden, die mit einem Durcheinander an Leintüchern bedeckt war. Als er zu ihr aufsah, berührte Sandri ihren Kratzer an der Wange. Briar hatte an genau der gleichen Stelle einen roten Fleck. Er runzelte die Stirn. »Du auch?«
»Was ist denn hier los?«, wollte Rosendorn wissen und betrat das Zimmer. »Könnt ihr drei nicht mal leise euer Bett verlassen?«
»Habt Ihr das nicht gehört?«, rief Briar aus. »Diese . . . diese Explosion, und dann der Geruch und der Rauch!« Er rieb sich die Augen. »Es hat mir den Schädel zusammengedrückt!«
Rosendorns schmale Augenbrauen zogen sich zusammen. »Ich hörte einen Knall, ja. Aber gefühlt habe ich nichts.«
»Es muss etwas mit Daja passiert sein«, erklärte Sandri ihr. »Wo ist sie?«
»Sie und Eisenbart sind vor eine Stunde weggegangen«, erwiderte Rosendorn mürrisch. »Und ich war gerade wieder eingeschlafen.«
»Was ist denn hier für ein Tohuwabohu?«, rief Lerchenfroh aus ihrem Zimmer.
»Sie sagen, dass Daja irgendetwas zugestoßen ist«, rief Rosendorn zurück.
»Es geht ihr gut«, sagte Briar, »aber irgendwas Großes passiert gerade.«
Sandri hatte eine Idee. Sie kehrte in ihr Zimmer zurück und ging zu dem Regal, auf dem sie ihre grüne Spindel aufbewahrte. Daneben lag ein Ring aus Garn mit vier Knoten darin, die sich im gleichen Abstand zueinander befanden. Damals, während des Erdbebens, hatte sie ihre Kraft und die ihrer Freunde in dieses

Garn gesponnen, sie hatte die Magie wie Wolle oder Seide zusammengesponnen und sie alle dadurch stärker gemacht. Danach war das Garn zu einem kreisrunden Band geworden. Jetzt nahm Sandri es, schloss ihre Augen und fuhr mit den Fingern über die Knoten. Bei dem, der das Bild von Schmiedefeuer in ihrem Geist entstehen ließ, hielt sie inne. Sie bemühte sich ihren Geist in diesen Knoten schlüpfen zu lassen, denn sie wusste, es würde ihr helfen zu sehen, was mit ihrer Freundin geschah. Die Kraft war da, aber die Bilder, die vor ihr aufstiegen, waren schemenhaft und verschwanden, bevor sie noch wusste, was sie dargestellt hatten.

»Briar?«, rief sie, ohne die Augen zu öffnen. »Tris?«

»Wie konnte sie wissen, dass ich hier draußen stand?«, grummelte Tris.

»Ich denke, man konnte es bis zum Turm hören, wie du die Treppe heruntergepoltert bist«, bemerkte Rosendorn trocken.

Eine raue Hand legte sich über Sandris Hand, mit der sie Dajas Knoten festhielt.

»Was tun wir?«, fragte Briar.

»Ich denke, wir können mit Daja reden oder zumindest erfahren, was los ist. Wir müssen nur . . .«

Er ließ seine Magie zu ihrer fließen. Das fiel ihm leichter, als etwas ganz Normales zu tun, wie zum Beispiel einzuschlafen, was für Briar immer bedeutete, dass er noch einmal seine versteckten Waffen überprüfte, noch einmal seinen Miniaturbaum auf dem Fensterbrett tätschelte und nachsah, ob das Essen, das er unter seinem Kissen und in seinem Kleiderschrank versteckt hatte, noch da war. Seine Magie wollte sich richtiggehend mit Sandris verbünden. Ineinander verschlungen streckte sich ihre Magie, versuchte entlang eines Lichtpfades zu rasen, der in Richtung einer entfernt schimmernden kupferfarbenen Sonne führte – und erreichte sie nicht.

Eine dritte Hand legte sich über ihre beiden. Mit Tris zusammen streckten sie sich nicht nur aus. Sie waren jetzt dort, innerhalb des kupferfarbigen Schimmerns, und spürten Dajas Gegenwart. Mehr noch, sie sahen durch ihre Augen alles, als ob es ihre eigenen wären.

Reihen von Schiffen – Kriegsschiffe und kleinere Kampfschiffe unter einem blutroten Banner – warteten hinter einer doppelten Kette, die wie weißes Feuer schimmerte. Zwei runde schwarze Kugeln wurden von Katapulten abgeschossen, stiegen hoch und trafen. Blitze, Donner, Rauch. Eine der Kugeln hatte zwar den Turm des Hafenmeisters verfehlt, jedoch etwas anderes getroffen: ein Kriegsschiff, das die Fahne des Herzogs von Emelan trug. Die Mannschaft schrie. Ein riesiges Loch klaffte im Deck und überall lagen Tote.

Entsetzt lösten die drei im Verschlungenen Kreis ihren gemeinsamen Griff. Sandri und Briar starrten sich mit großen, angstvollen Augen an. Tris schluckte schwer, ihr Gesicht hatte eine grünliche Farbe angenommen. Sie drängte sich an Rosendorn und Lerchenfroh vorbei, die in der Türöffnung standen, hinaus in den rückwärtigen Hof.

Lerchenfroh half der blassen, zitternden Sandri auf einen Stuhl. Briar sackte gegen die Wand und rieb sich sein Gesicht. Rosendorn ging hinaus und kehrte mit zwei Bechern Wasser zurück. Einen reichte sie Sandri, den anderen gab sie Briar. Er nahm ihn dankbar an und trank ihn auf einen Zug aus. Mit einem schiefen Lächeln fuhr sie ihm durchs Haar.

»Was ist mit Tris passiert?«, fragte Lerchenfroh.

»Wir hatten eine Vision – eine ziemlich schlimme. Ich glaube nicht, dass Tris jemals vorher gesehen hat, wie jemand getötet wurde«, erklärte Sandri nach einigen Schlucken.

»Zumindest nicht, wie jemand in Stücke gerissen wurde.« Briar schüttelte den Kopf.

»Und du aber schon?«, fragte Rosendorn mit einem kleinen Lächeln.

Das Lächeln verschwand, als der Blick aus seinen graugrünen Augen sie traf. »Der Herr der Diebe hatte einmal einige Kinder erwischt, die in seine Schatzkammer eingebrochen waren.« Briar räusperte sich und hatte das Gefühl, als hätte er eigenartigen, unangenehmen Rauch eingeatmet. »Aber das hier wurde von einem Katapult geschleudert, glaube ich. Was für eine Art Waffe bringt denn so etwas zu Stande?«

»Könntet ihr uns ein wenig mehr von dem erzählen, was ihr gesehen habt?«, bat Lerchenfroh. »Rose und ich, wir beide tappen immer noch ein wenig im Dunkeln.«

Als sie schließlich mit ihrer Beschreibung dessen, was Daja gesehen hatte, am Ende angelangt waren, war Tris zurückgekehrt. Alle gingen in die Wohnstube und setzten sich um den Tisch.

»Hast du es noch bis zum Örtchen geschafft?«, fragte Rosendorn und brachte Tris etwas Wasser.

Tris wischte sich mit dem Ärmel des Nachthemds über ihr schweißnasses Gesicht. »Gerade noch«, gab sie zu und trank das Wasserglas zur Hälfte aus. Sie nahm ihre Sehgläser ab und goss sich den Rest Wasser über ihren Kopf. »War das diese Waffe, die Schlachtenfeuer genannt wird?«, fragte sie und fuhr mit den Fingern durch ihre zerzausten Locken. »Ich dachte immer, das sei etwas Geleeartiges und würde nur brennen?«

»Es klang jedenfalls nicht nach Schlachtenfeuer«, gab Lerchenfroh zu. »Hat Daja das schon jemals vorher gesehen?«

Die drei Kinder blickten sich an und schüttelten dann den Kopf.

»Also haben wir es mit Piraten zu tun«, stellte Rosendorn fest, »und auch mit einer neuen Waffe. Dann ist es wohl Zeit, Brand- und Wundsalben vorzubereiten.«

»Wenn sie am Hafen sind, werden sie nicht hierher kommen«, protestierte Sandri, »oder doch?«

»Selbst wenn sie nicht zu uns vordringen – was ihnen auch schon lange nicht mehr gelungen ist«, erklärte Rosendorn, »wird Medizin für jene gebraucht werden, die kämpfen müssen. Wenn der Feind die Verteidigungsanlagen am Hafen durchbricht . . .«

Die Frauen und Mädchen zogen den Gotteskreis auf ihrer Brust. Briar zögerte, dann tat er es ihnen nach. Bestimmt würden Lakik, der Gott der Gauner, und Urda es ihm nicht übel nehmen, wenn er bei einer solchen Gelegenheit die höheren Götter anrief.

Als die Turmglocke schlug, schraken alle zusammen.

Lerchenfroh und Rosendorn blickten einander an. »Sie rufen die Leute von den umliegenden Dörfern herein«, sagte Rosendorn.

»Ist das schlimm?«, wollte Tris wissen.

Rosendorn schüttelte den Kopf. »Nicht, wenn die Piraten vor Sommersee liegen.« Als sie die fragenden Gesichter der Kinder sah, erklärte sie: »Der Hafen hat schon viele Angriffe überstanden. Anscheinend gibt es immer wieder Piraten, die glauben, dass sie diejenigen sein werden, die es schaffen, hier einzudringen, doch oft blockieren sie lediglich die Zugänge, sodass niemand Hilfe holen und die Flotte nicht auslaufen kann. Was sie normalerweise tun, ist, weiter draußen zu landen, um die Bauernhöfe und Dörfer außerhalb der Stadtmauer und des Verschlungenen Kreises zu überfallen. Die Gebäude können wir nicht retten, aber wir können viele Menschen und Tiere aufnehmen.«

»Hier?«, fragte Tris entsetzt nach. »Im Haus Disziplin?«

»Nur die Ruhe«, sagte Lerchenfroh zu ihr. »Das Landvolk kommt nur hierher, wenn keine jungen Magier bei uns leben. Sie wissen sehr wohl, dass die Jungen nicht immer ihre Macht beherrschen können.«

»Na ja, das ist ja wenigstens was«, murrte Briar.

»Mein Vogel«, rief Tris mit einem Mal aus und rannte nach oben.

»Wie geht es dir?«, fragte Lerchenfroh Sandri, sah ihr in die Augen und legte ihr eine Hand auf die Stirn. »Ich kann gar nicht glauben, dass du so bald schon wieder mit Magie arbeiten konntest.«

»Es funktionierte auch nicht sehr gut«, erklärte Sandri. » Briar und Tris mussten mir helfen.«

Rosendorn stand auf. Sie fasste Briar am Ohr und zog ihn mit sich. »Du kommst jetzt mit mir«, befahl sie. »Wir machen Frühstück.«

»Leg deine Handflächen auf meine«, bat Lerchenfroh ihre Schülerin. Sandri gehorchte und schloss ihre Augen. Sie fühlte etwas in sich, als ob Lerchenfroh einen Faden aus einem Wollknäuel löste.

»Du bist heute viel stärker, als ich erwartet hätte«, sagte sie dann, als sie ihre Hände wieder löste.

»Bevor wir versuchten herauszufinden, was mit Daja passierte, fühlte ich mich schrecklich«, gab Sandri zu. »Als ob meine Beine aus Gummi seien.«

»Wir haben gestern hart gearbeitet. Du solltest heute eigentlich völlig ausgelaugt sein.« Lerchenfroh dachte einen Augenblick nach. In der Wohnstube ließ Briar einen Eimer auf seinen Fuß fallen und fluchte laut. »Möglicherweise hast du Kraft aus deinem magischen Garn gezogen«, sagte Lerchenfroh schließlich. »Das könnte gut sein, denn das Garn enthält Magie von euch allen vieren. Durch das Zusammenspinnen wurde sie noch verstärkt. Ich wünschte nur, wir hätten Zeit, um herauszufinden, was genau es damit auf sich hat. Ich wünschte, wir hätten die Zeit, um festzustellen, wie weit ihr Kinder nun seid. Ich habe das Gefühl, ihr habt alle an Fähigkeiten und Macht gewonnen, was äußerst interessant ist.«

Sandri blickte aus dem Fenster und spielte mit einem ihrer honigbraunen Zöpfe. »Bedeutet das, ich kann heute wieder mit Euch arbeiten? Wir könnten noch mehr Verbände herstellen.«

»Nur Obst heute und Brot und Honig«, hörten sie Rosendorn sagen. »Es ist zu heiß für Haferbrei.«

»Finde ich auch!«, stimmte Briar zu.

»Komm mit«, sagte Lerchenfroh zu Sandri und stand auf. »Wir setzen dich heute Morgen an einen Webstuhl. Am Nachmittag sehen wir weiter.«

»Ich lerne richtig zu weben?«, fragte Sandri und hüpfte vor Freude, während sie Lerchenfroh folgte.

Lerchenfroh drehte sich zu ihr um und lächelte. »Endlich«, sagte sie.

Rosendorn deckte den Tisch, während Briar Krüge mit frischer Milch, Sahne und Ziegenmilch von der Türschwelle holte, wo sie von den Küchenhelfern des Turms abgestellt worden waren. »Ich möchte, dass du heute Milch trinkst«, erklärte Rosendorn.

»Die mag ich nur für Haferbrei«, erwiderte er. »Sonst ist es Katzenfutter.«

»Dann tu so, als wärst du eine Katze«, erwiderte sie. »Milch ist gut für dich.«

Briar verstaute die Krüge in der Kühlkammer. »Wurdet Ihr schon mal von Piraten überfallen?«, wollte er wissen. »Natürlich nicht hier, aber vielleicht bevor Ihr in den Tempel gekommen seid?«
Rosendorn begann Brot zu schneiden. »Meine Leute sind das, was Daja Schlammroller nennt, von Nord-Anderran, westlich von Emelan«, erklärte sie. »Das ist zu weit im Landesinneren für Piraten. Unser Dorf wurde jedoch einmal von Räubern überfallen.« Sie blickte zur Seite und ihr Mund wurde schmal. »Verflucht seien sie. Sie fielen über meine beste Freundin her, vergewaltigten sie und ließen sie wie Abfall zurück. Ihr Gesicht war voller Schrammen und Kratzer. Mich wollten sie sich auch holen, aber mein Vater und meine Brüder konnten sie verjagen.«
Briar fragte entsetzt: »Sie wollten Euch etwas antun?«
Rosendorn lächelte bitter. »Nein. Ich war zu wertvoll. Sie wollten, dass ich meine grüne Magie für sie einsetzte. Sie verloren fünf ihrer Männer, bevor ihnen klar wurde, dass mein Vater mich unter keinen Umständen aufgeben würde.«
»Er muss Euch sehr geliebt haben«, meinte Briar und reichte ihr die Butter. Er fühlte sich ganz merkwürdig, als er das Wort »geliebt« aussprach.
»Das hat er auch. Doch er liebte auch den Gewinn, den ich dem Hof brachte«, sagte Rosendorn trocken. »Er war der reichste Bauer in unserer Gegend, und das hatte er mir zu verdanken. Ich habe übrigens noch nicht gesehen, dass du dir Milch eingegossen hast.«
Ihr entgeht aber auch nie etwas, egal, wie sehr ich sie ablenke, dachte Briar düster und nahm sich Milch.
Tris kam vorsichtig die Treppe herunter und hielt das Nest in ihren Händen. Der Vogel darin schrie ohrenbetäubend. »Ist er krank?«,

fragte sie Rosendorn und hielt ihr das mit dem Tuch abgedeckte Nest mit zitternden Händen entgegen. »Habe ich ihm weh getan, schreit er deshalb gar so furchtbar?«

Rosendorn nahm ihr das Nest ab. »Er ist nur überaus hungrig. Mach etwas frische Ziegenmilch warm.« Sie stellte das Nest auf den Tisch und hob das Taschentuch hoch.

Briar, der sich die Finger in die Ohren gesteckt hatte, starrte den Vogel an. Der junge Star saß ganz aufrecht, den Schnabel weit aufgesperrt und kreischte, so laut er konnte. »Wer hätte gedacht, dass ein so kleines Tier so viel Lärm machen könnte?«

Kleiner Bär warf den Kopf zurück – so als ob er Briar zustimmen wollte – und begann zu heulen.

Sandri, die nach ihrer ersten richtigen Webstunde als Letzte gefrühstückt hatte, war gerade damit fertig und Briar und Tris machten den Küchenbereich sauber, als Pferde vor dem Gartentor hielten. Raue Stimmen riefen nach Lerchenfroh und Rosendorn. Die Kinder rannten hinaus, um zu sehen, was los war.

Die Truppe der herzoglichen Wachen sah furchtbar aus. Alle hatten Schrammen, waren schweißüberströmt und voller Schmutz und Ruß, mit Löchern und Rissen in ihren Hemden und Hosen. Zwei waren abgestiegen und machten sich an einem reglosen Körper zu schaffen, der auf ein Pferd gebunden war. Eine der Wachen hielt die Zügel dieses Pferdes wie auch die eines anderen, über dessen Sattel ein weiterer regloser Körper lag.

»Mila steh uns bei, was ist denn nur geschehen?«, rief Lerchenfroh entsetzt aus und eilte zu ihnen, um zu sehen, wie es Daja ging.

Rosendorn sah die Wachen mit eisigem Blick an. »Ich möchte eine Erklärung, und zwar sofort!«

Briar wechselte von einem Fuß auf den anderen. Der Erdboden bebte leicht. Er spürte mit seinen bloßen Füßen die Wurzeln der Bäume, Büsche und Pflanzen, die sich im Boden streckten. Rosendorn war aufgeregt. Die Pflanzen wollten zu ihr. Dadurch erzitterte die Erde unter seinen Füßen.

»Es ist ihnen nichts passiert«, erklärte der Hauptmann müde. »Aber die beiden haben draußen im Hafen große Magie vollbracht und jetzt können sie nicht einmal mehr auf einem Pferd sitzen. Wir mussten sie tragen wie erlegtes Wild. Das Mädchen schlief bereits, als wir anlegten – ich glaube kaum, dass sie überhaupt weiß, wie wir sie nach Hause gebracht haben.«

»Sie ist eine echte Kämpferin, die Kleine«, lobte die Wache. »Hat ihre Arbeit wie eine Erwachsene erledigt. Kümmert euch gut um sie.«

Sandri strahlte ihn an. »Das werden wir.«

Als sie Daja hineintrugen, rief Lerchenfroh über ihre Schulter: »Briar, hol diesen Soldaten einen Eimer Wasser!«

Er rannte los, um den Auftrag auszuführen, nun, da Rosendorn ruhiger war und der Boden sich ebenfalls beruhigt hatte.

Rosendorn trat zu dem anderen leblosen Bündel. »Eisenbart auch?«

Der Hauptmann nickte und wischte sich mit einem Arm müde über die Stirn. »Wir hätten ja zuerst ihn heimgebracht. Aber er bestand darauf, dass wir zuvor das Mädchen bei euch ablieferten, selbst wenn es ein Umweg war.«

»Ihr könnt ihn hier bei uns lassen. Er schläft nicht im Schlafsaal des Feuertempels, er hat eine Kammer über seiner Schmiede«, informierte Rosendorn sie. »Wir können uns genauso gut um ihn wie um Daja kümmern. Bringt ihn hinein.« Als sie sich umschaute, sah sie, dass Tris immer noch da war. »Sag Lerchenfroh Bescheid. Wir stecken Eisenbart fürs Erste in mein Bett.«

Tris gehorchte. Lerchenfroh hatte Daja gar nicht erst nach oben gebracht, sondern sie stattdessen in ihrem eigenen Zimmer im Erdgeschoss einquartiert. Als Tris erschien und berichtete, was Rosendorn vorhatte, nickte Lerchenfroh und öffnete die Tür zu Rosendorns Zimmer. Tris spähte neugierig hinein. Pflanzen standen am rückwärtigen Fenster – das einzige andere Fenster ging in Rosendorns Arbeitsstube und wurde abgedeckt von offenen Regalen voller Töpferwaren. In der Ecke stand ein kleiner Altar, es gab eine Kleidertruhe, einen Schreibtisch und ein Bett. Es war alles noch einfacher als selbst in Tris' Zimmer. Ist Rosendorn noch irgendetwas anderes außer Pflanzen wichtig?, ging es Tris durch den Kopf.

Doch sie wusste, dass sie ihr damit Unrecht tat. Rosendorn lag etwas an Briar und Lerchenfroh und an Vögeln. Vielleicht fing sie sogar an, Sandri, Daja und Tris selbst zu mögen. Wenn Tris es sich genau überlegte, dann hatte Rosendorn seit dem Erdbeben eigentlich keines der Kinder mehr geschimpft – jedenfalls nicht richtig, wie am Anfang, als sie ins Haus Disziplin gekommen waren.

»Siehst du?«, meinte Lerchenfroh leise. »Keine blutigen Haken an der Decke – auch nirgendwo ein Skalp.«

Tris wurde rot. So etwas Ähnliches war ihr tatsächlich durch den Kopf gegangen.

»Hier herein«, rief Lerchenfroh und winkte den Wachen, die den bewusstlosen Eisenbart zwischen sich halb hoben, halb zogen. Tris trat zur Seite.

Als die Wachen mit ihrer Last an ihr vorbeigingen, nahm ihre empfindliche Nase einen eigenartigen Geruch auf, rauchig und bitter zugleich. Es war ein ihr vertrauter Geruch, doch wo hatte sie ihn bereits gerochen? Er hing sowohl an Eisenbarts Kleidung wie auch an der der Soldaten.

Neugierig ging Tris in Lerchenfrohs Zimmer, um nach Daja zu sehen. Sandri zog ihr gerade einen Schuh aus. Tris half ihr bei dem anderen und roch dabei an Dajas Kleidung. Auch an ihr haftete dieser rauchige Geruch.

»Sieh mal«, flüsterte Sandri, sobald sie Daja Schuhe und Strümpfe ausgezogen hatten. Sie berührte Dajas rechte Wange. An der gleichen Stelle, wo die drei anderen Kinder des Hauses Disziplin rote Flecken hatten, hatte Daja einen böse aussehenden Kratzer. »Der muss sauber gemacht werden.«

»Bin schon dabei.« Briar kam mit einer Schüssel scharf riechender Flüssigkeit und trockenen Baumwolltüchern herein. »Rosendorn sagt, dass Wasser mit frisch zerdrückter Schafgarbe darin ihre Wunde reinigen wird.« Er zog sich einen Hocker heran, setzte sich zu Daja ans Bett und tunkte ein Tuch in die Schüssel. Nachdem er es ausgewrungen hatte, betupfte er damit Dajas Wunde und säuberte sie vorsichtig. »Ich bin froh, dass du deinen Stab oben gelassen hast«, sagte er zu der schlafenden Daja. »Ich fände das gar nicht so lustig, wenn du mir damit ein paar auf den Kopf geben würdest, während ich das hier sauber mache.«

Schmerz durchzuckte Tris' Wange. Der rote Fleck brannte fast so sehr wie am Anfang, als sie ihn bekommen hatte.

»Ich wünschte, ich wäre dort gewesen«, meinte Briar leise. »Alle diese Schiffe . . .«

»Shalandiru«, flüsterte Daja mit geschlossenen Augen. »Kriegsschiffe, Luggersegel.«

»Ich weiß nicht, ob sie noch träumt oder schon mit uns spricht«, sagte Briar. Er griff in die Innentasche seines ärmellosen Hemdes und holte ein kleines tönernes Gefäß heraus, das er öffnete. »Das wird dir gefallen«, versprach er Daja. »Meine erste Schmerzwurzsalbe. Ich mache dich im Handumdrehen wieder gesund, ohne dass du auch nur eine Narbe behältst.«

Sandri beugte sich über ihre Freundin. »Welche Art von Shalandiru?«, fragte sie und sah zu, wie Briar vorsichtig die Salbe auf Dajas verletzte Wange auftrug. Interessant, dachte sie. Die Stelle auf ihrer eigenen Wange schmerzte bereits weniger. »Wie viele, Daja?«

»In der ersten Reihe zehn Schnellsegler«, murmelte Daja. »Die anderen abwechselnd mit Galeeren.« Sie seufzte.

»Die erste Reihe? Es gab noch mehr?«, fragte Sandri.

»Es ist eine Flotte«, flüsterte Daja. »Ich konnte die zweite und dritte Reihe nicht genau sehen, aber es gibt sie. Ich bin so müde.«

»Was ist ein Schnellsegler?«, wollte Tris wissen.

»Zwei Ruderbänke«, erwiderten Briar und Sandri gleichzeitig.

»Die meisten Galeeren haben nur eine«, fuhr Sandri fort. »Schnellsegler sind größer.«

»Und sie haben die Donnerwaffe.« Daja öffnete die Augen und versuchte sich aufzusetzen. Keiner der anderen half ihr. Schließlich gab sie ihren Versuch auf. »Eisenbart?«

»In Rosendorns Zimmer.« Briar deutete mit dem Kopf in die entsprechende Richtung. »Er ist genauso erschöpft wie du.«

»Was für eine Donnerwaffe?«, fragte Sandri mit gerunzelter Stirn. »War das dieser heftige Knall, den wir hörten?«

»Sie versenkte eine der herzoglichen Galeeren.« Eine Träne rann langsam über Dajas Wange und zog eine Spur über den Ruß auf ihrer Haut. »Sie riss die Seeleute in Stücke und schlug ein riesiges Loch in den Rumpf. Wir konnten nur ein paar von ihnen retten. Buchhalterin Oti rechne ihnen ein Guthaben an und sende sie in eine bessere Welt!«

»Ein von einem Katapult abgeschossener Stein würde auch ausreichen, um ein Loch in ein Schiff zu schlagen«, warf Briar ein. »Dazu braucht man nicht unbedingt Donner.«

»Ein . . . ein Stein«, Daja gähnte und die Augen fielen ihr wieder zu, »reißt die Leute nicht entzwei und die Planken in Trümmer und steckt alles in Brand.«

Tris zuckte bei dieser Beschreibung merklich zusammen. Sie beugte sich vor und legte eine Hand um Dajas Handgelenk. »Warte mal! Dieser Rauch, der an dir und Eisenbart hängt.« Sie fuhr mit einem Finger über Dajas Arm und besah ihn sich. Er war rußig. »Dieses schwarze Zeug, der Geruch – das ist nicht nur Rauch von verbranntem Holz. Ist das diese Donnerwaffe? Die gibt diesen Gestank von sich?«

Daja nickte und schlief wieder ein.

»Briar! Tris! Ich brauche euch!«, rief Rosendorn mit scharfer Stimme. »Und zwar jetzt, nicht erst morgen!«

Briar stellte seine Salbe auf dem Tisch ab, zusammen mit dem Wasser und dem Tuch, und ging zur Tür. Als er sich umdrehte, sah er, dass Sandri nachdenklich Dajas Hand streichelte. Tris schnüffelte an ihren Fingern. »Es war Rosendorn und nicht Lerchenfroh, die uns gerufen hat«, erinnerte Briar sie. »Wir sollten lieber gehen, bevor sie schlechte Laune bekommt.«

8

Zehn Minuten später liefen Briar und Tris den Spiralweg entlang. Sie trugen beide leere Körbe und Nachrichtentafeln, Briar eine für Gaumenwohl, Tris eine für Mondenstrahl. Rosendorn hatte besonderes Essen für Daja und Eisenbart bestellt, außerdem meinten sowohl Lerchenfroh als auch sie, dass die Oberste Geweihte wissen sollte, was im Augenblick vor Sommersees Hafen vor sich ging.

»Geweihte Mondenstrahl?«, fragte Briar eine vorbeieilende Geweihte in Feuerrot.

»Südtor!«, erwiderte sie und eilte weiter.

Menschen und Karren begegneten ihnen auf ihrem Weg. Es waren Bauersleute aus der Gegend, die hinter den dicken, hohen Mauern des Verschlungenen Kreises Zuflucht suchten. In gewisser Weise freute sich Briar sie zu sehen, es war, als ob er wieder in einer Stadt wie Hajra wäre, nur war hier alles viel sauberer.

Kleiner Bär und Tris teilten seine Meinung nicht. Der Hund war am Anfang seines kurzen Lebens ein Streuner in Sommersee gewesen und hatte böse Erinnerungen an Menschenmengen. Tris ihrerseits nahm jeden Rempler, jeden Stoß, jedes Wartenmüssen als persönliche Beleidigung und ihr Gesicht wurde immer röter und röter. Briar bemerkte, dass der Wind aufgefrischt hatte. Er sagte nichts, denn die Brise milderte wenigstens die zunehmende Hitze, doch er behielt seine Mitbewohnerin im Auge. Wenn sie zu wütend wurde, würde er sie wohl irgendwie beruhigen müssen.

In der Nähe des Südtors lichtete sich die Menge. Keiner der Flüchtlinge schien der Bucht und was immer darin lag zu nahe kommen zu wollen. Die Schreinereien und Schmieden zwischen den Wasser- und Feuertempeln arbeiteten jedoch mit voller Kraft. Zur Linken im Hof vor der Sportschule, die von den Geweihten des Feuers geführt wurde, trainierten rot gekleidete Geweihte und weiß gekleidete Novizen den Kampf mit Schwert, Speer und Schild. Viele der Jungen, die Briar von seinem kurzen Aufenthalt in deren Schlafsaal kannte, übten hier. Es waren auch einige Mädchen darunter.

Andere rot gekleidete Geweihte, bewaffnet und in metallverkleidetem Lederwams und Helm, hielten sich in der Nähe des Südtors auf. Das Tor war geschlossen und mit riesigen Holzbalken gesichert. Im Tunnel, der darunter verlief, sahen sowohl Tris als auch Briar das Schimmern von Magie.

»He, ihr zwei, verschwindet!«, schrie eine bewaffnete Geweihte. Sie hatte die Ärmel ihrer roten Tracht hochgerollt und die Arme, die dadurch sichtbar wurden, waren so muskulös wie die eines Schmieds. Nach allem, was Briar wusste, konnte sie genauso gut auch ein Schmied sein, wie so viele Geweihte des Feuers. »Ihr habt hier nichts zu suchen!«

Triumphierend hielt Briar die Münze hoch, die Lerchenfroh ihm mitgegeben hatte. Diese hier war nicht aus Eisen, sondern aus wertvollem Glas gemacht, mit Lerchenfrohs und Rosendorns Zeichen auf beide Seiten gepresst. Lerchenfroh hatte außerdem eine rote Seidenschnur darum gebunden, die auf beiden Seiten ein

Kreuz bildete. Damit würden sie auf dem Tempelgelände überall Zutritt haben, hatte sie ihnen erklärt.
Die Geweihte nahm die Münze, betrachtete sie und spuckte dann auf den Boden. »Der Hund bleibt hier«, befahl sie. »Die Körbe auch. Kommt den Leuten auf der Mauer nicht in den Weg. Wen sucht ihr denn?«
»Die Oberste Geweihte Mondenstrahl.« Briar versuchte, nicht allzu triumphierend zu klingen. »Die Tafel in diesem Korb ist für sie.«
»Dann brauchst du nur die Tafel mitzunehmen, nicht den ganzen Korb.« Die Geweihte gab ihm die Münze zurück, hielt jedoch die Hand ausgestreckt. Die beiden Kinder reichten ihr die Körbe und befahlen Kleiner Bär zu sitzen. Zu ihrer Überraschung gehorchte er sofort und klopfte heftig mit dem Schwanz. »Die Ehrenwerte Mondenstrahl ist dort drüben«, erklärte ihnen die Frau. »Benehmt euch!« Sie bückte sich und tätschelte Kleiner Bär.
Als Tris die Treppe erreicht hatte, murrte sie leise vor sich hin, hob ihre Röcke und begann hinaufzusteigen.
»Was ist denn jetzt wieder los?«, wollte Briar wissen und folgte ihr.
»Ich musste in letzter Zeit ziemlich viele Treppen steigen«, fuhr sie ihn schwer atmend an. »Es reicht mir langsam.«
»Vielleicht würde es dir leichter fallen, wenn du nicht so grantig wärst«, bemerkte er. »Diese Flatterlappen sind auch nicht gerade besonders gut.«
»Diese was?«, fragte sie atemlos.
»Flatterlappen. Röcke und Unterröcke. Zieh doch lieber Hosen an, wie Daja.«
Tris blieb unvermittelt stehen, drehte sich um und sah ihn verärgert an. »Hosen? Wie eine . . . eine Straßenratte oder . . . oder eine Händlerin? Ich komme aus einer anständigen Familie, verstehst

du, und anständige Frauen tragen Röcke! Und Unterröcke!« Mit einem bösen Blick drehte sie sich wieder um und stieg die letzten Stufen hinauf.

»Einmal eine Kaufmannstochter, immer eine Kaufmannstochter«, murrte Briar leise vor sich hin. Wie kam es nur, dass ein so kluges Mädchen wie Tris Tandler darauf bestand, Kleidung zu tragen, in der sie schwitzte und die sie gereizt machte.

Mondenstrahl und Niko sprachen gerade mit einem schlanken, rothaarigen Geweihten in roter Ordenstracht. Die beiden Kinder warfen nur einen kurzen Blick auf sie, da ihre Aufmerksamkeit unwillkürlich von den Piratenschiffen angezogen wurde, die in der Bucht lagen und von denen ein magischer Silberschein ausging. Doch bevor sie sie genauer betrachten konnten, wurde ihnen die Sicht auf die Piratenschiffe versperrt.

»Kinder sind hier nicht erlaubt«, fuhr sie jemand mit einer rauen Stimme grob an. Starke, dünne Hände fassten Briar und Tris an den Schultern. Sie blickten auf. Sie mussten weit nach oben blicken, denn der Mann, mit dem Mondenstrahl und Niko gesprochen hatten, war sehr groß. Sein kurz geschnittenes rotes Haar stand in alle Richtungen ab, da er oft ungeduldig mit den Fingern hindurchfuhr. Seine Haut war wettergegerbt, seine Nase glich einer dünnen, scharfen Klinge über einem ordentlich gestutzten roten Bart. Seine Augen waren das einzig Anziehende an ihm, von einem Dunkelblau, das die Aufmerksamkeit eines jeden auf sich zog. Seine Tracht zeigte den schwarzen Rand eines Eingeweihten oder Tempelmagiers. Der gestickte goldene Kreis auf seinem Gewand über dem Herzen bedeutete, dass er der Erste Geweihte des Feuertempels war.

»Die Lage hier könnte sich zuspitzen«, sagte er jetzt zu ihnen. »Die Wachen hätten euch nicht herauflassen dürfen.«

Briar hielt die Glasmünze und die Tafel hoch. »Wir sollen das zur Obersten Geweihten Mondenstrahl bringen«, sagte er entschieden. »Es ist wichtig. Ehrlich.«

»Und ich muss mit Niko sprechen«, sagte Tris. Irgendwie schaffte sie es, sich vom Blick des Geweihten zu lösen und zu ihrem Lehrer hinüberzugehen.

»Sie gehört zu mir«, sagte Briar halb entschuldigend zu dem Mann.

»Das dachte ich mir schon. Und ich weiß auch, wer du bist: Briar Moss. Der Junge mit grüner Magie. Ich habe von dir und deinen Mitbewohnerinnen gehört. Ihr habt schon einigen Wirbel verursacht.« Er schob Briar in Richtung Mondenstrahl. »Das dort drüben ist die Wetterhexe Trisana Tandler. Sie hat gestern Nacht gemerkt, dass wir ein Problem haben, richtig? Das hat sie nicht schlecht gemacht. Kluges Mädchen, was?«

»Sie ist gar nicht so übel für einen Rock«, sagte Briar mit einem Grinsen.

Inzwischen hatten sie Mondenstrahl erreicht. »Ich weiß, dass du das nur sagst, weil Tris sich mit Niko unterhält und dich nicht hören kann«, bemerkte sie und nahm die Tafel. »Das ist übrigens der Erste Geweihte Himmelsfeuer.«

Briar schüttelte dem großen rothaarigen Mann die Hand und war unwillkürlich ziemlich beeindruckt. Sie hatten beide die gleiche Heimat: Sotat. Vor fünf Jahren war Himmelsfeuer als General zur Legende geworden. Nach dem Tod seiner Frau hatte er seine Ländereien aufgegeben und den Feuergöttern seinen Treueschwur geleistet. Als Erster Geweihter dieses Tempels oblag ihm die Verteidigung des Verschlungenen Kreises.

»Ich bin froh, dass Lerchenfroh und Rosendorn mich so schnell wissen ließen, was im Hafen vor sich geht«, sagte Mondenstrahl schließlich und reichte die Tafel an Feuerwolke weiter. »Natürlich wird der Herzog es uns ebenfalls mitteilen, doch je früher wir Bescheid wissen, desto besser.«

Briar bemerkte die Sorgenfältchen, die um Mondenstrahls Mund erschienen. Er fragte sich, was ihnen denn schon passieren konnte, wenn ein Mann wie Himmelsfeuer den Kampf anführte.

»Niko, ich versichere Euch, dass es der gleiche Geruch war«, wiederholte Tris drängend. »Ich täusche mich nie hinsichtlich Gerüchen. Es ist der gleiche Geruch wie auf der Felseninsel.«

»Ich glaube dir ja, meine Liebe.« Niko sah besorgt aus. »Was es jedoch bedeutet . . .« Er blickte aufs Meer hinaus und strich sich mit den Fingerspitzen über den Schnurrbart.

Tris wartete einen Augenblick, aber nicht länger. Ihre Neugier brachte sie fast um. »Wie viele Schiffe sind denn dort draußen?«, fragte sie. »Das sind andere als die, die vorm Hafen liegen, stimmt's? Wie viele?«

»Ich kann es nicht sagen«, erwiderte er. »Wie du kann ich nur sehen, dass sie ihre Anzahl durch Tarnsprüche verbergen. Bis jetzt habe ich noch nicht den Schlüssel zu diesen Sprüchen, also bin ich so ratlos wie du. Jedenfalls nicht weniger als sechs Schnellsegler, fürchte ich, und zehn einfache Galeeren.«

»Die Schiffe des Herzogs werden sie doch verjagen, oder nicht?«, fragte Tris und schirmte die Augen mit der Hand ab, als sie auf das Meer hinausblickte. Irgendetwas ging da draußen vor sich, das wusste sie.

»Seine Schiffe sind überall entlang der Küste unterwegs«, versicherte ihr Niko. »Die wenigen Schiffe, die noch im Hafen von

Sommersee liegen, sind jetzt dort gefangen. Wir müssen darauf warten, dass die Schiffe auf dem Meer sich sammeln und zu unserer Rettung kommen. Die Frage ist nur, was der Feind da draußen jetzt vorhat.«

»Katapulte!« Keiner von beiden hatte gemerkt, dass Himmelsfeuer zu ihnen gekommen war, und sie zuckten beim Klang seiner tiefen Stimme zusammen. »Ich kann sie zwar nicht sehen, aber das muss ich auch nicht. Es ist der richtige Augenblick dafür. Es wäre das, was ich selbst tun würde. Shurri weiß, sie befinden sich in der richtigen Entfernung.«

»Ka . . . Ka . . . Katapulte?«, quiekte Tris.

»Könnte schlimmer sein«, antwortete Himmelsfeuer und schirmte seine Augen ab. »Sie könnten in der Bucht landen – was sie auch tun werden, wenn sie erst einmal wissen, dass das Spruchnetz dort verschwunden ist.«

Tris erinnerte sich an das, was Daja über das Spruchnetz gesagt hatte, und zuckte zusammen. Der Verschlungene Kreis hatte keine Armee, nur die Geweihten des Feuertempels, jene, die ihnen helfen wollten, und Magier. Würden sie ausreichen? Würden Piraten diesen Ort stürmen und ihr einziges Zuhause niederbrennen? Würden sie sie gefangen nehmen und . . .

»Manchmal kann eine gute Vorstellungskraft nur schaden.« Niko legte einen Arm um ihre Schultern. »Die restlichen Verteidigungsanlagen sind in bestem Zustand und wir hier sind auch nicht gerade hilflos.«

»Ganz sicher nicht«, meinte Himmelsfeuer mit einem grimmigen Lachen. Er hob die Stimme und rief: »Sechs Magier, Luft und Feuer, bitte zu mir!«

Sofort kamen drei Geweihte in Gelb vom Lufttempel und drei in

Rot zu Himmelsfeuer. Er stellte immer jeweils einen roten und einen gelben Magier zusammen und wies ihnen dann ihre Plätze entlang der Mauer zu, etwa einhundertfünfzig Fuß voneinander entfernt. »Ich will einen ordentlichen Schild, mindestens hundert Fuß nach oben. Macht euch bereit.«

Tris betrachtete das Paar, das ihr am nächsten stand. Sie zogen in Höchstgeschwindigkeit Kupferdraht durch die breiten Glieder einer zwei Fuß langen Goldkette. Sobald das geschehen war, hängte der Geweihte in Gelb graue Steine an kleinen Haken in den Draht und der Geweihte in Rot tat das Gleiche mit Steinen, die wie Bernstein, Feuerstein und Onyx aussahen.

»Kupfer ist ein Luftelement«, erklärte Niko ihr leise. »Die grauen Steine sind Bimsstein, ein Stein der Luft. Gold . . .?«

»Feuer und Schutz«, antwortete Tris.

»Sehr gut. Und Onyx und Bernstein wirken ebenfalls schützend.« Niko sprach leise weiter, um die Geweihten nicht abzulenken. »Alles in diesem Schild ist schutzbesprochen gegen Angriffe aus der Luft. Daja würde es eine Bijili nennen, etwas, was Magie bewahrt. Mit einem solchen Werkzeug müssen diese Magier nicht so viel von ihrer eigenen Kraft benutzen – die sie später vielleicht noch brauchen werden –, um diesen Teil der Mauer zu schützen. Alles, was sie tun müssen, ist die Stärke des Metalls und der Steine zu beschwören . . .«

»Und der Tempelmauern«, fügte Himmelsfeuer hinzu. Tris schrak zusammen. Sie hatte nicht gemerkt, dass er zugehört hatte. »Wie alles hier enthalten die Mauern Magie, die über viele . . . hoppla, los geht's.«

Zwei schwarze, runde Bälle sausten durch die Luft. Tris sah sie genau an und schauderte. Auffrischender Wind zog an ihrem

Haar, bis ihr Kopftuch herunterfiel und ihre Locken vom Kopf abstanden. Sie bückte sich, um das Tuch festzuhalten.

»Warum sollten sie Katapultsteine besprechen?«, hörte sie Niko sich laut fragen.

»Zu hoch!«, schrie jemand. »Sie sind zu leicht, das sind keine Steine, Himmelsfeuer!«

»Er hat Recht«, murrte der Geweihte. »Was in Shurris Namen . . .?«

Höher und höher stiegen die dunklen Bälle.

»Sie werden unser Schutzschild überfliegen!«, schrie Himmelsfeuer. »Hebt es an, hebt es an . . .«

Tris zitterte vor Angst. Es war so klar wie der helle Tag, dass diese Dinger höher als hundert Fuß fliegen würden. Sie alle hier würden in Stücke gerissen werden wie die Toten auf der Felseninsel und die Männer, die Daja auf dem Schiff gesehen hatte!

Winde wirbelten über die Mauer, aus allen Richtungen. Sie umwehten Tris, stießen Himmelsfeuer, Niko und Briar aus ihrem Weg. Tris bemerkte es kaum, ihr Blick war auf die Kugeln gerichtet. Sie griff blindlings nach den Winden.

Sie seufzten und spannen sich enger und enger, bis sie sich zu einem Trichter formten. Das schmale Ende des Trichters drehte sich um Tris Hände, zerrte an ihrer Haut. Das breite Ende streckte und streckte sich, während es immer weiterwuchs. Tris ballte die Hände zu Fäusten und öffnete sie wieder.

Der Trichter löste sich von ihr und raste in die Luft, um die beiden Kugeln abzufangen. Sich immer noch drehend, verweilte er mit ihnen, als ob er überlegte, wohin er damit sollte.

Plötzlich drückte eine riesige, unsichtbare Hand die Menschen auf der Mauer mit aller Kraft nach unten. Einen Atemzug später war ein lautes Donnern zu hören. Die Windhose wurde entzweigerissen und im nächsten Augenblick regnete es Ruß, Schmutz und Splitter herab.

»Ich muss meine Meinung von Wetterhexen neu überdenken«, sagte Mondenstrahl und ihre Stimme war deutlich in der plötzlichen Stille auf der Mauer hörbar. »Es scheint, sie können mehr als nur Regen bringen.«

Himmelsfeuer beugte sich nach unten, um Tris geradewegs in die Augen zu sehen. Nervös trat diese einen Schritt zurück, dann zwei, bis sie mit Briar zusammenstieß. Der Junge hielt sie fest. Noch zwei Schritte und sie würden beide von der Mauer fallen.

»Mädel, kannst du das aus dem Stand machen?«, wollte Himmelsfeuer wissen und seine Stimme war so sanft, wie sie nur sein konnte. »Oder musst du Angst dazu haben? Wenn es nämlich das Letztere ist . . .« Er grinste und zeigte seine blitzenden Zähne, die Tris nicht gerade beruhigten. ». . . bin ich sicher, mir fällt schon was ein, wie ich dir Angst einjagen kann, wenn sie uns wieder mit diesen Dingern kommen. Die andere Möglichkeit wäre natürlich viel angenehmer.«

»Das waren keine Katapultsteine«, bemerkte der Luftmagier neben ihnen. »Steine sind nicht so leicht.«

Der Feuergeweihte bei ihm fügte hinzu: »Ich weiß nicht, ob wir den Schild so hoch . . .«

»Dann senkt ihn!«, rief Briar aus und deutete auf die Schiffe. »Da kommt schon wieder eine Ladung!«

»Lasst diese Dinger bloß nicht auf die Mauer treffen!«, schrie Himmelsfeuer.

Alle sahen, dass die Kugeln auf die Mauer gerichtet waren, und die Magier richteten erneut den Schild auf. Die Kette aus Gold und

Steinen begann zu glühen. Sowohl Tris als auch Briar sahen Schimmer von silbrigem Licht über sich aufsteigen wie auch nach unten fließen, um die Mauer unter ihnen abzudecken.

»Wird die Mauer denn standhalten?«, fragte Tris mit einer dünnen Stimme. Sie zitterte am ganzen Leib.

»Wir wissen es nicht«, flüsterte Niko.

Um sie herum entstand eine wahnsinnige Druckwelle. Die Magier schwankten, blieben jedoch stehen, ohne die Kette loszulassen, mit der sie ihre Macht kontrollierten. Schmutz und Steine stoben in die Luft. Das meiste blieb auf der anderen Seite der Barriere, doch genug davon durchdrang sie, um jeden und alles mit einer Staubschicht zu überziehen.

»Sie schlugen zwei Löcher in die Erde«, berichtete ein Geweihter in blauem Gewand, als wieder Stille herrschte. »Ziemliche große.«

»Kinder, ihr verlasst jetzt sofort die Mauer!«, befahl Himmelsfeuer. »Tris, denk über das nach, was ich zu dir gesagt habe. Und ihr anderen blockt jede der Kugeln einzeln ab, wenn ihr sie kommen seht!«

»Geht jetzt!«, sagte Niko zu den Kindern. »Wir sehen uns später.«

»Komm schon«, flüsterte Briar in Tris' Ohr. Er legte einen Arm um ihre Taille, um sie zu stützen. Tris zitterte noch viel stärker. »Du fällst mir ja sonst gleich in Ohnmacht.«

Tris nickte schwach und ließ sich von ihm die Treppe hinabhelfen.

»Wir müssen immer noch das Essen für Daja und Eisenbart und deinen Vogel holen«, erinnerte er sie.

»Ich weiß«, sagte Tris. »Ich hab's nicht vergessen.«

»Und ich könnte selbst etwas zu beißen gebrauchen«, fügte er hinzu. Je weiter sie sich von der Mauerbrüstung entfernten, desto kräftiger schien Tris wieder zu werden. Briar ließ sie trotzdem nicht los, bis sie unten angelangt waren.

»Du brauchst immer etwas zu beißen«, erwiderte sie und setzte sich auf die letzte Stufe.

Kleiner Bär kam zu ihnen gerannt und wedelte mit dem Schwanz. Die Wache, die auf ihn und die Körbe aufgepasst hatte, folgte ihm und löste eine Wasserflasche von ihrem Gürtel. »Ziemlich aufregend da oben, stimmt's?«, fragte die Frau. Sie löste den Korken der Flasche, wischte über die Öffnung und bot sie Tris an.

Tris flüsterte ein Dankeschön und trank durstig. »Zu aufregend für mich«, sagte sie und reichte die Flasche zurück. Die Geweihte deutete auf Briar und Tris gab die Flasche an ihn weiter.

»Was geht denn da oben vor sich?«, fragte ein anderer Soldat, ein Novize. »Bei diesem Krach stehen mir ja die Haare zu Berge.« Da er kahl rasiert war, merkte selbst Tris, dass dies ein Scherz sein sollte.

»Die Piraten haben eine gefährliche neue Waffe«, erklärte Briar. Er schüttelte die Flasche. »Wenn es Euch recht ist, fülle ich sie für Euch im Turm auf.«

»Nicht nötig«, antwortete die Frau und nahm die Flasche wieder an sich. »Wir haben unseren eigenen Brunnen am Wachhaus. Also eine neue Waffe, ja?« Sie spie auf den Boden. »Irgendsowas musste es ja sein, wenn diese Hunde glauben, sie könnten bei uns etwas ausrichten.« Zu Kleiner Bär gewandt fügte sie hinzu: »Das sollte keine Beleidigung für euch vierbeinigen Gesellen sein.«

»Habt Ihr keine Angst?«, fragte Tris und wischte sich mit dem Ärmel übers Gesicht. Sie konnte Staub und Steinchen überall um sie herum sehen. Einige der Treffer mussten auch hier unten zu spüren gewesen sein.

Die Wache zuckte mit den Schultern. »Neues Spielzeug hin oder her, sie müssten sich schon sehr anstrengen, um den alten Himmelsfeuer auszutricksen.«

Briar nickte. »Soweit ich gehört habe, hat das noch niemand geschafft. Komm jetzt, Lockenkopf«, sagte er zu Tris. »Es ist schon fast Mittag. Ich möchte wetten, Gaumenwohl hat ein Hühnchen oder irgendwelche Kuchen für mich aufgehoben.« Er sammelte die Körbe ein und pfiff Kleiner Bär zu sich.

»Keine Angst, Kleine«, sagte der Novize zu Tris, als diese zitternd aufstand, um Briar zu folgen. »Die brauchen schon einen viel größeren Nussknacker, um unsere Schale zu knacken.«

Einige der anderen Wachen lachten, einschließlich der Frau, die so viel Vertrauen in den Geweihten Himmelsfeuer hatte. Andere jedoch, bemerkte Tris, sahen genauso unsicher drein, wie sie selbst sich fühlte.

Du wärst auch anderer Meinung, wenn ich nicht die ersten zwei Knalldinger davon abgehalten hätte, hier reinzufallen, dachte sie, als sie schneller lief, um Briar einzuholen.

Sie betraten die Küche des Turmes durch die Nebentür, nicht durch diejenige, die zum großen Treppenhaus führte. Noch bevor sie eintraten, waren sie von dem Stimmengewirr und dem Lärm verblüfft, der zu hören war. Kleiner Bär setzte sich, als weigere er sich in ein solches Irrenhaus zu gehen. Tris hielt sich ein Ohr mit ihrer freien Hand zu, nahm einen Korb von Briar und folgte ihm hinein.

Sie waren von Dampf und Hitze umgeben. Shurris Feuer tief in der Erde konnte auch nicht heißer sein, dachte Tris. »Ist es immer so?«, schrie sie.

Briar sprang einem Novizen aus dem Weg, der unter einem Brett voller Brotlaibe schwankte. Im Vorbeigehen murrte der Novize, dass Briars Mutter etwas mit einer Schlange gehabt hätte.

»Und deine Alte mit einer Sumpfratte!«, schrie Briar zurück. Zu Tris sagte er: »Nein, eigentlich nie!«

Jemand packte ihn an der Schulter. »Raus mit euch kleinem Diebesgesindel«, befahl ein Geweihter in einer mehlbestäubten blauen Ordenstracht. »Und wenn . . .«

Briar fasste dessen eine Hand und bog den kleinen Finger zurück. Er grinste böse, sodass seine weißen Zähne aufblitzten, als er den Druck verstärkte. Der Geweihte heulte auf.

Tris schob ihren Korb über den Arm und fasste Briar am Arm. »Du wirst gar nichts erreichen, wenn du ihm den Finger brichst!«, schrie sie in Briars Ohr. »Du . . .«

Plötzlich wurden die drei abrupt voneinander getrennt, durch die Luft geschleudert und landeten draußen auf ihren Hinterteilen. Kleiner Bär bellte wie verrückt. Der Geweihte rappelte sich auf und stand einem anderen Geweihten mit einem riesigen Bauch gegenüber. Dieser Geweihte stand in der offenen Tür und schaute mit gerunzelter Stirn auf sie alle hinunter. Er war knapp sechs Fuß groß, mit dem schwarzen Haar, der braunen Haut und den fast mandelförmigen Augen eines Mannes aus dem Fernen Osten. Sein Haar war nach der Sitte der Männer aus Yanjing auf seinem Kopf zu einem Knoten geschlungen. Er hatte ein breites Gesicht mit einer langen, flachen Nase, einen breiten Mund und einen dichten, kurz geschnittenen Bart. Es war unmöglich zu sagen, von welcher Farbe seine Ordenstracht war, unter all den Spritzern und Brandflecken.

»Ehrenwerter Gaumenwohl!«, rief der Geweihte des Wassers aus. »Ich versuchte gerade einen Dieb zu packen . . .«

»Wenn Ihr schon etwas packen müsst, Geweihter Weidengerte,

dann fangt dreißig Hühnchen und dreht ihnen den Hals um!« Gaumenwohls Stimme war tief und dröhnend. Er sprach sehr deutlich, mit einem breiten Akzent. »Achtet darauf, dass ihr sie richtig ausbluten lasst. Und jetzt lasst bitte meine Besucher in Ruhe.« Zu Briar und Tris sagte er: »Zu viele Münder heute zu füttern. Wir sind sehr beschäftigt.«

»Dieser Junge ist bekanntermaßen ein Dieb!«, jammerte Weidengerte und deutete auf Briar. »Er hat sich hier herumgetrieben . . .«

Kleiner Bär knurrte. Tris fasste ihn am Halsband.

»Briar Moss hat von mir noch nie etwas gestohlen.« Diesmal lag eine gefährlicher Unterton in Gaumenwohls Stimme. »Hühner, Geweihter Weidengerte. Und wenn ihr sie tötet, denkt an das Schicksal jener, die ohne Beweis andere beschuldigen.«

Der Mann stampfte davon, rot vor Demütigung. Briar hielt Gaumenwohl die Tafel hin, die Rosendorn ihnen mitgegeben hatte.

Zu ihm sagte Gaumenwohl: »Und du brich mir nicht mehr die Finger meiner Küchenhilfen. Ich brauche ihre Hände. Brich ihnen einen Zeh, wenn es sein muss.« Er nahm die Tafel und blickte zu Tris. »Wie geht es deinem Vogel? Briar sagte, du hättest ein Vogeljunges aufzuziehen.«

Sie lächelte schief. »Er ist ziemlich laut.«

»Das ist gut«, sagte Gaumenwohl und nickte zufrieden. »Kräftige Lungen sind laut. Ich werde frisches Fleisch für ihn klein hacken, damit er noch stärker wird. Gekochte Eier haben wir auch genug. Und was ist das?« Er las die Nachricht auf der Tafel und runzelte die Stirn. »Schweineleber oder Rindsleber? Drei Arten von Bohnen? Wir haben heute Erbsen und Eintopf von Meeresfrüchten. Das hier ist reichhaltiges Essen – sehr kräftig.«

»Es ist für Eisenbart und Daja«, erklärte Briar, »damit sie wieder zu Kräften kommen. Sie haben große Magie im Hafen vollbracht und nun sind sie so müde, dass sie nicht mehr aufrecht sitzen können. Rosendorn sagt, sie brauchen all das.«

»Dann geben wir Rosendorn, was sie will. Ihr beide wartet im Schatten bei der Treppe. Heute kommen mir schon zu viele Leute wie Weidengerte in die Quere.« Er nahm die Körbe, die die Kinder abgestellt hatten. »Ich werde die Körbe selbst füllen. Wartet hier.« Er verschwand in die Küche, und als er wieder auftauchte, reichte er Briar zwei dicke Korinthenbrötchen. »Eines ist für Trisana«, sagte er zu Briar mit einem bedeutungsvollen Blick und verschwand erneut in der Küche.

»Du hast nie gesagt, dass er so nett ist«, sagte Tris vorwurfsvoll zu Briar, während sie zum Haupteingang liefen.

»Das hättest du dir doch denken können«, erwiderte Briar mit vollem Mund.

»Ich habe noch nie richtig mit ihm geredet.« Tris ließ sich auf eine Bank neben der Haupttreppe sinken, der Hund setzte sich zu ihren Füßen. Ein einsamer Läufer saß an die Wand gelehnt da und nickte ihnen zu, dann döste er wieder weiter.

Tris aß ihr Korinthenbrötchen, indem sie Stück für Stück davon abbrach und ganz langsam kaute. Eigenartig, dachte sie. Der Radau aus der Küche drang nicht bis zu diesem Teil des Turms vor – und doch waren nur die Wände und ein Paar Doppeltüren zwischen ihnen.

Magie, zweifellos. War alles hier magisch?

Eine der Küchentüren schwang auf, ließ einen Schwall von Geräuschen herausdringen und zeigte eine schlanke männliche Gestalt. Der Mann schloss die Tür und drehte sich ins Licht.

»Tris! Briar!« Amerin war unverkennbar verblüfft und nicht gerade froh sie zu sehen. Er spielte an seinem Ohrring herum, dann lächelte er so warmherzig, dass Tris sich fragte, warum sie geglaubt hatte, er sei unangenehm überrascht sie hier vorzufinden. »Das ist aber ein glücklicher Zufall.«

»Kommt darauf an, für wen er glücklich ist«, erwiderte Briar. »Ich kann gar nicht glauben, dass Gaumenwohl Euch gehen ließ, ohne Euch etwas zu essen zu geben.«

»Gaumenwohl?«

»Der Geweihte der Küche«, sagte Briar und runzelte die Stirn. »Jeder, der dort hineingeht, trifft Gaumenwohl.«

»Vielleicht zu anderen Zeiten«, antwortete Amerin. »Im Augenblick ist er, glaube ich, ziemlich beschäftigt. Was macht ihr beiden denn hier?«

Briar erzählte, was ihr Auftrag gewesen war, behielt seine anderen Gedanken jedoch für sich. Damals, kurz nach seiner Ankunft, als ein voller Bauch noch eine Seltenheit gewesen war, war Briar zu allen Tages- und Nachtzeiten in die Küche gekommen, um ihn zu füllen. Doch egal, wann er gekommen war, ob zu nachtschlafender Zeit oder wenn jede Menge Leute ein und aus gingen, niemals war er länger in der Küche als ein oder zwei Minuten, bevor Gaumenwohl ihn entdeckte und ihm etwas zu essen gab. Und er hatte gesehen, dass Gaumenwohl das praktisch mit jedem so machte, der nicht zur Küchenmannschaft gehörte.

Sicher war es möglich, dass Gaumenwohl Amerin heute nicht gesehen hatte, da so viele Flüchtlinge gefüttert werden mussten. Es war möglich. Es war ganz einfach nur nicht wahrscheinlich.

Die Türen schwangen auf. Nun kam Gaumenwohl selbst heraus, er trug ihre beiden Körbe und ein kleiner, bedeckter Korb hing an einem Arm. Tris nahm einen der großen Körbe und den kleinen, Briar nahm den anderen Korb.

»Kennen wir uns?«, fragte Gaumenwohl und sah Amerin fragend an.

»Amerin Glasfeuer«, stellte sich dieser mit einer Verbeugung vor. »Ich bin gerade erst angekommen, um in der Bibliothek des Verschlungenen Kreises zu studieren.«

»Ein Lehrling der Magie«, stellte Gaumenwohl fest. »Ich weiß, wie es ist. Wenn Ihr hungrig seid und noch lange studieren müsst, kommt her. Irgendjemand ist immer da.«

Und irgendjemand heißt Ihr selbst, dachte Briar, sprach es jedoch nicht aus.

Zu Briar und Tris sagte Gaumenwohl: »Nun trödelt nicht länger herum. Geht sofort nach Hause und stellt das, was nicht gegessen wurde, gleich in eure Kühlkammer. Im kleinen Korb sind noch ein paar Kuchen für den Nachmittag.« Mit einem Nicken verschwand er in sein Königreich.

»Wenn es euch nichts ausmacht, begleite ich euch«, sagte Amerin und ging mit ihnen. »Ich hoffe, Lerchenfroh und Rosendorn haben Mitleid mit mir. Sie wollen den Führer einer Handelskarawane und seine Frauen in mein Zimmer im Gästehaus einquartieren. Wenn ich nichts Ruhigeres finde, werde ich mit einem Stück Boden im Jungenschlafraum vorlieb nehmen müssen. Niemand kann unter diesen Bedingungen studieren.« Er streckte die Hand aus und griff nach dem schwereren von Tris' beiden Körben. »Lass mich dir helfen.«

Tris runzelte die Stirn und zog den Korb weg. »Ich habe schon Schwereres getragen als das«, wehrte sie ab. »Als ich bei Base Uraelle war, habe ich gewöhnlich zwei Körbe dieser Größe zum Markt getragen und wieder zurück.«

»Und zurück?« Amerins Augen wurden groß vor Erstaunen. »Den ganzen schrecklichen Berg hinauf? Aber du warst doch noch ein kleines Mädchen . . .«

»Ich habe meinen Unterhalt verdient«, antwortete Tris stolz und hob den größeren Korb an, damit er nicht an die steinerne Einrahmung eines Blumenbeetes stieß.

»Aber sie hatte doch Dienerschaft, die alte . . .«

»Eine Frau kam an drei Tagen in der Woche für die schweren Hausarbeiten«, unterbrach ihn Tris unwillig. »Doch man musste sie stets im Auge behalten, denn sie war ziemlich faul. Base Uraelle war ans Bett gefesselt, also musste ich mich um alles kümmern.«

»Der alte Drachen«, murmelte Amerin. Er nahm den anderen großen Korb von Briar, was diesem nur recht war. »Sie war reich genug, um sich Dienstboten leisten zu können. Hat sie dir bei ihrem Tod wenigstens irgendetwas hinterlassen?«

Tris schüttelte den Kopf. »Nicht einen Kupfermond.«

»Aber wo ist das Geld denn dann geblieben? Sie muss es doch irgendjemandem hinterlassen haben.«

»Dem Hause Tandler. Es muss immer ein Schiff auf dem Meer nach ihr benannt sein.«

Kaufleute, dachte Briar. Ich würde es wenigstens für etwas Nützliches hinterlassen, wie zum Beispiel um einen Garten anzulegen an einem Ort wie dem Gaunerviertel oder den Miren. Er grinste, belustigt von der Idee, dass er jemals in der Lage wäre bei seinem Tod jemandem Geld zu hinterlassen.

Sie überquerten gerade den dicht bevölkerten Weg zwischen den Webhäusern und Haus Disziplin, als es im Süden dreimal laut und heftig krachte. Ein Pferd in ihrer Nähe stieg auf und wieherte voller

Angst. Amerin zog Briar aus dem Weg. Ochsen, die schwere Karren zogen, muhten und verdrehten die Augen, bis man das Weiße sehen konnte. Kleiner Bär ließ sein Hinterteil auf das Pflaster plumpsen und fing an zu heulen. Hunde und Säuglinge unter den Flüchtlingen taten es ihm nach.

»Vielen Dank«, sagte Briar zu Amerin, als dieser ihn losließ. »Kleiner Bär, hör sofort auf oder ich sage es Rosendorn.« Der Welpe schwieg sofort.

Tris starrte Briar an und man sah, dass sie einen Schweißausbruch hatte. »Glaubst du, dass es wieder welche von diesen Knalldingern waren?«

»Ich bin mir ziemlich sicher«, antwortete dieser und öffnete das Tor zum Haus Disziplin. »Kommt. Gehen wir rein.«

9

Lerchenfroh und Sandri saßen alle am großen Tisch und arbeiteten. Tris ging sofort zu ihrem Vogel in Rosendorns Arbeitsraum. Sie konnte bereits seine schrille Stimme hören. Sie nahm die Abdeckung vom Nest, und als der Star sie sah, öffnete er seinen Schnabel noch weiter.

»Gleich«, sagte sie und deckte das Nest wieder ab. Sie half Briar den Inhalt der Körbe in der Kühlkammer zu verstauen und holte schließlich das Hackfleisch mit Eigelb heraus, das Gaumenwohl ihr mitgegeben hatte. Der Nestling kreischte. »Gleich« war nicht das, was er wollte.

»Wenn wir nicht bereits Eisenbart und Daja in unseren Zimmern hätten, dann würden Rosendorn oder ich gerne für Euch Platz machen«, sagte Lerchenfroh, als Amerin seine Bitte vortrug.

»Ich habe ein ganz schlechtes Gewissen niemanden aufzunehmen, wenn sie in allen Schlafsälen bereits Feldbetten aufstellen«, gab Rosendorn zu.

»Ich hätte nichts gegen ein Feldbett hier oder in einer Dachkammer«, versicherte Amerin.

»Das ist nicht nötig.« Sandri blickte von ihrem Webrahmen auf. In der Zeit, in der Briar und Tris fort waren, hatte sie es geschafft, auf dem schmalen Webrahmen, auf dem Lerchenfroh ihr das Weben beibrachte, fast eineinhalb Ellen zu Stande zu bringen.

»Wenn es Daja recht ist, werde ich in ihrem Zimmer schlafen und Tris' Vetter kann in meinem schlafen.« Sie stand auf und ging nachsehen, ob Daja wach war, um sie zu fragen.

Daja war sofort einverstanden. Daraufhin ging Amerin unverzüglich los, um seine Habseligkeiten aus dem Gästehaus zu holen.

»Also«, sagte Lerchenfroh zu Tris und Briar, als Rosendorn den Eintopf erhitzte und Tris kleine Bälle aus Fleisch und Eigelb für ihren Vogel bereitete. »Was hat Mondenstrahl gesagt, als ihr sie gefunden habt?«

Der Nestling war gefüttert und der Eintopf heiß, als fünf scharfe Donnerschläge die Mittagsstille durchbrachen. Draußen schrien Leute auf. Eine Frau war zu hören, die immer und immer wieder rief: »Was ist das denn nur?«, bis irgendjemand sie beruhigte.

Tris zitterte. Lerchenfroh und Rosendorn, die beide sehr ernst dreinsahen, brachten Daja und Eisenbart den Eintopf.

»Hat jemand schon vorher etwas Ähnliches erlebt?«, fragte Sandri die beiden anderen Kinder.

»Nicht, dass wir davon gehört hätten«, murrte Briar.

Alle fünf beendeten gerade ihr eigenes Essen, nicht den Eintopf, der für Daja und Eisenbart bestimmt war, um ihre Stärke wieder herzustellen, sondern kaltes Rindfleisch, Käse und Gemüse aus dem Garten, als ein Läufer zur Tür hereinstolperte.

»Mondenstrahl bittet die erfahrenen Magier auf der Mauer am Südtor zu sein, wenn die Uhr eins schlägt«, stieß er atemlos hervor und rannte wieder hinaus.

»Damit sind wir gemeint«, sagte Lerchenfroh und rieb sich müde über das Gesicht. Sie erhob sich mit einem Seufzer und blickte aus dem Fenster auf die Turmuhr. »Zumindest haben wir einige Minuten Zeit, um dorthin zu kommen.«

»Ich weiß, was Mondenstrahl will.« Eisenbart stand in die Türöffnung zu Rosendorns Zimmer gelehnt, sein dunkles Gesicht war grau vor Erschöpfung. »Wenn die Piraten diese Knallsteine – oder was immer das sein mag – unten an der Bucht benutzen . . .«
Lerchenfroh half ihm zu einem Stuhl am Tisch.
»Danke, meine Liebe«, sagte Eisenbart. Er lehnte sich nach vorne und stützte sich auf dem Tisch ab. »Diese Donnerschläge kommen vom Südtor.« Alle sahen ihn fragend an. »Die Piraten werden versuchen in der Bucht zu landen – und genau dieses Stück des Spruchnetzes ist zerstört. Der südliche Zugang hat keinen Schutz außer unserer Hand voll Soldaten und den Kriegsmagiern – die auch nur Menschen sind. Wie lange können sie die Piraten und deren Magier zurückhalten? Und wie lange können sie die Piraten davon abhalten, ihre Katapulte in der Bucht aufzustellen, von wo aus sie viel besser den Verschlungenen Kreis bombardieren können?«
»Wir haben nie andere Schutzvorrichtungen gebraucht als das Netz«, sagte Rosendorn nachdenklich. »Niemand konnte dagegen ankämpfen . . .«
»Weil jeder Eindringling, sobald er das Netz berührte, nicht mehr wusste, wo er war«, sagte Eisenbart. »Das Netz ist immer noch da, um den Rest der Mauer im Westen, Norden und Osten abzuschirmen. Doch die Bucht . . . Ich denke, Mondenstrahl braucht alle erfahrenen Magier, die noch auf den Beinen sind, um Mittel und Wege zu finden das Südtor und den Strand zu verteidigen.«
Rosendorn verzog ihr Gesicht und zeigte ihre Zähne. »Dann kann ich von Nutzen sein.« Sie ging in ihr Arbeitszimmer und winkte Briar mit einem Finger zu sich. »Komm mit, du wirst mir helfen.«
Briar gehorchte sofort.

Lerchenfroh trommelte mit den Fingern auf dem Tisch und dachte nach. Schließlich sagte sie unvermittelt: »Sandri, mach weiter mit deiner Webarbeit, während ich weg bin.«

»Aber Lerchenfroh . . .«, protestierte Sandri.

Lerchenfroh hob die Hand, um sie zum Schweigen zu bringen. »Ich weiß, wir wollten heute Nachmittag wieder mit dem magischen Weben weitermachen, aber ich kann nicht wagen es dich allein versuchen zu lassen.«

»Ich werde vorsichtig sein.«

Lerchenfroh strich Sandri eine Haarlocke aus der Stirn. »Manche der Sprüche, die wir mit euch vieren durchgeführt haben – wie der Webspruch, der Spruch, den Niko mit Tris durchgeführt hat, um zu sehen, was auf der Felseninsel geschah, und derjenige, den Eisenbart und Daja bei der Hafenkette anwandten –, nennt man Große Sprüche. Ohne einen geübten Magier, der sich mit Großen Sprüchen auskennt, können die jungen Magier sich so darin vertiefen, dass sie sterben. Sie geben ihre Magie und ihr Leben ganz in den Spruch hinein, ohne es überhaupt zu merken.«

»Mein bester Freund starb so vor zwanzig Jahren«, fügte Eisenbart hinzu und stützte seinen Kopf auf seine gefalteten Arme. »Er arbeitete mit Blei und schuf ein magisches Muster – es sollte ein Fenster in der Form einer tausendblättrigen Blume werden, eines, das Sonnenlicht einfangen und an den trübsten Tagen abgeben konnte. Er wollte unseren Meister beeindrucken und er verbrannte geradewegs vor meinen Augen.«

Sandri schluckte und nickte. »Ich werde hierbei bleiben, ich verspreche es«, sagte sie und klopfte auf den schmalen Webstuhl. Bei dieser Art von Weben fehlte das Gefühl von Macht, das sie am Tag zuvor gehabt hatte, als sie meterweise Stoff geschaffen hatte.

Andererseits liebte sie das Leben zu sehr, um zu riskieren es auf so dumme Weise zu verlieren.

Rosendorn und Briar kehrten zurück. Briar trug ein Stoffsäckchen, Rosendorn eine Flasche und eine Tasse, die gerade groß genug für ein Ei war. Die Flasche schimmerte fast weiß vor Magie. Rosendorn stellte die Tasse neben Eisenbart und goss sie halb voll mit grüner Flüssigkeit. »Trinkt!«, befahl sie. »Ihr und Daja müsst in der Lage sein euch zu bewegen, nur für den Fall.«

Eisenbart verzog das Gesicht. Er hob die Tasse und schüttete den Inhalt auf einmal hinunter. »Uaaaaah!«, schrie er und seine Stimme war um einiges stärker als bisher. »Versucht Ihr mich umzubringen, junge Frau?«

»Wenn ich vorhabe jemanden umzubringen, dann tu ich es auch«, erwiderte Rosendorn. »Ich versuche es nicht nur.« Sie goss etwas weniger von der grünen Flüssigkeit in die Tasse. »Gebt das Daja und stellt die Flasche zurück in mein Zimmer. Und ruht Euch aus, solange Ihr könnt.« Zu Lerchenfroh und Briar sagte sie: »Gehen wir.«

Eisenbart pfiff den Hund zurück, sonst wäre Kleiner Bär allen dreien gefolgt. Eisenbarts Gesicht war bereits weniger fahl und er konnte schon wieder aufrecht sitzen. Nun stand er auf und brachte Daja die Tasse.

»Ich hoffe, es passiert ihnen nichts«, flüsterte Sandri Tris zu.

»Vielleicht solltest du unsere Schnur herholen, nur für den Fall«, sagte diese leise.

Sandri nickte und holte den Ring aus Garn mit den vier Knoten darin.

Als sie oben auf der Mauer am Südtor angelangt waren, stellte Briar fest, dass es eine schlechte Idee gewesen war, alle rangälteren Magier herzubitten. Da war Kranich, der Erste Geweihte des Lufttempels und Rosendorns Hauptrivale. Er fuchtelte mit seinen dünnen Armen herum, während er sich mit Niko und Mondenstrahl stritt. Gaumenwohl war nirgendwo zu sehen. Ganz sicher war jemand, der Leute aus der Küche werfen konnte, ohne sie überhaupt zu berühren, ein erfahrener Magier, doch vielleicht bewahrte ihn seine Kocherei vor Torheiten wie dieser. Briar sah zunächst auch Himmelsfeuer nicht, doch dann entdeckte er ihn ein Stück weiter weg auf der Mauer.

Lerchenfroh ging mitten in die Menge. Sie legte eine Hand auf die Schulter eines schimpfenden Geweihten und sprach leise ins Ohr eines anderen. Beide sahen mit einem Mal ganz schamerfüllt drein, steckten ihre Hände in die Ärmel ihrer Ordenstracht und traten zurück, um sie vorbeizulassen. Mit einigen leichten Berührungen, beruhigendem Lächeln und leisem Reden arbeitete sich Lerchenfroh durch die lärmende Ansammlung und verbreitete überall Ruhe.

»An Lerchenfroh ist mehr, als man mit bloßem Auge sehen kann, stimmt's?«, sagte Briar zu Rosendorn.

»Wenn du weiter so ein scharfes Auge entwickelst, mein Junge, werden wir dich schon bald zum Eingeweihten machen müssen«, erwiderte Rosendorn. »Nun komm. Wenn wir uns hier noch groß auf eine Diskussion einlassen, verlieren wir nur Zeit.« Mit Briar im Schlepptau steuerte sie auf Himmelsfeuer zu.

Briar blickte aufs Meer hinaus. Die Tarnsprüche waren verschwunden. Es mussten wohl alles in allem zehn Schnellsegler und fünfzehn einfache Galeeren sein. Dazwischen befanden sich Langboote, die mit Männern, kleinen Katapulten und Waffen ausgerüstet waren: eine Landetruppe. Im Bug jedes Bootes stand ein Mann oder eine Frau – Magier, vermutete Briar, um das Boot vor der Magie des Verschlungenen Kreises zu beschützen. Nicht nur vor der Magie, wurde ihm dann klar, als er entdeckte, dass entlang des ganzen südlichen Mauerstückes Geweihte und Novizen Katapulte bereithielten. Neben jedem stand ein offenes Fass gefüllt mit Kugeln aus Tierhäuten, die eine entsetzlich riechende Flüssigkeit enthielten.

»Schlachtenfeuer?«, fragte er einen der Magier neben Himmelsfeuer und deutete darauf. Die Frau nickte nur.

Briar schauderte. Früher einmal in Hajra waren drei Schiffe, die einen Piratenangriff überstanden hatten, in den Hafen eingelaufen, wo er mit einigen Freunden auf den Docks gespielt hatte. Jedes war von der gallertartigen Masse getroffen worden, die Schlachtenfeuer hieß. Ein Schiff lief brennend in den Hafen ein und sank, noch bevor es anlegen konnte. Die anderen beiden hatten angelegt, um ihre Toten und Verwundeten von Bord zu bringen. Der Anblick und Geruch von verbranntem Fleisch hatte Briar viele Monate lang Alpträume beschert.

Rosendorn wartete, bis Himmelsfeuer ein Gespräch mit einem Läufer beendet hatte, dann sagte sie zu ihm: »Ihr seid so damit beschäftigt, ständig Magie zu weben, um uns abzuschirmen, dass Ihr völlig vergesst, dass es nicht unbedingt nur diese Magie sein muss.«

Himmelsfeuer blickte auf sie hinunter und seine schmale Nase zuckte. »Nur Schilder werden uns vor den Katapulten und den Knallsteinen bewahren«, fuhr er sie an.

»Und die Bucht?«, fragte sie. Mit einer Handbewegung zeigte sie auf das Stück Strand unter ihnen. Es war mit tiefen Kratern übersät und stank nach dem Rauch der Knallsteine.

»Deshalb haben wir Bogenschützen, nicht zu vergessen diese

Plappermäuler hier oben«, erwiderte Himmelsfeuer ungehalten und schaute zu der Menge um Mondenstrahl. »Sie konnten nur noch nicht eingesetzt werden.«

Rosendorn stupste Briar an, damit er dem Geweihten das Stoffsäckchen zeigte, das er trug. »Kletterrosen, Kreuzdorn, Brombeeren«, erklärte sie Himmelsfeuer und zählte die Samen auf, die sie Briar hatte einpacken lassen. Sie lächelte den Jungen an. »Stranddistel, Silberdistel, Namorner Distel – und noch ein wenig von da und dort, um es besser wachsen zu lassen.«

Briar unterdrückte ein Grinsen. Bevor er jede Hand voll Saatgut in ein Stück Tuch gegeben hatte, hatte Rosendorn sie in eine Flüssigkeit getaucht, die das für Pflanzen tat, was ihre andere Mixtur für schwache Vögel und erschöpfte Magier tat.

Himmelsfeuer hob eines der kleinen Bündel hoch. »Und Ihr denkt, Ihr könnt daraus eine Barriere wachsen lassen, die hoch genug ist, um Landetruppen abzuhalten?«, fragte er skeptisch.

»Lasst dieses Saatgut überall über dem Boden ausstreuen und Briar und ich werden sehen, was wir tun können«, antwortete sie entschieden. »Alles, was Eure Leute tun müssen, ist die Bündel in die Luft zu befördern – Lerchenfroh wird dafür sorgen, dass sie sich öffnen, um die Saat zu verstreuen.«

Himmelsfeuer rieb sich über seinen roten Bart, dann nahm er die Bündel von Briar und winkte einige Soldaten zu sich, die in der Nähe standen. Darunter war auch die Frau, die am Morgen auf Kleiner Bär aufgepasst hatte. Sie zwinkerte Briar zu und lauschte dann auf Himmelsfeuers Befehle. »Jedes Katapult entlang diesem Teil der Mauer wird mit zweien dieser kleinen Bälle geladen«, befahl er. »Und zwar sofort. Bringt sie in die Luft und zielt auf das Gebiet, das nicht vom Spruchnetz geschützt ist.«

»Hol Lerchenfroh«, flüsterte Rosendorn Briar zu.

Lerchenfroh war bereits unterwegs. »Ich werde hier drüben mehr von Nutzen sein«, sagte sie leise grollend zu Rosendorn. »Warum will denn bloß niemand mit irgendjemandem zusammenarbeiten?«

»Also ich möchte auch nicht mit diesen Idioten arbeiten«, sagte Rosendorn. Einer der Kriegsmagier stand nahe genug, um das mitzuhören, und schnaubte.

Sie hörten ein Schnappen. Das erste Katapult schleuderte kleine graue Bündel hoch in die Luft. Aus einem Ärmel holte Lerchenfroh ein viereckiges Tuch, seine Enden waren nicht umsäumt, sondern ausgefranst. Ihren Blick auf die Stoffbündel gerichtet, die durch die Luft segelten, zog sie an zwei Enden des Stoffes und zupfte drei oder vier Fäden auf einmal heraus. Die Bündel in der Luft öffneten sich und verstreuten Wolken von Saatgut in der Luft.

Rosendorn machte für sich und Briar bei einer Schießscharte Platz, sodass sie sich auf dem erhöhten Stein daneben anlehnen konnten. Briar wurde gegen die Mauer gepresst, da Rosendorn sich dicht hinter ihm befand. Er atmete ihren eigenwilligen Geruch ein: Pinien, dunkle Erde, Spuren von Basilikum und Aloe. Mit Rosendorn in seiner Nähe fühlte er sich fast, als ob er in den Armen von Mila, der Hüterin der Saat selbst ruhte, auch wenn er schnell der Göttin versicherte, dass das keine Gotteslästerung gewesen sein sollte.

»Bist du bereit?«, fragte Rosendorn.

Sein Blick war auf das Saatgut gerichtet, das jetzt zu Boden sank. »Ich denke schon.«

»Die Magie besteht aus einem besonderen Muster, einem Rhythmus, in dem wir in die Erde greifen, um mit der Saat von dort zu wachsen. Ich werde es durch dich fließen lassen, dann kannst du ihm folgen«, erklärte Rosendorn Briar. »Aber glaube nur nicht, dass du das ständig mit den Pflanzen machen kannst.«

»Sie müssen langsam wachsen«, erwiderte er. »Damit sie stark genug werden.«

»Richtig. Gut, dass du das verstehst. Also los, einatmen . . .«

Briar schloss die Augen und atmete tief durch die Nase ein. Er und Rosendorn sanken durch die kalte, weiß aufblitzende Innenseite der Mauer . . .

Rosendorn und Briar durchbrachen die Mauer und die Erde außerhalb der Mauer und die Sprüche, die den Boden unter dem Verschlungenen Kreis zusammenhielten. Sie befanden sich nun in weicher Erde und verbreiteten sich weit auf dem Abhang hinunter zum Wasser.

Die Samen befanden sich an der Oberfläche. Rosendorn rief sie zu sich und verband sich mit ihnen. In ihrer Magie lag die Kraft von Steine sprengenden Kletterpflanzen, von Pflanzen, unter denen in wenigen Jahren ein ganzer Bauernhof verschwinden konnte, gemischt mit der Eile, die nur Menschen verspürten.

Briar sah, wie Rosendorn ihre Magie in ein Wurzelsystem verwandelte. Alles, was die Samen noch tun mussten, war kräftige Stämme zu entwickeln statt zerbrechliche Schösslinge. Sobald Briar wusste, was er tun musste, streckte er seine Magie aus und ließ sie durch das Muster laufen, das Rosendorn in ihn gepflanzt hatte. Büsche und Dornenhecken explodierten förmlich aus der Erde, ließen Blätter und Blumen wachsen, als ob der Frühling in wenige Minuten gepresst worden sei.

Briar erhob sich über die Erde, um sich umzusehen, und stellte fest, dass ein Drittel des kahlen Abhangs mit der frischen, zarten

Farbe neuen Wachstums bedeckt war. Rosendorn hatte zwei Drittel des Hanges übernommen, ihre Pflanzen waren dunkelgrün, die Disteln bereits eine Elle hoch. Sie kämpften darum, so viel Boden zu bedecken, wie sie konnten, und erinnerten Briar an Hundewelpen, die sich um einen Knochen balgen.

In der Nähe konnte er nun einige dumpfe Schläge hören. Etwas schlug ein und traf seinen Rücken.

Feuer strömte durch seine Schulter und seinen Rücken hinab, nicht auf dem Rücken des Körpers, der sich immer noch auf der Mauer befand, sondern auf seinem magischen Rücken. Briar schrie auf und blickte sich um. Fünf neue Krater befanden sich in der Erde. Sie rauchten und glühten und füllten die Luft mit dem Geruch von verbrannten Blättern.

Er konnte Rosendorn spüren, die hinter seinem echten Körper stand. Sie zitterte.

»Konzentriere dich!«, fuhr sie ihn an, als sie merkte, dass er an sie dachte.

Briar drängte die Pflanzen weiter durch sein magisches Wurzelmuster. Er glitt durch ihre Stängel und füllte sie mit Wut. Die Kletterrosen verwoben sich mit den Disteln und flochten sich in die Brombeersträucher. Briar richtete seine Aufmerksamkeit jetzt auf jeden einzelnen Dorn und drängte ihn zu wachsen.

Er fütterte sie mit seinem Hass auf die Piraten, die an der Küste landen wollten, auf Piraten, die es lustig fanden, einen Straßenjungen zu treten oder ihm den Arm zu brechen, als Warnung für Taschendiebe. Die Pflanzen würden sich um sie schlingen und an ihnen kleben wie der Schlamm der Gassen, in denen er einst gelebt hatte. Seine Gefühle rannen durch seinen Garten wie schwermütiges Blut, eine Dosis von Elend und Hass, die die Pflanzen weitergeben würden.

Noch mehr Donnerschläge; die Magier des Verschlungenen Kreises wehrten die Geschosse ab. Sobald eine der Kugeln von ihrer Bahn abgelenkt wurde, explodierte sie entweder in der Luft oder sie fiel nach unten.

Ein Dröhnen zerriss die Luft, als vier weitere Geschosse explodierten. Vor der Mauer donnerten zwei Kugeln in die Erde und Steine und Erde wurden wie in einem Springbrunnen emporgewirbelt. Rosendorn und Briar schrien vor Schmerz und Wut auf, als ihre Pflanzen in Stücke gerissen wurden.

»Seht zur Küste. Könnt Ihr schneller machen?« Das war Himmelsfeuer, der diese Frage in die Ohren ihrer Körper auf der Mauer schickte. Die Langboote hatten die Küste erreicht. Drei Ellen hohe Pflanzen erwarteten sie, wo Rosendorn gearbeitet hatte, Briars waren ein wenig mehr als zwei Ellen hoch. Das reichte nicht, um die Piraten aufzuhalten, jedenfalls nicht für lange.

»Tiefer«, stieß Rosendorn aus. »Ich gehe tiefer in den Spruch hinein.«

»Wie?«, fragte Briar. »Zeigt es mir.«

»Nein. Arbeite du weiter wie bisher. Du bist dafür noch nicht bereit.«

Sie drängte ihn so lange, bis sein Muster sich über die Pflanzen legte, die sie bereits hatte wachsen lassen, während sie sich selbst Briars Pflanzen zuwandte. Sie pulsierte dort wie eine aufgehende Sonne. Während er nur in die Haut jeder Pflanze geschlüpft war und seine größte Aufmerksamkeit auf deren Dornen gerichtet hatte, wurde Rosendorn tatsächlich zu jeder Wurzel und jedem Stängel. Sie vollbrachte das Wachstum von Monaten, selbst Jahren in einem einzigen Atemzug. Alles wuchs in Sekundenschnelle. Es war eine gewisse Befriedigung für Briar, dass ihre Dornen,

Nadeln und Stacheln nicht so lang und scharf wie seine waren. Sie hasst nicht genug, stellte er fest. Sie war nie von betrunkenen Piraten, die einen großen Fischzug feierten, durch die Luft geschleudert oder fallen gelassen worden. Briar teilte diese Empfindung mit Rosendorns Pflanzen, während ihre Blätter und Stängel sich dehnten. Ihre Dornen waren rasiermesserscharf und hielten nach Piraten Ausschau, in die sie sich bohren konnten.

Etwas, das lauter war als die vorherigen Knallsteine, durchdrang die Luft, nahe genug, dass Briars wirklicher Körper zusammenzuckte. Es gab einen dumpfen Schlag und eine plötzliche Hitzewelle. Briar hob einen Arm, um sich selbst und seine Pflanzen vor dem Feuer zu schützen. Rosendorn schrie und schrie immer wieder.

Der erste Trupp Piraten war gelandet. Mit Katapulten hatten sie Schlachtenfeuer in den grünen Dschungel vor sich geschickt. Beim Aufschlag waren die Tierhäute zerplatzt und hatten die Mischung überall verstreut. Ihre Magier mussten das Zeug nur noch entzünden. Feuer breitete sich zwischen den Truppen und der Mauer aus. In der Nähe schrie jemand. Ein Stück weiter auf der Mauer war eine Ladung Schlachtenfeuer durch die Schilder der Magier gedrungen. Eine der Wachen taumelte brennend umher und fiel durch eine Schießscharte in die Dornen. Andere Geweihte versuchten die Flammen mit ihrer Ordenstracht zu ersticken. Zwei Novizen zogen einen verbrannten Körper zur Seite.

Rosendorn fiel gegen Briar. Er legte ihre Arme um sich und nahm ihr Gewicht auf seine Schultern. Sie stöhnte tief auf. Plötzlich hatte Briar Angst. *Sandri! Tris! Daja . . .*

Wir sind hier. Kraft durchströmte ihn und ließ jedes Haar an seinem Körper wie elektrisiert abstehen. Die Mädchen im Haus

Disziplin fassten den magischen Ring und waren miteinander verwoben wie eine gedrehte Kordel, Sandri mit einem goldweißen Faden, Daja rotorange, heute dunkler und schwächer als die anderen beiden, Tris ein strahlendes Blau, durchdrungen mit Weiß. *Was sollen wir tun?,* fragten sie.

Rosendorn weigerte sich ihre Magie und ihre Verbindung zu den Pflanzen aufzugeben. Sie hielt daran fest, trotz ihrer Schmerzen. Alles wuchs rasend schnell weiter.

Das hier, erklärte Briar seinen Freundinnen. Er fuhr in das magische Muster und nahm sie mit. Sie eilten durch seine Windungen und Verzweigungen und belebten es im Geist, den sie nun teilten. Jede Pflanze in der Bucht musste schnell wachsen oder explodieren. Sie fütterten die Dornen und Stacheln mit ihrem Zorn und ihrer Bitterkeit. Daja hatte ihre eigenen Erinnerungen an die Piraten, genau wie Sandri. Tris war wütend auf diese Parasiten, die verbrannten und töteten und ihr neues Zuhause in Gefahr brachten. Die vier eilten in jede Wurzel, jeden Zweig, jeden Dorn und zwangen sie höher, länger, dicker, schärfer zu werden.

Ohne es zu merken, stießen sie Rosendorn aus dem magischen Muster. Lodernd vor Zorn und Furcht, spürten sie die Hände gar nicht, die sie schüttelten und an ihnen zerrten.

Trisana, du hörst wieder nicht!, sagte plötzlich eine scharfe, vertraute Stimme. Sie roch nach Essig und Moder. *Du machst mich arm mit deinen Extravaganzen. Ich bin nur eine arme Witwe, die kaum genug zum Leben hat, und du zehrst mich aus . . .*

Tris' Kraft schwand. »Base Uraelle?«, flüsterte sie. »Ihr seid tot.«

Kein Fleisch mehr auf diesem Tisch, nicht zu diesen Preisen! Ein Kupferstück für Rüben? Du hast nicht genug gehandelt . . .

Die anderen fühlten, wie Tris schwächer wurde, als diese Stimme immer weiter und weiter zeterte. Sie verlor Vertrauen. Sie verlor ihren Halt im Muster.

Eine rasende Spindel tauchte im Geist der Kinder auf, drehte sich gegen den Uhrzeigersinn und trennte ihre Verbindung untereinander auf. Ihre Verbindung zu den Pflanzen löste sich auf. Briars Griff auf die Magie ließ nach. Sandri, die darin Lerchenfrohs Arbeit erkannte, gab auf. Im Haus Disziplin nahm Eisenbart Dajas Finger, die fest den Knoten im Faden umklammerten, und löste sie sanft, einen nach dem anderen.

Jemand zwickte Briar heftig ins Ohrläppchen. »Wage es nicht, dich noch einmal so von mir loszumachen«, schimpfte Rosendorn außer sich vor Zorn. »Du hättest dich und die Mädchen umbringen können.«

»Aber sie haben Euch weh getan«, protestierte er.

Lerchenfroh schüttelte ihren Kopf und steckte die Spindel weg. »Du hättest ihn warnen sollen«, murmelte sie.

»Vielen Dank für die Belehrung«, fuhr Rosendorn sie an. Zu Briar sagte sie: »Ein wenig Schmerz ist erträglich, um diesen Ort zu schützen. Und zumindest haben wir das hier geschafft.« Sie deutete auf die Bucht.

Er sah nichts als einen grünen Dschungel. An einigen Stellen waren die Pflanzen fast sechs Ellen hoch, nirgendwo niedriger als vier Ellen. Die Pflanzen wucherten sogar ein Stück ins Wasser hinein. Briar sah keine Anzeichen mehr von den Langbooten, den Katapulten oder den Piraten.

»Sie sind entkommen?«, fragte er und seine Knie gaben langsam nach. »Sie sind davongekommen?«

Himmelsfeuer stieß ein bellendes Lachen aus. »Dazu hatten sie keine Gelegenheit. Sie sind irgendwo unter alldem begraben und sie werden nie da rauskommen, wenn es das ist, was du wissen willst.« Die Ehrenwerte Mondenstrahl hatte sich zu ihnen gesellt. Zu ihr sagte Himmelsfeuer: »Können wir heute Nacht das gesamte Spruchnetz erwecken? Nicht nur im Osten und Westen?«

Mondenstrahl schüttelte den Kopf. »Wir haben den Leuten aus Hartenstein versprochen das Nordtor bis zur Morgendämmerung offen zu halten. Soweit uns bekannt ist, sind die Piraten noch nicht am Spruchnetz im Osten vorbeigekommen. Wenn es eine Möglichkeit gäbe, sie daran zu hindern, sich zu bewegen, sobald es dunkel ist, würde uns das schon sehr helfen.«

Himmelsfeuer blickte auf den schweigenden Zirkel von ranghohen Magiern. Briar dachte sich, dass sie wohl näher gekommen waren, um ihn und Rosendorn zu beobachten. »Ich will einen Nebel um diesen Ort, so dicht, dass ich meine Mutter nicht erkennen könnte«, befahl Himmelsfeuer. »Und wenn manche unter Euch meinen das sei nicht zu schaffen, dann sollte ich vielleicht einfach diese vier jungen Leute darum bitten. Dann werden wir sehen, was die zu Wege bringen.«

»Nicht nötig.« Die männliche Stimme, steif und hochnäsig, gehörte dem Geweihten Kranich. Er sah auf Briar hinunter. »Ich gebe zu bedenken, dass die ranghöheren Magier sich besser unter Kontrolle haben. Eure Kinder müssen daran noch arbeiten«, sagte er zu Rosendorn.

Briar grinste nur müde und salutierte gelassen in Kranichs Richtung.

Eine halbe Stunde später hatte Tris Amerin immer noch nicht verziehen, dass er Uraelle so lebhaft in ihren Geist gepflanzt hatte. »Ich kann einfach nicht glauben, dass du mir das angetan hast«, sagte sie vielleicht zum dutzendsten Mal und hielt mit zitternden Händen ihre Tasse mit Tee, den Eisenbart für die Mädchen zubereitet hatte. Er hatte gerade mit Amerin einige der Bücher angesehen, die dieser aus dem Gästehaus mitgebracht hatte, als die Mädchen Briars Hilferuf empfingen. Irgendwie hatte Eisenbart erraten, was mit den Kindern los war, und darauf bestanden, dass er und Amerin versuchen sollten deren Verbindung zu unterbrechen. Amerin hatte den ersten wichtigen Schritt gemacht, indem er Uraelles Stimme ins Spiel brachte. Tris wusste das so gut wie ihr Vetter selbst. »Hättest du nicht jemand anderen nehmen können?«

»Sie war das Beste, was mir einfiel«, erwiderte er mit einem Schulterzucken. »Und glaub mir, ich hörte ihr Kreischen oft genug, als ich klein war.« Als er Tris' erstaunten Blick sah, erklärte er: »Wir lebten zwei Jahre bei ihr.«

Sie zuckte zusammen. »Tut mir Leid. Aber trotzdem hättest du nicht . . .«

Niko stürmte ins Haus, außer Atem und mit wehendem Mantel. »Was ist denn bloß in euch gefahren?«, rief er und seine dunklen Augen funkelten wütend.

Daja, Sandri und Tris rückten näher zusammen. Eisenbart, der frischen Tee aufbrühte, blickte Niko mit hochgezogenen Augenbrauen an. Amerin gab vor das Nest des Vogeljungen zu betrachten.

»Habt ihr denn keinerlei Selbstkontrolle?«, fuhr Niko aufgebracht fort. »Merkt ihr denn nicht, wenn ihr eure Grenzen überschreitet? Ihr könntet in diesem Augenblick tot . . .«

»Die Piraten haben Briar und Rosendorn weh getan.« Sandri zwang sich Nikos wütendem Blick zu begegnen. »Wir dachten, sie würden Rosendorn umbringen.«

»Sie, meine Liebe, ist eine erfahrene Magierin, die den Unterschied kennt zwischen augenblicklichem Schmerz und echter Gefahr! Etwas, was niemand von euch zu verstehen scheint! Habt ihr nicht gelernt, dass ihr euch nicht einfach in große Magie werfen könnt, als würdet ihr ein Bad nehmen?«

»Wir sind nur Kinder!«, erwiderte Tris zornig und ihre Lippen zitterten, während sie ihre Tränen zurückdrängte. »Wir hatten noch keine Zeit überhaupt irgendetwas zu lernen!«

»Wir haben ein wenig gelernt«, fügte Daja leise hinzu.

»Sie haben wenigstens geholfen«, murrte Briar. Er war Niko gefolgt, entschlossen, mit eigener Kraft nach Hause zu kommen. Und er hatte es geschafft – gerade noch. Als Sandri ihn an den Tisch führte, ließ er es kommentarlos zu. Sobald er saß, sah er Niko wütend an. »Sie standen nicht nur wie eine Horde Schnepfen herum und warteten auf Mamas Erlaubnis, um mitzuspielen.«

»Diese Schnepfen, wie du sie nennst, sind Magier, die genau wissen, dass man ein magisches Muster nicht ohne die Erlaubnis des Ersten Magiers betreten darf.« Mit einem Seufzer setzte sich Niko auf die Bank neben Tris. »Sie hätten es gar nicht gekonnt.« Während er jedes der Mädchen betrachtete, sagte er nachdenklich: »Ihr hättet es eigentlich auch nicht können dürfen.«

»Sie sind in ein magisches Muster eingedrungen?«, fragte Amerin mit aufgerissenen Augen nach. »Diese . . . Kinder . . .«

»Wenn es etwas ist, was Kinder nicht tun können, dann haben wir es auch nicht gemacht.« Briar funkelte Amerin an.

»Trink das!« Eisenbart drückte Briar eine Tasse in die Hand. »Danach fühlst du dich wieder besser.«

Niko legte eine Hand auf Tris' Schulter. Sie zog ihre Schulter weg und wandte ihm den Rücken zu, während sie immer noch mit den

Tränen kämpfte. Sie war im Haus Disziplin so selten gescholten worden, dass es nun doppelt so sehr schmerzte wie vorher, als es so oft geschehen war.

»Es tut mir Leid, dass mein Temperament mit mir durchging«, sagte Niko leise. »Aber ihr habt mir große Angst eingejagt. Ich wusste nicht, ob ihr noch am Leben sein würdet, wenn ich hier ankomme.«

Tris schüttelte nur stumm den Kopf und weigerte sich immer noch ihn anzusehen.

»Ich denke, der Vogel will was zu fressen«, warf Eisenbart ein.

Das stimmte; der Nestling krächzte.

»Man darf in seiner Nähe nicht laut sein oder schreien«, sagte Tris zu niemand Bestimmtem. »Das regt ihn auf.« Sie nahm das Nest und trug es in Rosendorns Arbeitsraum.

»Ich helfe dir.« Sandri holte Milch und Honig aus der Kühlkammer und folgte Tris.

Eisenbart starrte auf die Tür zu Rosendorns Schlafzimmer und rieb sich seine Glatze. »Wird Rosendorn heute Nacht bei Mondenstrahl oder im Wassertempel schlafen? Ich glaube nicht, dass sie auf einer Liege in ihrem Arbeitsraum schlafen sollte, sie wird völlig erschöpft sein. Aber sie wird auch nicht zulassen, dass ich darin schlafe. Ich könnte ja inzwischen zurück in meine Schmiede.«

»Sie kommt hierher«, antwortete Niko. »Einige von Himmelsfeuers Leuten tragen sie her. Lerchenfroh ist bei ihnen.«

Briar sank über dem Tisch zusammen und legte den Kopf auf seine Arme. »Sie hasst es, getragen zu werden, selbst wenn sie nicht laufen kann«, murmelte er. »Schlaft in meinem Zimmer, Eisenbart. Es wird ihr nichts ausmachen, wenn ich im Arbeitsraum schlafe. Lasst mich nur erst aufräumen.« Er stemmte sich auf die Füße und stolperte in sein Zimmer.

Eisenbart hob ratlos und mit einem Seufzer die Arme. »Ich werde Rosendorns Bett machen.« Er ging in ihr Schlafzimmer. Amerin brühte neuen Tee mit dem Wasser auf, das Eisenbart aufgestellt hatte.

Niko sagte eine Weile nichts. Dann sprach er Daja an. »Ich dachte, du seist ausgelaugt, völlig erschöpft von heute Morgen.«

Sie zuckte mit den Schultern. »Ich habe von Rosendorns grünem Zeug getrunken«, erwiderte sie. »Genau wie Eisenbart. Es hat uns sehr gut getan.«

»Der Trank hat seine Wirkung gezeigt. Trotzdem frage ich mich, woher du die Kraft hattest Briar so . . . beeindruckend zu helfen?«

Daja zuckte wieder mit den Schultern und blickte auf den Tisch.

»Ich muss es wissen, Daja, zu deinem eigenen Besten. Hast du mehr von dem Saft getrunken, als du solltest?«

Daja schüttelte den Kopf. »Es ist der Faden, den wir während des Erdbebens gesponnen haben«, erklärte sie Niko. »Dadurch hat sich Sandri heute Morgen besser gefühlt und ich fühlte mich auch stärker, als sie mir meinen Knoten zum Berühren gab.«

»Einen Knoten?«, warf Amerin ein und zuckte dann zusammen. »Entschuldigung, Meister Niko. Soll ich gehen?«

»Nein, schon in Ordnung«, sagte Niko und hob die Hand, um ihn zum Schweigen zu bringen. »Deinen Knoten?«, fragte er Daja.

»Es ist für jeden von uns ein Knoten in dem Ring aus Garn. Ich habe meinen berührt und fühlte mich gleich besser. Nicht so stark wie die anderen, aber viel besser als heute Morgen.«

Als Sandri zurückkam, sagte Niko: »Ich möchte diesen Ring aus Garn sehen.«

Sie stemmte die Hände in die Hüften und funkelte ihn an. »Tris weint! Sie war noch nie vorher einem Angriff mit Katapulten ausgesetzt. Sie hat Angst.«
»Das haben wir alle«, antwortete Niko. »Ich werde nach ihr sehen, aber erst später. Den Faden, Sandrilene!« Er streckte seine Hand aus.
Sandris Nasenflügel bebten. »Er gehört uns!«
»Er hätte euch in Schwierigkeiten bringen können, aus denen alle eure Lehrer euch nicht einmal mit vereinten Kräften hätten retten können. Ich möchte ihn sehen, bitte schön.«
Seine Augen bohrte sich in ihre und er hielt ihren Blick fest. Daja und Amerin, die zusahen, hielten den Atem an.
Es war Sandri, die schließlich wegsah. Sie fischte den Ring aus Garn aus einem kleinen Stoffsäckchen, das unter ihrem Kleid um ihren Hals hing. Sie zögerte, dann reichte sie ihn Niko.
Im gleichen Augenblick, als er ihn berührte, zuckte er zusammen und ließ ihn auf den Boden fallen. »Die Götter mögen mir beistehen!«, flüsterte er.
»Was ist es?«, fragte Amerin. »Ein magisches Werkzeug?«
»Es ist ein Bijili, nicht wahr?«, fragte Daja.
Amerin sah sie an.
»Die Mimander benutzen sie. Sie fangen Winde im Bijili ein oder Stärke für die Zeit, wenn man erschöpft ist, oder auch nur Licht. Ein Bijili kann ein Kristall oder eine Glaskugel sein . . .« Sie bückte sich und hob den Ring aus Garn auf. »Oder Knoten in einer Schnur.«
Niko öffnete sein Taschentuch auf dem Tisch und deutete darauf. Daja legte zögernd das Garn auf das Stück Stoff. Niko faltete es zusammen und steckte es in seine Manteltasche. »Bis ihr vier

gelernt habt, wie ihr euch beherrschen könnt, ist es mir lieber, ich sehe euch mit glühenden Kohlen spielen als mit etwas wie diesem hier, auch wenn ihr es selbst gemacht habt.«

»Wie wäre es, wenn wir mit Knallsteinen spielen würden?«, fragte Briar und lehnte sich gegen den Türrahmen. »Ich hätte nichts dagegen, einen Blick darauf zu werfen – natürlich bevor sie in die Luft gehen, eine ganze Weile vorher.«

»Das würden wir alle gerne«, sagte Niko grimmig. »Ich beobachte sie schon den ganzen Nachmittag und ich kann nicht um alles in der Welt sagen, was sie enthalten. Sie sind sogar noch besser gegen Magie besprochen als Schlachtenfeuer. Wenn wir wüssten, woraus sie gemacht sind, könnten wir . . .«

»Warum könnt ihr mich nicht endlich absetzen?«, war eine aufgebrachte Stimme von draußen zu hören. »Die Leute müssen ja denken, ich sei todkrank, wenn sie sehen, dass ich nach Hause getragen . . .«

Briar lächelte träumerisch. »Sie ist zu Hause.«

Lerchenfroh trat zuerst ein. Sie sah so müde wie die anderen aus. Dann kamen zwei Soldaten, ein Geweihter und ein Novize, seitlich durch die Tür. Sie hatten mit ihren Armen einen Stuhl gebildet und trugen Rosendorn zwischen sich. Sie war rußgeschwärzt, ihr Haar dunkel vor Schweiß und Schmutz. Trotz des gereizten Tons hatte sie so wenig Kraft, dass sie nicht einmal aufrecht sitzen, sondern sich nur gegen den Novizen lehnen konnte.

Es war Kirel und er sah eindeutig genervt aus. »Wir haben sie hergebracht«, sagte er zu Niko, »aber glaubt mir, einfach war das nicht.«

10

Erschöpfung rollte mit dem Nebel herein, den Himmelsfeuer befohlen hatte. Sobald Niko mit Tris Frieden geschlossen hatte, versuchte er mit den Kindern zu meditieren, um an deren Beherrschung von Gefühlen zu arbeiten. Er gab es dann jedoch auf, nachdem erst Briar, dann Daja und schließlich er selbst eingeschlafen waren. Von der Turmküche wurde das Abendessen gebracht, aber keiner wollte sich die Mühe machen den Tisch zu decken oder gar später abzuräumen und sauber zu machen. Diejenigen, die genügend Kraft dazu hatten, aßen etwas Brot mit Käse und frisches Gemüse aus dem Garten, doch jeder außer Amerin schien halb einzuschlafen.

Eigentlich wollte auch niemand nach dem Abendessen zu den Bädern des Erdtempels gehen, doch trotz aller Müdigkeit überwog schließlich das Bedürfnis sich endlich zu säubern. Die Kinder, Amerin, Lerchenfroh, Eisenbart und Niko machten sich auf den Weg zu den Bädern.

Briar sah zu, dass er vor den Männern mit dem Bad fertig und wieder zu Hause war. Die Mädchen und Lerchenfroh, das wusste er aus Erfahrung, würden sowieso länger brauchen. So ausgelaugt er sich fühlte, schaffte er dennoch einen kleinen Dauerlauf zurück zum Haus Disziplin, Kleiner Bär folgte ihm auf den Fersen.

Rosendorn schlief tief und fest, als er an ihrer offenen Tür vorbeischlich. Er bezweifelte, dass sie in nächster Zeit aufwachen würde, was nur gut war. Wenn sie ihn erwischte, wie er sich an Amerins Sachen zu schaffen machte, würde sie ihm das Leben zur Hölle machen.

Doch er war sich sicher, dass er das tun musste. Er mochte Tris' Vetter, doch im Viertel der Gauner und Diebe hatte er eine Menge Leute gemocht, denen er dennoch nicht über den Weg trauen konnte. Und Amerin vermittelte Briar einfach das Gefühl, dass ihm nicht zu trauen war. Briar sagte sich, dass er nicht eifersüchtig war auf die Art, wie Tris zu ihrem von ihrer Familie verehrten Magier-Vetter aufsah, dem Einzigen, der nett zu ihr gewesen war. Doch das Leben mit Rosendorn hatte ihn gelehrt sich nichts vorzumachen. Briar war tatsächlich ein wenig eifersüchtig, aber das hatte nichts damit zu tun. Irgendetwas an Amerin stimmte nicht.

Bevor sie zu den Bädern gegangen waren, hatte er für Kleiner Bär eine Schüssel des Hühnerfrikassees vorbereitet, das niemand hatte essen wollen. Sorgfältig hatte er es nach kleinen Knochen durchsucht. Jetzt stellte er die Schüssel für Kleiner Bär auf den Boden. Obwohl der Welpe ein schneller Esser war, würde es dennoch eine Weile dauern, bis er das alles verschlungen hatte. Und während er fraß, würde er sich um nichts anderes kümmern, wie zum Beispiel, wo Briar gerade war.

Bevor Briar sich in Sandris Zimmer an die Arbeit machte, versicherte er sich, dass das Vorderfenster offen war. Die restlichen Bewohner vom Haus Disziplin würden zur Rückseite hereinkommen. Wenn er das Zimmer durch das Vorderfenster verließ und ums Haus herumlief, um es durch Rosendorns Arbeitsraum wieder zu betreten, konnte niemand erraten, wo er in Wirklichkeit gewesen war.

Viel war es nicht, was Amerin mitgebracht hatte: eine kleine Truhe mit Messingbeschlägen und einem großen, eindrucksvoll aussehenden Schloss; eine größere Truhe, die offen mitten auf dem Boden stand; zwei Satteltaschen. Die größere Truhe war zu einem Drittel voll mit Büchern; der Rest war Kleidung. Briar konnte keine Geheimfächer finden. Ein Blick in die Satteltaschen enthüllte Kleinigkeiten wie Rasierzeug, Geld, Schmuckstücke, Reiseschreibzeug, noch einige Bücher. Tris' Vetter schien sich gerne gut zu kleiden – zu gut für einen Studenten. Am Abend vorher hatte Amerin noch erwähnt einige Wochen bleiben zu wollen. Dafür hatte er nicht gerade viel Kleidung mitgebracht. Wenn er ein armer Student wäre, dann gäbe es einen Grund für die kleine Menge an Garderobe – wenig und billige Garderobe. Aber Amerin war nicht arm, oder? Wenn er es wäre, weshalb hatte er dann einen Rasierspiegel aus dem feinsten Glas von Harar und silberne Bürsten und Kämme? Wenn er arm wäre, wie hätte er das Paar Ohrringe und Amulette bezahlen sollen, die aus wertvollsten Metallen gefertigt waren? Die Truhe mit seinen Büchern und auch seine Satteltaschen waren dagegen abgetragen. Sie sahen aus wie normale Habe eines Studenten. Sie hatte er vielleicht sogar von der Universität in Capchen mitgebracht.

Aber die kleinere Truhe ... Die kleinere Truhe war neu und musste Amerin einiges gekostet haben.

Hier begannen die Widersprüche. Arm zu sein war die einzige Entschuldigung für so wenig Garderobe bei einigen Wochen Aufenthalt – aber alles an den Dingen, die Amerin besaß, schrie geradezu nach Geld. Wenn er ein reicher Student war, dann hätte er genug für einen längeren Aufenthalt eingepackt, und das hatte er nicht. In irgendeiner Hinsicht log Amerin also.

Briar kniete sich nieder, um die kleinere Truhe zu untersuchen. Kaufleute, dachte er und schüttelte den Kopf. Nur Kaufleute können so ein teures Stück Ramsch kaufen. Die Einlegearbeiten waren falsch, dünne Lagen von wertvollem Holz lagen über billigem Material. Man konnte schon Risse darin sehen. Er selbst könnte die breiten Beschläge mit einem Meißel aufstemmen, die Nägel, die sie hielten, waren auch nur Spielerei. Und das Schloss! Der einzige Grund, dieses Teil zu kaufen, konnte das riesige und bedeutungsvoll aussehende Schloss sein. Es war die Art von Schloss, die damit angab, sicher zu sein, und doch nicht sicherer war als eine Brotbüchse.

Briar begrüßte das Vertrauen der Kaufmannssöhne in das Handwerk. Es hatte sein Leben während seiner Diebestage einfacher gemacht und es würde es auch jetzt einfacher machen.

Er griff in seinen Gürtel und zog das schmale Päckchen mit Schlüsseln heraus, die er seit seiner Ankunft im Verschlungenen Kreis gemacht hatte. Normalerweise verstaute er sie unter einem losen Bodenbrett in seinem Zimmer. Niko runzelte schon die Stirn, wenn Briar zum Schutz auch nur ein kleines Messer trug – was er trotzdem tat, denn es gab genug respektable Nutzungsmöglichkeiten für ein Messer. Für Dietriche allerdings nicht.

Er wählte zwei und schob sie vorsichtig in das Schlüsselloch. Sofort spürte er das Brennen eines gewöhnlichen Schutzspruches an seinen Fingern. Leise flüsterte er die Worte des einfachen Gegenspruches, den er schon im Alter von vier Jahren hatte auswendig lernen müssen. Das Brennen hörte auf und das Schloss öffnete sich wie Butter.

»Ich bin eben ein Genie«, flüsterte Briar.

Der Deckel der Truhe war mit Samt ausgeschlagen und die Truhe selbst war unterteilt, wobei jedes Fach ebenfalls mit Samt ausgeschlagen war. Briar kannte die Gegenstände, die in dem Einsatz lagen. Ein Spiel Karten zum Vorhersagen der Zukunft in einem Seidenbeutel, Kreidestücke, um magische Kreise zu ziehen, flache Schüsseln für Dinge wie Kräuter, Wasser, Öl und Salz, eine Hand voll Glücksbringer, damit Sprüche funktionierten. Hier war Tinte in verschiedenen Farben, Steinschüsseln, um Tinte zu mischen, Zeichen- und Schreibfedern. All diese Dinge gehörten zur Grundausstattung eines Magiers. Briar hob den Einsatz an.

Licht blitzte auf, so hell, dass es ihn fast geblendet hätte. Er setzte sich auf seine Fersen zurück und wusste, dass seine Hand, wenn er sie auch nur in dieses Licht streckte, auf der Stelle verbrennen würde. Er wusste aber auch, wie dieser Spruch außer Kraft gesetzt werden konnte. Sprüche, um herkömmliche Schutzmagie zu umgehen, konnten gekauft und von jedem benutzt werden, ob er nun Magie besaß oder nicht, was nicht gerade dazu führte, dass Briar von Amerins Schläue beeindruckt war. Klar – er hatte gesagt, dass er dabei war, sich auf Täuschungsmagie zu spezialisieren, doch was sollte man von einem Mann halten, der sich nicht einmal die Mühe machte bei seinen eigenen wertvollen Dingen die besten Sprüche anzuwenden?

Er hat niemals mit irgendeiner Art von Durchsuchung gerechnet, sagte sich Briar. Er erwartete, dass jeder ihm das glaubte, was er vorgab zu sein. Er erwartete nur mit seinesgleichen zu tun zu haben, nicht mit jemandem, der an Diebesvolk und Schlimmeres gewöhnt war.

Briar vollführte die Zeichen des Gegenspruches und blies auf das

Licht. Es verschwand. Im unteren Teil der Truhe befanden sich einige Flaschen, Päckchen und etwas Viereckiges in einem Samtbeutel. Briar nahm eine der Flaschen, schnüffelte daran und hätte fast laut geniest. Zimtöl und Mohn. Die Flasche war halb leer.
»Das sieht aber nicht gut aus, Amerin«, murmelte er, »ganz und gar nicht.«
Ein Glasröhrchen enthielt grauen Puder. Briar blickte auf das Etikett. Obwohl er nur einzelne Buchstaben kannte und noch nicht einmal alle davon, war er nicht dumm. Rosendorn hatte eine Flasche, die mit genau diesen Zeichen beschriftet war. Sie sagte, es sei ein Schlafmittel. Sie hatte ihm auch die Bedeutung einer Anzahl von Zeichen beigebracht, die gewöhnlich auf Etiketten standen. Eine von beiden auf der Flasche mit grauem Puder bedeutete »sehr stark«. Er wusste die andere nicht, prägte sie sich jedoch ein. Vielleicht würde eines der Mädchen wissen, was es war.
Die Beschriftungen auf den anderen Flaschen konnte er nicht entziffern. Er öffnete den Beutel und zog ein flaches Ding heraus. Es war ein Spiegel in einem mit Gold durchsetzten Glasrahmen. Der Spiegel selbst war schwarz und glänzend.
In dem Spiegel formten sich jetzt schattenhafte Gestalten. Eine Stimme sagte: »Meine liebe Schwester, du machst dir zu viele Sorgen. Die Dinge sind beinahe geregelt.«
Briar schob den Spiegel schnell wieder in seinen Sack und legte ihn zurück. Rasch begann er alles zurückzulegen, denn er konnte Amerin und Niko hören, die sich über irgendein Buch unterhielten, während sie näher kamen.
Er kletterte aus dem Fenster und fragte sich dabei: Wenn alle Spiegel im Verschlungenen Kreis gestern Abend kaputtgingen – warum ist Amerins Spiegel noch ganz?

Es dauerte nicht lange und alle gingen zu Bett. Niko blieb im Haus Disziplin. Er schlief in einem großen Lehnstuhl, der mit Decken und Kissen ausgestattet war. Selbst Kleiner Bär schlief tief und fest vor dem Hausaltar. Er hatte sich nicht einmal bewegt, als die anderen vom Bad zurückkamen.

Tris war die Letzte, die zu Bett ging, nachdem sie Amerin Gute Nacht gesagt hatte – dem Einzigen, der noch wach war – und nachdem sie ihrem Nestling die letzte Mahlzeit des Tages gebracht hatte. Sie hatte das Zubettgehen hinausgeschoben, teilweise, weil sie den Gedanken an die steile Treppe hinauf in ihr Zimmer nicht mochte, teilweise, weil sie zuhören wollte, wie Amerin von der Universität erzählte. Zu ihrer Erleichterung hatte er nicht noch einmal damit angefangen, dass sie ihren Vater besuchen sollte.

Dichter Nebel wallte jetzt um das Haus. Tris hasste es, bei Nebel im Haus zu sein. Sie wollte draußen sein, mitten in einer Wolke laufen.

Und wenn die Feinde trotz des Nebels noch weitere Knallsteine schössen?, fragte sie sich, als sie sich über die letzte Stufe nach oben gequält hatte. Das wäre was, draußen im Freien zu sein, wenn eines dieser Dinger genau auf dich drauffällt!

Sie blickte hoch zum Dach des Hauses. Wie viel hielt wohl dieses Dach hier aus, wenn es von einem dieser Geschosse getroffen wurde? Ganz sicher nicht so viel wie das Deck der Galeere, die heute Morgen von einem Knallstein getroffen worden war.

Shurri Feuerschwert, beschütze uns!, dachte sie und eilte in ihr Zimmer. Händlergott oder Schutzgott der Gauner – mir ganz egal wer, haltet nur diese Dinger von uns fern!

»Du hast ganz schön lange gebraucht«, sagte Briar aus dem Schatten bei ihrem Fenster.

Für einen Augenblick war sie so erschrocken, dass sie dachte, sie würde gleich in Ohnmacht fallen. Sie tastete mit einer Hand, fand ihre leere Waschschüssel und warf sie nach ihm.

Er duckte sich. Die Schüssel donnerte auf den Boden.

»Tris?«, rief Lerchenfroh müde von unten.

»Tut mir Leid!«, rief sie zurück.

Briar hob die Schüssel auf und begutachtete sie. »Jetzt hast du eine Delle reingemacht.«

»Ich sollte dir eine Delle verpassen!«, zischte sie.

»Hast du ja schon versucht.« Seine weißen Zähne blitzten in der Dunkelheit auf. »Du hast nur nicht getroffen.«

Tris stellte sanft ihren Nestling auf den Tisch. Der Vogel hatte nicht einen Piepser von sich gegeben. Als sie ihren Feuerstein und den Wetzstein gefunden hatte, zündete sie mit immer noch zitternden Händen eine Kerze an.

»Wie bist du denn hier reingekommen?«, wollte sie wissen, sprach jetzt jedoch leise.

Er gähnte und deutete aufs Fenster. Tris verstand. Sie selbst hatte ihr Zimmer manchmal verlassen, indem sie sich auf Strohmatten fallen ließ, die praktischerweise auf dem Dach von Rosendorns Arbeitsraum lagen, und war von dort aus auf den Boden gesprungen. Wenn ein ungelenkiges Ding wie sie das tun konnte, musste jemand wie Briar noch leichter heraufklettern können. »Bist du denn nicht zu müde für so etwas?«

»Was ich dir zu sagen habe, kann nicht warten.«

»Und ich sage dir, dass es noch warten kann. Raus hier.«

»Hör mal, Lockenkopf – dein Vetter ist ein falscher Fünfer. Und wirf nicht noch etwas nach mir, die Erwachsenen brauchen ihre Ruhe.«

Für einen Augenblick zuckte ihr Mund, doch kein Laut kam heraus. Die Luft im Zimmer bewegte sich und brachte ihren Wandbehang zum Flattern. Tris legte ihre Finger um das Nest, damit es nicht davongeweht wurde, und quiekte schließlich: »Wie kannst du es wagen? Wie . . .«

Ihre Blicke trafen sich und die Worte blieben ihr im Hals stecken. Es war Briar, der das gesagt hatte. Sie hatten einander während des Erdbebens am Leben gehalten und sie hatten zusammen den Himmel betrachtet, um zu sehen, wie Wolken geboren wurden. Sie hatte erst angefangen ihm das Lesen beizubringen, doch sie konnte jetzt bereits sagen, dass er es ebenso sehr lieben würde wie sie. Und erst heute Morgen hatte er sie davor bewahrt, von einer Mauer zu fallen.

»Bitte sag, dass das ein Scherz ist«, flüsterte sie und ließ sich schwer auf ihr Bett fallen.

Nachdem sie sich nun etwas beruhigt hatte, setzte Briar sich neben sie und erzählte ihr, was er gefunden hatte. »Woher bekommt Amerin sein Geld?«, fragte er, als er ihr alles berichtet hatte. »Die Sachen, die er hat, kann er sich nicht vom Unterhalt eines Studenten . . .«

»Woher willst du wissen, wie hoch der Unterhalt eines Studenten ist?«, fragte sie und versuchte ihr widerspenstiges Haar zu flechten. Es entstand wieder ein Luftzug, der Locken aus ihren Händen zupfte.

»Ich habe ziemlich schnell gelernt, dass es den Aufwand nicht wert ist, aus ihren Taschen etwas zu klauen«, sagte er. Die Haare in seinem Nacken stellten sich auf. Das hier drin war nicht nur ein einfacher Luftzug. »Sie haben kaum zwei Kupferstücke, um sie aneinander zu reiben. Wenn sie überhaupt irgendetwas haben, dann geben sie es für Bücher aus.« Als sie keinen Kommentar dazu abgab, fuhr er fort: »Nach dem, was du über deine Familie gesagt hast, würden sie niemandem Extrageld bezahlen, nicht einmal ihrem zukünftigen Magier, bevor er nicht gezeigt hat, wofür er gut ist. Also, woher bekommt er sein Geld? Und er mag ja gesagt haben, dass er hierher kam, um einige Wochen zu studieren, doch er hat ganz gewiss nicht dafür gepackt.«

»Er kann seine anderen Sachen in einem Lagerraum im Gasthaus gelassen haben«, erwiderte Tris stur und überlegte fieberhaft, wie sie widerlegen konnte, was Briar sagte. Ihr Herz klopfte heftig und ihre Haut prickelte. In diesem Augenblick hasste sie Briar dafür, dass er ihr diese Dinge erzählte, dafür, dass er so sicher klang.

»Ich wette, er war es, den ich auf der Treppe im Turm mit dem Unsichtbarkeitsspruch sah – aber warum war er dort? Ich wette, was immer die Spiegel im Raum des Sehens kaputtmachte, er hat es ausgelöst.«

»Du hast nie ein Gesicht gesehen. Es kann genauso gut jemand anderes gewesen sein.« Warum war er nicht einfach zu Niko gegangen oder zu Rosendorn? Das Prickeln auf ihrer Haut wurde immer heißer. Sie spürte ihren Puls im Nacken pochen.

»Und warum ist er in die Küche geschlichen?«, wollte Briar wissen.

»Erzähl mir nicht, dass Gaumenwohl auch an einem Tag wie heute wirklich jeden in diesem Irrenhaus bemerkt hätte«, entgegnete Tris.

»Aber so ist Gaumenwohl. Er . . .« Briar blickte aus dem Fenster und brach unvermittelt ab.

Ein dünner, dreifingriger Blitz tastete sich entlang des Fensterbrettes wie eine Hand, die nach einer Möglichkeit suchte zu greifen. Der Geruch angesengten Holzes lag in der Luft. Man konnte schwarze Streifen sehen, dort wo der Blitz das Holz berührt hatte.

Briar fasste Tris grob am Arm. »Reiß dich bloß zusammen!«, flüsterte er.

Tris schüttelte Briars Hand ab, ging zum Fenster und stellte sich direkt davor. Es war eigentlich kein richtiger Blitz. Sie streckte eine Hand aus.

»Nicht!«, zischte Briar. »Tris . . .«

Der goldene skelettartige Arm tastete sich zu ihr. Kurz berührten seine drei Finger ihre Hand. Tris spürte die Berührung von heißem, weißem Licht. Ihr lockiges Haar begann vom Kopf abzustehen.

Der Blitz faltete sich zusammen und rollte sich aus dem Fenster.

Briar fasste sich mit beiden Händen an den Kopf. »Wenn ich eine Mutter hätte, bräuchte ich sie genau jetzt«, stieß er hervor. »Kannst du denn nicht zur Abwechslung mal was Kleines machen?«

Tris legte die Finger, die der Blitz berührt hatte, an ihre Wange. Sie waren warm, sonst nichts. »Möchte ich das denn?«, fragte sie träumerisch. Der Blitz war so wunderschön gewesen. Er tat ihr nicht weh. Er erzählte keine Lügen.

»Amerin ist nicht, was du denkst.«

»Und du auch nicht«, murrte Briar. »Hör mal, ich denke heute Nacht sind wir sicher – Kleiner Bär macht uns schon darauf aufmerksam, wenn Amerin anfängt sich rumzutreiben, und Himmelsfeuer nebelt diesen ganzen Platz ein. Aber morgen müssen wir es den anderen erzählen. Ich glaube, dein Wunderknabe von Vetter arbeitet für die Piraten«, sagte er und verließ das Zimmer.

Nicht Amerin!, dachte Tris und warf sich aufs Bett. Nicht er.

Sie hatte sich schon vorgestellt, wie Amerin nach Hause zurückkehrte, auf irgendeine Weise für die Familie ein hübsches Vermögen verdiente und sie dann nach Hause holte als seine Assistentin oder seinen Lehrling. In diesen Tagträumen hatte ihre Familie dann gesehen, dass Amerins Urteil richtig war, dass sie Tris Unrecht getan hatten, als sie sie abgeschoben hatten. Sie wollten sich entschuldigen. Sie wollten sie wiederhaben.
Sie wünschte, der Blitz würde zurückkehren und sie nochmals berühren.
Ihre Augen brannten, aber sie konnte nicht weinen. Sie war zu müde. Tris legte ihre Sehgläser auf den Boden, bedeckte ihre Augen mit einem Arm und schlief ein.

Die Turmuhr schlug Mitternacht, als Tris aufwachte. Sie setzte sich auf. Verärgert stellte sie fest, dass sie in ihrem Kleid eingeschlafen war. Alles war völlig zerknittert. Gerade wollte sie sich entkleiden, als sie unten ein Knarren hörte. Wenn noch jemand anderes wach war, konnte sie sich vielleicht ein wenig unterhalten. Sie hatte keine Lust wieder ins Bett zu gehen, denn sie war außerdem auch noch hungrig.
Sie hob ihre Sehgläser auf und tappte hinaus auf den Flur zur Treppe, leise, um die anderen nicht zu wecken.
Wer immer noch unten war, war ebenfalls sehr leise. Er oder sie bewegte sich im Dunkeln, es gab kein Anzeichen einer Lampe oder einer Kerze.
Noch ein leises Knarren der Bretter; der andere kam in Richtung Treppe. Ein letzter Schritt und dann nichts mehr. Der andere war nach draußen gegangen, durch die Hintertür neben der Treppe.
So schnell sie es wagte, stieg Tris die Treppe hinunter und spähte

nach draußen. Ein dunkler Schatten verschwand durch Rosendorns Garten im Nebel.
Er ist es, sagte eine magische Stimme verachtungsvoll.
Tris zuckte zusammen und drehte sich um. Briar stand hinter ihr. *Und warum hat dann Kleiner Bär nicht gebellt?,* wollte sie wissen.
Er hat sich überhaupt nicht mehr gerührt, seit ich schlafen gegangen bin. Briar runzelte die Stirn. *Wir werden Amerin aus den Augen verlieren, wenn wir uns nicht beeilen. Oder soll ich lieber Niko wecken?*
Tris ging den Pfad entlang und spähte in den Nebel. *Er macht nur einen kleinen Spaziergang,* versicherte sie.
Klar, er geht immer auf den Zehenspitzen, wenn er einen netten kleinen Spaziergang machen will, stimmte ihr Briar übertrieben fröhlich zu, während er ihr folgte.
Tris warf ihm einen bösen Blick zu. Sie hörte jemanden stolpern und fluchen, nicht weit vor ihnen. Amerin war hier draußen genauso blind wie sie – aber war sie tatsächlich blind?
Sie fühlte nach ihrer magischen Kraft und schob sie durch die dunklen, nassen Vorhänge um sie herum, als ob sie Wellen durch einen Teich schickte. Dort war er, das Einzige, was sich durch den hartnäckigen Nebel bewegte. Sie schürzte die Lippen und blies, dachte dabei an eine Meeresbrise. Kleine Luftstöße vor ihr teilten den Nebel. Jetzt konnte Tris sich schneller vorwärts bewegen, da ein wenig mehr vom Boden sichtbar war, während der Nebel sie Amerins Richtung wissen ließ. Briar war genau hinter ihr.
Wir werden Amerin fragen und er wird uns alles erklären, sagte Tris, während sie den Obstgarten durchquerten. *Du wirst schon sehen.*
Sie klammerte sich an diese Idee, während sie ihrem Vetter

folgten. Vor der Tempeltreppe stolperte sie und fiel nach vorne. Sie war über eine zusammengerollte Novizin gefallen, die ihren Schild als Kissen benutzte. Briar stieß an die Beine eines schnarchenden Geweihten in roter Ordenstracht, der ausgestreckt neben dem Pfad lag wie ein gefällter Baum. Er stolperte und richtete sich wieder auf. Keiner der beiden Schlafenden hatte sich bewegt.

Briar kniete sich und schüttelte den Schläfer, über den er gestolpert war. Der Mann rollte einfach zur anderen Seite. Sie waren am Leben, schliefen aber wie betäubt.

Jetzt wissen wir, warum Amerin in der Küche war, sagte Briar. *Und warum Gaumenwohl ihn nicht gesehen hat. Amerin hat dafür gesorgt, dass er nicht gesehen wurde, damit er Schlafmittel ins Essen mischen konnte. Gut, dass wir uns an unser eigenes Essen gehalten haben, was?*

Als sie aufblickten, hatte sich der dichte Nebel um sie wieder geschlossen. Amerin war verschwunden. Sie konnten sich kaum selbst sehen.

Tris fing langsam an Briar zu glauben. Und sie hasste diesen Gedanken. Ihr Ellbogen und ihr Knie pochten von ihrem Sturz. Amerin war verschwunden und konnte jetzt womöglich bereits ihre Feinde einlassen . . . Er konnte alles Mögliche tun, während sie hier blind herumstand!

Tris schlug jetzt den Nebel nach oben und nach vorne, so heftig sie konnte. Der Nebel sprang auf, Bäume bogen sich und ächzten, Blätter rauschten. Die Schlafenden rollten von ihr weg. Briar umklammerte einen Tempelpfosten und schickte seine magische Kraft in den Erdboden, um die Bäume vor dem Schmerz zu bewahren.

Amerin, plötzlich wieder sichtbar, wurde gegen die Mauer am Nordtor geworfen.

Tris blickte nach oben. Der Nebel raste in den nachtdunklen Himmel und stieß mit Sturmwolken zusammen. Hatte sie irgendetwas ausgelöst? Ich kann jetzt nicht darüber nachdenken, beschloss sie und stapfte zu ihrem Vetter hinüber. »Amerin!«

Briar versteckte sich hinter einem Baum. Er würde Tris das Reden überlassen. Lass den Schleimer denken, er und Tris seien alleine, dann spricht er vielleicht ehrlich.

Amerin stieß sich von der Mauer ab. »Was tust du denn hier?«

»Amerin, bitte . . .« Tris schluckte schwer. »Es sieht ziemlich schlimm aus, Amerin, wirklich.«

»Keine Angst«, sagte er ernst, als sie sich ihm näherte. »Ich werde dich beschützen. Dir wird nichts geschehen.«

»Aber was ist mit meinen Freunden? Was geschieht mit ihnen?« Tris trat einen Schritt von ihrem Vetter zurück.

»Ich werde mein Bestes tun und . . . du musst mir einfach vertrauen, das ist alles. Ich habe schließlich versucht dich zum Gehen zu bewegen, erinnerst du dich?«

»Dann hast du damals auch gelogen, nicht wahr? Dass mein Vater krank sei?«

»Ich wollte nicht, dass du noch da bist, wenn das hier passiert. Aber du warst so dickköpfig und ich hatte keine weitere Gelegenheit dich zu überzeugen. Bleib einfach nahe bei mir und ich werde für dich bei Enahar eintreten. Er ist deren Oberster Magier.«

»Warum arbeitest du für sie? Sie sind Diebe und Mörder . . .«

Amerin seufzte. »Ich schulde ihnen Geld, Tris, mehr als du dir vorstellen kannst. Ich habe gespielt und . . . und andere Dinge gemacht. Enahar gab mir ein Darlehen, aber das hatte seinen Preis. So ist die Welt eben.« Er ging zum Tor, schlang seine Hände um einen der hölzernen Balken und hob ihn an.

Briar fluchte verhalten. Das ging zu schnell. *Daja! Sandri!,* rief er. *Wir brauchen Hilfe, und zwar verdammt schnell!*

Tris beachtete seinen Ruf nicht. »Das hier ist eine Tempelgemeinschaft«, erinnerte sie Amerin. »Welche Beute erwartet ihr denn hier zu finden?«

Er hielt inne und starrte sie an. »Hast du denn von nichts eine Ahnung?«, fragte er. »Es gibt Zauberbücher hier, die Jahrhunderte alt sind und Dinge lehren wie zum Beispiel aus Kohle Diamanten zu machen und Rubine aus Blut. Besprochene Waffen, magische Dinge . . . und Magier werden überall als die wertvollsten Sklaven angesehen . . . Es gibt alle möglichen Weisen, einen Magier zu binden, ohne dass dies seine Fähigkeit, Magie auszuüben, beeinflusst.«

»Wie ich sehe, funktioniert das bei dir«, stellte sie kühl fest.

Amerin seufzte. »Ja, so ist es. Siehst du das hier?« Er zog an seinem Ohrring. »Er wurde mit meinem Blut und dem Enahars hergestellt. Er bindet mich an ihn und Enahar kann ihn benutzen, um mich zu töten. Und sag mir nicht, ich sollte ihn loswerden. Ich kann es nicht, nicht solange ich lebe.« Sein Lächeln war verzerrt. »Ich habe es bereits versucht.«

»Kannst du den Ohrring nicht gegen Enahar wenden?«

Amerin schüttelte den Kopf. »Ich muss einfach damit leben. Enahar wird mich freigeben, wenn meine Schuld bezahlt ist. Dieser Raubzug hier sollte ausreichen, dann hab ich sogar noch was gut.« Ein Holzbalken war bereits oben. Blieb noch ein anderer.

Draußen klopfte jemand an das Tor.

Tris fasste Amerin und zog ihn zurück. Der Wind ließ ihre Röcke flattern. »Du darfst das nicht tun!«
Briar holte sein Messer heraus und warf es nach Amerin. Ein Windstoß schleuderte es beiseite.
Tris drehte sich um und ihr Haar stand so zu Berge, dass es einem Heiligenschein glich. »Hör auf damit!«, schrie sie wütend.
Briar durchsuchte zwei schnarchende Wachen und fand ihre Messer. »Er hört doch nicht auf dich!«, schrie er. »Und da draußen wartet keinesfalls die Wache des Feuertempels, stimmt's, Amerin?«
Als Antwort stieß dieser Tris heftig zurück. Sie fiel zu Boden und blieb verblüfft liegen.
Das Tor explodierte. Amerin wurde zurückgeschleudert und landete nicht weit von Briar.
Der dachte nicht lange nach. Der Baum, hinter dem er sich vorhin versteckt hatte, hatte niedrig hängende Äste. Briar sprang hoch, zog sich hinauf und kletterte rasch noch ein Stück höher. Als er zum Tor blickte, sah er, dass der Rauch sich auflöste. Bewaffnete Männer und Frauen kamen durch das Loch, das die Explosion gerissen hatte, und hielten sich Tücher über Mund und Nase. Ihr Anführer, ein säbelbeiniger Mann mit einem Brustpanzer und ledernen Hosen, blieb stehen, um sich ein Bild von der Lage zu machen. Briar blickte sich verzweifelt nach Tris um. Sie lag mit geschlossenen Augen reglos wenige Meter vom Anführer der Piraten entfernt.
Amerin setzte sich stöhnend auf. Seine Nase blutete, doch ansonsten schien er nicht weiter verletzt. Der Anführer der Piraten ging mit dem Schwert in der Hand auf ihn zu.
»Amerin Glasfeuer?«, fragte er und steckte sein Tuch in eine Tasche.

»Ihr hättet das Schwarzpulver gar nicht gebraucht«, schimpfte Amerin. »Ich war gerade . . .«

Der Pirat stieß ihm das Schwert in die Brust und sein zerklüftetes Gesicht zeigte keinerlei Gefühl. »Dein Teil ist erledigt«, sagte er zu Amerins Körper. Er stützte sich mit einem Fuß auf der Brust des toten jungen Magiers ab und zog seine Klinge heraus.

Briar verhielt sich ganz, ganz still. Er wusste, er wäre tot, wenn der Pirat auch nur nach oben blickte.

Doch der sah stattdessen seine Leute an. »Murkst sie alle ab!«, befahl er. »Wir wollen doch nicht, dass sie uns später an den Fersen kleben.«

Briar schluckte und verschloss fest die Augen, als ein Schwert nach dem anderen zustieß. Er hatte in seiner Diebeszeit schon einige kaltblütige Burschen kennen gelernt, aber Menschen im Schlaf zu ermorden . . .

Plötzlich fielen Hagelkörner dicht wie in einem Schneesturm auf sie herunter. Briar schrie unwillkürlich auf, er spürte nicht nur seine Schmerzen, sondern auch die der Pflanzen, die unter diesem heftigen Hagel litten, der Blätter zu Fetzen und Zweige von den Ästen riss.

So plötzlich, wie der Hagel eingesetzt hatte, hörte er auch wieder auf. Die Piraten lagen zusammengekauert auf dem Boden, wie alles andere übersät von den weißen Kugeln. Als sie sich erhoben, kullerten die Hagelkörner wie Diamanten von ihnen herab. Immer noch benommen von der Wucht des Hagels, stolperten die Piraten, als sie versuchten sich zu bewegen.

Die Schlafenden begannen sich ebenfalls zu bewegen, der Hagel musste sie geweckt haben. Tris erhob sich torkelnd auf ihre Füße, hustete und würgte. Der Anführer machte mit dem Schwert in der Hand einen Schritt auf sie zu.

Silbernes Licht zuckte durch die Luft und bildete ein Seil, das sich um den Hals des Piraten legte. Er stolperte zurück und schnappte nach Luft. Die Tempelwachen sprangen auf die Füße und griffen die immer noch benommenen Piraten an. Briar kletterte gerade vom Baum herunter, als Daja und Sandri angerannt kamen. Sandri schwang ihr magisches Seil und warf den Anführer der Piraten in die Luft. Sie wartete nicht darauf, zu sehen, wo er landete. Sie und Daja liefen stattdessen zu Tris und erreichten sie zur gleichen Zeit wie Briar. Die vier umklammerten sich, während die Kämpfe um sie heftiger wurden. Sie holten tief Luft und umgaben sich mit einer Mauer reiner Kraft, webten ein Netz mit ihrer gemeinsamen Magie.

»Wir müssen die anderen warnen . . .«, krächzte Tris schwankend. »Wo ist Amerin?«

»Wir haben es Lerchenfroh und Niko gesagt«, erwiderte Sandri und wandte das Gesicht ab, als ein Pirat ganz in der Nähe einen Novizen tötete.

»Amerin?«, fragte Tris Briar.

Er schüttelte den Kopf. Wenn sie es nicht gesehen hatte, wollte er auch nicht derjenige sein, der es ihr sagte.

Die Luft füllte sich mit einem mächtigen Schimmern, in dem es keine Schatten mehr gab, keinen Ort, um sich zu verbergen. Das war Niko. Eisenbart und Lerchenfroh machten sich bemerkbar, als überall Mäntel, Halsketten und Armbänder zu Leben erwachten. Sie wanden sich um die Arme und Beine der Piraten, ließen sie taumeln, straucheln und fallen. Schwerter fuhren plötzlich von alleine in die Luft. Innerhalb von Sekunden waren die Eindringlinge entwaffnet und mussten kapitulieren. Der Angriff war vorbei.

Lerchenfroh, Eisenbart und Niko näherten sich dem Schutznetz, das die vier umgab, und die Kinder ließen es fallen. »Alles in

Ordnung mit euch?«, fragte Lerchenfroh. »Was ist geschehen? Wie seid ihr hierher gekommen?«

Tris sah sich panisch um. Bevor sie ohnmächtig wurde, hatte sie gesehen, dass ihr Vetter zu Boden geschleudert worden war. Amerin lag unter einem riesigen Baum, der alle seine Blätter verloren hatte. Sie stöhnte auf und lief zu ihm, winzige Blitze zuckten um ihren Körper und die Luft zischte. Sie legte ein Ohr an seinen offenen Mund und während sie versuchte sein Atemgeräusch zu hören, legte sie eine Hand auf einen riesigen nassen Fleck unmittelbar unter seinem Brustbein. Als sie sie fortzog, war sie fast schwarz in dem hellen Licht, das Niko geschaffen hatte, schwarz und funkelnd von winzigen Lichtpunkten. Sprachlos vor Entsetzen, starrte sie in das Gesicht ihres Vetters. Er starrte zurück, die dunklen Augen waren groß und blinzelten nicht. Sie sahen weniger furchtsam als verblüfft drein.

Tris begann sich hin- und herzuwiegen, kleine Blitze sprangen von ihr zu ihm. Sie wollte, dass er aufwachte. Sie wollte, dass er aufhörte ihr Angst einzujagen. »Wie kannst du es wagen, mich zu schlagen!«, schrie sie und gab ihm einen Stoß.

Niemand wollte ihr zu nahe kommen. Sandri hatte genauso viel Angst wie alle anderen. Tris war jetzt Furcht einflößend. Aber sie litt auch. Ob sie Angst hatte oder nicht, Sandri konnte das nicht mit ansehen. Sie zwang sich einen Schritt nach dem anderen auf ihre Freundin zuzumachen. Etwas schwieriger war es, eine Hand auf Tris' Schulter zu legen, aber sie tat es.

Die Blitze zuckten um ihre Hand und brannten ganz leicht auf ihrer Haut. Ihre Haare begannen sich aus ihren Zöpfen zu lösen. Tris blickte zu Sandri hoch, ihre Augen waren rot und geschwollen. Dann holte sie tief Luft und hielt den Atem an. Langsam atmete sie aus und wieder ein. Die Blitze wurden schwächer und verschwanden schließlich. Mit einem erleichterten Seufzer legte Sandri beide Arme um ihre Freundin.

»Es ging um Geld«, stieß Tris hervor. »Er sagte, sie hätten ihn an sich gefesselt, aber es schien ihm nicht sehr viel auszumachen. Er wollte Menschen sterben lassen für . . . Geld.«

Daja und Briar hörten dies, als nun auch sie näher kamen. »Das ist es, was Jishen machen«, sagte Daja grimmig.

Sandri und Briar zogen Tris auf ihre Füße und drehten sie weg von Amerin. »Gehen wir nach Hause«, flüsterte Sandri.

»Ich denke, das wäre jetzt am besten«, stimmte Niko leise zu.

Lerchenfroh half verwundeten Geweihten sich auf die Tempelstufen zu setzen, Eisenbart und ein Geweihter in Rot hielten die Gefangenen in Schach.

»Wir müssen dieses Tor reparieren«, sagte Niko und ging zu einem Geweihten, der oft mit Eisenbart zusammenarbeitete.

Daja zog an Tris' Arm. »Vergiss ihn«, sagte sie und nickte in Amerins Richtung. »Er hätte uns alle zu Sklaven gemacht.«

Tris schüttelte ihre Hand sanft ab. Sie kniete sich und löste den Ring vom Ohr ihres Vetters. Dann ließ sie sich von ihren Freunden nach Hause bringen.

Doch auch dort hatte sie die nächsten zwei Stunden keine Ruhe. Die vier mussten das Geschehene ihren Lehrern und dem Geweihten erklären, der für das Nordtor verantwortlich war. Von einem Wachposten hatten sie erfahren, dass das Spruchnetz, das die Tempelmauern schützte, außer Kraft gesetzt worden war, weil etwa fünfzig Bewohner eines nahe liegenden Dorfes erwartet wurden. Jetzt vermutete man, dass die Dorfbewohner tot oder von den Piraten gefangen genommen worden waren.

Die Geschichte musste noch einmal erzählt werden, nachdem eine erschöpfte Mondenstrahl und der Geweihte Himmelsfeuer Amerins Habseligkeiten durchsucht hatten. Inzwischen hatte Briar Tris erzählt, wie Amerin zu Tode gekommen war. Der Nebel, den Tris weggeblasen hatte, war zurückgekehrt. Erst spät, als sie die gedämpften Schläge der Turmuhr zwei Uhr schlagen hörte, ging sie in ihr Zimmer, um zu schlafen.

11

Der Star, der nach seinem Frühstück schrie, weckte Tris. Die anderen im Haus Disziplin schliefen noch, als sie auf wackligen Beinen nach unten schlich, um Milch und Honig für ihren Vogel zu wärmen.

Kleiner Bär, der nach seinem mit Schlafmittel versetzten Essen noch kaum richtig laufen konnte, musste nach draußen gelassen werden. Tris wartete, bis er zurückkam, dann schloss sie die Tür, um den Nebel fern zu halten, der immer noch überall hing.

Eine Stunde später schleppte sich Tris wieder nach unten, um das Vogeljunge zu füttern. Langsam hatte sie das Gefühl, es wäre besser gewesen, ihn auf der Felseninsel zu lassen. Jegliche Sorgen, dass sie ihn versehentlich krank machen könnte, waren verschwunden. Kein krankes Wesen besaß solche Lungen.

Als er sie ein drittes Mal weckte, gab sie auf. Sie putzte sich die Zähne und zog sich an, dann erwärmte sie Ziegenmilch mit Honig. Es gab Anzeichen, dass jemand anderes schon aufgestanden war, Tee gemacht und getrunken hatte und gegangen war. Tris steckte ihren Kopf in Lerchenfrohs Arbeitsraum und sah, dass sowohl Lerchenfroh als auch Niko nicht mehr da waren – der Lehnstuhl und das Feldbett waren leer.

Tris holte Wasser vom Brunnen und setzte den Kessel auf, dabei hielt sie ab und zu inne und befühlte Amerins Ohrring. Sie spülte die Tassen, die von ihren mitternächtlichen Besuchern noch da standen, machte Haferbrei, stellte weiteres Teewasser auf und fing an staubzuwischen. Die Hausarbeit lenkte sie ein wenig ab.

Doch schließlich zwang sie sich dazu, das Zimmer zu betreten, das Sandri Amerin zur Verfügung gestellt hatte. Mondenstrahl hatte seine Magierausrüstung und sein Tagebuch mitgenommen, doch seine Kleidung und seine Bücher waren noch hier. Tris sah, dass Amerin für sich keine Kosten gescheut hatte. Kein Wunder, dass er Schulden hatte – Schulden, die der Magier der Piraten benutzt hatte, um Amerin in seine Gewalt zu bekommen. Wie war noch gleich sein Name? Enahar? Er hatte einen Tandler gekauft wie ein Spielzeug, ihn benutzt, bis er genug von ihm hatte, und das Spielzeug dann weggeworfen. Sie zupfte nachdenklich an ihrem Ohrläppchen.

»Du musst dich zusammenreißen und mit dem Quatsch aufhören«, sagte Daja hinter ihr.

Tris starrte sie an. »Quatsch?«, fragte sie verständnislos.

Daja streckte den Finger aus. »Dein Kleid beginnt zu rauchen. Überall um dich herum springen kleine Funken.«

Tris sah an sich hinunter. Da waren tatsächlich Brandflecke. »Mit mir ist alles in Ordnung«, sagte sie und ging, um nach dem Haferbrei zu schauen.

Daja trat zur Seite, als Tris an ihr vorbeiging. »Tatsächlich?«

»Lass mich in Ruhe!«, erwiderte Tris und rührte den Brei um. »Meine Gefühle gehen dich nichts an.«

Daja brühte Tee auf. »Tun sie doch, wenn du uns das Haus niederbrennst.«

»Das mache ich schon nicht«, sagte Tris grimmig und in ihren Haaren blitzten Funken auf. »Wenn ich etwas niederbrenne, werden es die Piraten sein.«

»Bestens. Und wie?«

»Ich werde mir schon etwas ausdenken.«

Daja verschränkte die Arme vor der Brust und sah Tris nachdenklich an. »Tja, vielleicht könnte ich dir dabei helfen.«

»Wobei helfen?« Rosendorn gähnte ausgiebig und kam aus ihrem Zimmer. »Ist noch Tee von gestern Nacht übrig?«

»Es gibt frischen, er muss nur noch kurz ziehen«, antwortete Daja.

Rosendorn nickte und ging zur Hintertür hinaus zum Örtchen.

Tris nahm den Löffel aus dem Topf und schnüffelte in dem Luftzug, der durch die offene Tür hereinwehte. Der Wind hatte sich geändert und kam jetzt aus Süden. Sie fand auch ein klein wenig Magie darin zu liegen, schwach wie der Duft in einer getrockneten Rose. »Der Wind dreht sich«, flüsterte sie. »Er wird den Nebel wegblasen.«

Daja runzelte die Stirn. Irgendwie gefiel ihr das nicht.

»Es scheint Magie darin zu liegen, aber es fühlt sich richtig eigenartig an«, fügte Tris hinzu.

Es blitzten jetzt keine Funken mehr in Tris' Haar und es zuckten auch keine Blitze mehr zwischen ihren Fingern auf. Zögernd legte Daja eine Hand auf Tris' Schulter und erwartete einen elektrischen Schlag. Sie war erleichtert, als er nicht kam.

Der Kontakt verband ihrer beider Magie. Daja spürte jetzt, was Tris meinte. »Ich glaube, dass jemand einen Bijili-Knoten gelöst hat«, flüsterte sie. »Einen, in den ein Mimander Südwinde gebunden hat. Es fühlt sich jedenfalls wie die Arbeit eines Mimander an.«

»Soll das heißen, ihr Händler verkauft wirklich an alle, ja?«, fuhr Tris sie an und riss sich aus Dajas Griff los. »Selbst an dreckige Jishen.«

»Ich mag es nicht, wenn du gackerst wie ein Kaq«, erwiderte Daja kühl. »Und ich bezweifle, dass man es ihnen verkauft hat. Wer mit Piraten Geschäfte macht, wird von der eigenen Mannschaft getötet. Ich wette, sie nahmen das Bijili Händlern ab, die sie überfallen und getötet haben.«

Tris wollte sich mit ihr streiten, unterdrückte dann jedoch die bösen Worte. Daja hatte wahrscheinlich Recht. Weshalb sollten die Piraten für etwas bezahlen, wenn sie es von den Toten nehmen konnten?

Ein Kreischen drang aus dem abgedeckten Nest auf dem Tisch. Ihr Schützling forderte seine nächste Mahlzeit ein. Rosendorn, die wieder ins Haus kam, steckte die Finger in die Ohren und zog sich in ihr Zimmer zurück.

Niemand hielt sich diesen Morgen an den Stundenplan, aber die Pflichten mussten erledigt werden. Als Briar mit dem Abspülen des Frühstücksgeschirrs fertig war, erklärte Rosendorn ihm, dass sie nun die Pflanzen am Nordtor begutachten müssten, um die Schäden zu beheben, die der Hagelsturm angerichtet hatte. Sie blickte absichtlich nicht zu Tris, als sie es erwähnte, aber die fühlte sich trotzdem schuldig. Im Tageslicht konnte sie sehen, dass alle blaue Flecken von den harten Eiskörnern hatten.

»Ich habe es ja nicht absichtlich hageln lassen«, sagte sie trotzig zu Daja und Eisenbart, als sie sich an den Tisch setzte. Die beiden legten die Dinge aus, die sie brauchten, um an dem Spruchnetz zu arbeiten: Rollen mit Draht, Spiegelstücke mit Metallösen auf der Rückseite, Stücke des alten Spruchnetzes, Kneifzangen.

»Aber der Hagel hat uns genützt«, sagte Eisenbart. »Er hat die Piraten kampfunfähig gemacht und unsere Leute aufgeweckt. Er hat wahrscheinlich unser aller Leben gerettet. Nun, Daja, siehst du, wie es geht? Benutze den Draht, um neue Netzmaschen zu bilden. Beginne mit dem Rand des alten Netzes und baue darauf auf. Für die einfachen Verknüpfungspunkte musst du nur die Drähte dreimal umeinander drehen. Wenn du einen Spiegel setzen willst . . .« Er zeigte ihr, was sie zu tun hatte, indem er zwei Metalldrähte drehte und einen durch die Öse auf der Rückseite eines Spiegels zog und wieder um den anderen schlang.

»Ich muss mir das Tor ansehen«, sagte er, als Daja den Dreh heraushatte. »Ich fürchte, sie werden neue Metallvorrichtungen brauchen. Ihr Mädchen bleibt hier«, fügte er hinzu, als Sandri mit ihrem kleinen Webrahmen aus Lerchenfrohs Arbeitsraum kam. »Verlasst das Haus nicht, außer ihr habt die Erlaubnis eines Erwachsenen!«

Eisenbart nahm die Werkzeugkiste, die Kirel am Tag zuvor herangeschafft hatte. Mit einem kleinen Lächeln sagte er zu Tris: »Was deinen Hagel betrifft . . . es wäre nicht schlecht, wenn du lernen würdest, wie du einen Wind oder einen Sturm in eine bestimmte Richtung lenken kannst. Du musst nur streng genug mit ihnen sein.« Er winkte ihnen zu und verließ das Haus.

Tris stützte die Arme schwer auf dem Tisch ab und starrte in die Luft, während Daja und Sandri weiterarbeiteten. »Das sagt er so leicht«, kommentierte sie.

»Ich habe gesehen, wie er eine Flamme aus dem Schmiedefeuer rief, um kleine Metallstücke zu erhitzen«, erzählte Daja. »Das ist ganz ähnlich, nur dass er bereits ein brennendes Feuer haben muss. Du holst dir die Winde aus dem Nichts.«

Mit Winden streng sein, dachte Tris und ging hinüber zu den Steinkrügen, in denen Mehl und Gewürze aufbewahrt wurden. Was soll das?

Es ist einen Versuch wert, wandte ein anderer Teil von ihr ein. Alles ist besser, als an Amerin zu denken.
Mit einem Löffel trug sie ein wenig Mehl zum Tisch. Tris setzte sich, legte das Kinn auf ihre Hände und blickte auf das Mehl. Sie holte tief Luft und suchte nach einer kleinen Brise. Sie fand eine, die an der Hintertür hin- und hersprang. Sie fasste sie und zog sie zu sich. Sie spürte, wie die Brise sich in ihrem magischen Griff wie ein Aal hin- und herwand, und drückte fester zu. Dann ließ sie sie über dem Mehl verharren.
Tris streckte einen Finger aus und stupste ihre gefangene Brise an und diese begann sich zu drehen.
Dreh dich weiter!, befahl Tris und machte die entsprechende Bewegung mit dem Finger.
Die Brise wirbelte das Mehl mit sich hoch, während sie sich weiterdrehte. Jetzt konnte man sie sehen, ein dünner weißer Trichter, der sich drehte wie ein Kreisel. Schließlich schob Tris die kleine Windhose mit einer Fingerbewegung zur anderen Seite des Tisches und rief sie auf die gleiche Weise wieder zurück. Die Windhose drehte sich noch kurz vor ihr, löste sich dann jedoch auf und hinterließ lediglich ein kleines Häufchen Mehl.
»Vielleicht würde ein stärkerer Wind die Form länger halten?«, überlegte Tris laut. Sie fand einen stärkeren Windstoß und rief ihn zu sich. Immer und immer wieder übte sie mit kleinen Windhosen aus Mehl und schaffte es, sie auf dem Tisch zu halten. Das war doch wenigstens ein Anfang. Erst als ihr Schützling laut piepsend alle wissen ließ, dass er für die nächste Mahlzeit bereit war, hörte sie mit ihren Windspielereien auf.
Eine Stunde später ging Tris nach draußen, um sich den Nebel anzuschauen. Er war fast verschwunden, zerstreut durch die

Winde. Unablässig rollte sie Amerins Ohrring in ihrer Hand hin und her. Magie sollte leicht sein, dachte sie. Man schafft eine Illusion und sie sollte anhalten, bis man sie auflöst. Man ruft Nebel und er sollte dableiben, bis man ihn nicht mehr braucht. Aber die anderen konnten schließlich auch Magie anwenden, oder nicht? Wenn sie den Nebel nicht auflösen können, dann werden sie ihre Magie einsetzen, um ihn wegzublasen. Sie werden Schlachtenfeuer benutzen, um die Dornenhecken zu zerstören, sobald sie wieder genug sehen können, um zu zielen, und sie werden Knallsteine benutzen, um das Spruchnetz zu zerstören, die letzten Mauern zu überwinden und in den Tempelbezirk einzufallen.

»Murkst sie ab«, hatte der hässliche Pirat gesagt.

»Ich wünschte, ich könnte es so machen wie du«, sagte Daja gerade zu Sandri, als Tris wieder ins Haus ging. »Das wäre so einfach.« Sie nahm Drahtfäden, legte sie gerade auf den Tisch und begann einen anderen Draht hindurchzufädeln. Sandri kicherte. Daja fädelte noch vier weitere Drahtfäden hinein, bis sie ein schachbrettartiges Muster aus Kupfer-, Silber- und Goldfaden vor sich auf dem Tisch liegen hatte.

»Warte«, sagte Tris, als Daja gerade das gelegte Muster wieder auflösen wollte. »Warte einen Augenblick.« Sie lehnte sich zurück und hielt die Hand hoch. An Amerin zu denken hatte sie aufgeregt. Die Funken waren wieder zurückgekommen, sie konnte sie schimmern sehen und sie spürte, wie ihr Haar sich aufstellte. Jetzt schimmerte ein Funken zwischen ihrem Daumen und Zeigefinger und wurde unter ihrem zwingenden Blick immer größer. Der Funke zuckte nach rechts, sprang auf ihren Zeigefinger und dann auf ihren Daumen und hinterließ eine hellgelbe Spur. Ein Miniaturblitz zuckte nun zwischen Tris' Fingern.

Sie ging um den Tisch, um sich vor Dajas Arbeit zu stellen, und merkte gar nicht, dass Daja vor ihr zurückwich. Tris beugte sich vor und hielt den winzigen Blitz über der Stelle, wo zwei Drähte sich kreuzten.

»Schlag ein«, murmelte Tris. Sie machte eine deutende Handbewegung, genau wie sie es mit den kleinen Windhosen gemacht hatte. Der Blitz war schwieriger zu beherrschen, er versuchte ständig sich zu befreien.

»Schlag ein!«, befahl sie und richtete die Kraft ihrer Magie auf den Blitz.

Der Blitz zuckte auf und schlug so schnell ein, dass man es kaum wahrnehmen konnte. Er hinterließ einen tiefen Brandfleck auf dem Tisch.

Tris rief einen neuen Blitz zu sich. »Schlag ein«, befahl sie und blickte auf die Drahtverbindung.

Er schlug ein. Ein kleines Spiegelstück in der Nähe zerplatzte und wurde schwarz.

»Tris . . .«, sagte Daja.

Sandri legte eine Hand auf Dajas Arm und brachte sie zum Schweigen. Tris rief einen dritten Blitz aus den Funken, die um ihr Haar zuckten. »Schlag ein!« Sie konzentrierte sich noch stärker auf ihre Magie.

Der Blitz fuhr von ihrer Hand über das Verbindungsstück der Drähte. Für den Bruchteil eines Augenblicks verweilte er dort, als sei er unsicher. Dann schlug er ein, genau in die Stelle, wo die Drähte sich berührten. Es gab einen Zischen und den Geruch von heißem Kupfer. Tris trat mit einem Seufzer zurück und Daja beugte sich vor, um nachzusehen.

»Oti, schreib das auf«, flüsterte Daja zur Händlergöttin. Die Drähte waren so ordentlich zusammengeschmolzen, als hätte sie sie in der Schmiede gehabt. Sandri klatschte.

Tris hatte noch eine weitere Idee. Indem sie die Funken groß genug gemacht hatte, um wie richtige Blitze zu funktionieren, hatte sie ein besseres Gefühl ihrer Macht bekommen. Sie konnte die Blitze nun spüren und herbeirufen. Sie tat das noch dreimal und jedes Mal schmolz sie Dajas Drähte an einer weiteren Stelle zusammen.

Lerchenfroh, Eisenbart und Rosendorn kehrten zurück, als die Mädchen gerade ein spätes Mittagessen einnahmen. Jeder war froh sich setzen und essen zu können. Die Erwachsenen erzählten, dass das Nordtor erneuert und wieder geschlossen war. Das Spruchnetz schützte den Verschlungenen Kreis nun im Norden wie im Osten und Westen. Es würde keine weiteren Angriffe mehr aus dieser Richtung geben – hoffte man wenigstens. Niemand erwähnte, was geschehen würde, wenn es den Piraten gelänge, das vergrabene Spruchnetz mit ihren Knallsteinen in Stücke zu reißen.

Niko traf ein, als sie gerade mit dem Essen fertig waren. Zu jedermanns Freude war der Geweihte Gaumenwohl bei ihm. Dieser hatte einen Korb voll frisch gebackener Kuchen für sie mitgebracht und frisch gehacktes Fleisch und Eigelb für das Vogeljunge. Er sah zu, wie Tris die Bällchen aus Fleisch und Eigelb bereitete, und versuchte sogar einmal selbst das Vogeljunge damit zu füttern.

»Sind wir so weit?«, fragte Niko, als der Vogel sich ins Nest kuschelte, um zu schlafen.

Gaumenwohl sah ihn an und nickte.

»Kinder, ich möchte, dass jeder von euch hinter seinen Lehrer tritt«, sagte Niko. »Wir werden einige Experimente durchführen.« Er stellte eine Ledertasche auf den Tisch.

»Welche Art von Experimenten?«, fragte Rosendorn misstrauisch.
Niko schüttete vorsichtig einen Löffel voll körnigem, schwarzem Staub aus der Tüte. »Wir haben das hier von den Gefangenen«, erklärte er. »Damit haben sie das Tor zerstört, dieses Pulver befindet sich in den Knallsteinen. Sie nennen es Schwarzpulver. Seine Inhaltsstoffe und die Mischung sind das Geheimnis des Piratenmagiers Enahar. Und die müssen wir herausfinden.«
»Sicher werden Mondenstrahl und Himmelsfeuer . . .«, begann Lerchenfroh.
»Sie wollen, dass alle Meister es versuchen«, unterbrach Niko sie. »Auf diese Weise wird jeder darüber Bescheid wissen. Nun, Geweihte, können wir beginnen?«
Alle fünf Erwachsenen hielten eine Handfläche über das kleine Häufchen und schlossen die Augen. Als sie tief Luft holten und ihren Geist freimachten, taten es ihnen die vier Kinder nach.
»Kohle«, verkündeten Rosendorn und Eisenbart gleichzeitig.
Niko fügte hinzu: »Schwefel.«
»Salpeter«, sagte Gaumenwohl und Rosendorn nickte.
Ich hätte das nicht so schnell gewusst, bemerkte Daja in Gedanken zu den anderen Kindern. Sie nickten und stimmten ihr zu.
Die Erwachsenen stritten sich noch eine halbe Stunde über die Mischungsverhältnisse der Inhaltsstoffe. Schließlich einigten sie sich auf zehn Teile Schwefel, fünfzehn Teile Kohle und fünfundsiebzig Teile Salpeter.
»Es ist so einfach!«, rief Lerchenfroh aus. »So unglaublich einfach! Und es wird nicht schwierig sein, es explodieren zu lassen, sobald man den magischen Schutz auf den Behältnissen überwunden hat.«
»Was der Grund dafür ist, warum die Behältnisse so gut mit Magie geschützt wurden«, fügte Eisenbart hinzu.

»Aber warum knallen sie so?«, fragte Daja besorgt. »Was ist, wenn ...?«

Ein lauter Schlag ertönte draußen und alle zuckten zusammen. Sekunden später hörten sie einen weiteren lauten Schlag von der Ostseite des Tempels.

»Sie haben wieder angefangen«, flüsterte Daja. Tris zitterte.

»Gehen wir hinaus«, sagte Niko und fegte das Pulverhäufchen zurück in die Tasche. »Wir können versuchen es dort zum Knallen zu bringen. Man braucht Feuer dazu, wenn ich mich an das erinnere, was Tris und ich auf der Felseninsel gesehen haben.«

Niko gab ein bisschen von dem Pulver auf eine freie Stelle auf dem Weg vor dem Haus. Jemand brachte einen langen, brennenden Strohhalm und Niko berührte das Pulver damit aus einigen Fuß Entfernung. Während ein Knallstein über der südlichen Hälfte des Tempels explodierte, loderte das winzige Pulverhäufchen auf und verschwand.

»Sie müssen ein Loch in den Sprüchen auf dem Behältnis lassen«, meinte Rosendorn, »damit ihre Magier die Steine in der Luft anzünden können.«

»Werden unsere Kriegsmagier diese Löcher rechtzeitig genug finden, um die Steine explodieren zu lassen, bevor sie bei uns einschlagen?«, wollte Eisenbart wissen.

Niko schüttete eine Hand voll Pulver auf den Pfad und wischte sich dann mit einer Hand über die Stirn, wobei er einen dunklen Streifen hinterließ. »Alle zurücktreten, während ich dies hier anzünde.« Er hielt den Strohhalm Gaumenwohl hin, der ihn mit einem Finger berührte. Eine kleine Flamme erfasste die Spitze des Halmes.

»Aber das kleine Häufchen vorhin ist einfach verbrannt«, sagte Lerchenfroh. »Wie bringen sie es dazu, zu explodieren?«
»Vielleicht braucht man mehr davon?«, meinte Rosendorn. »Oder vielleicht muss es in einem Gefäß sein, einer Kugel oder . . .«
Eine laute Explosion zerriss die Luft. Die Erwachsenen sahen einander entsetzt an und richteten dann ihre Blicke auf den Horizont. Südlich vom Wassertempel stieg eine Rauchsäule auf.
»Einer hat getroffen«, flüsterte Lerchenfroh.
Rosendorn rannte ins Haus. Briar folgte ihr.
»Die Werkstätten der Zimmerer«, sagte Gaumenwohl und seine tiefe Stimme war rau. »Das Holz . . . der Leim, der Lack . . .«
»Das wird schnell brennen.« Eisenbart zog den Gotteskreis vor der Brust.
Tris zitterte so sehr, dass ihre Zähne klapperten. Wohin würde der nächste Stein fallen? Das Bild der zerstörten Galeere stieg in ihr auf, eine Warnung vor dem Schicksal, das alle ereilen würde.
Lerchenfroh drehte sich zu den vier Kindern. »Ihr bleibt alle hier!« Sie hatten sie noch nie in einem so strengen Ton reden hören. »Verlasst unter keinen Umständen diese Umzäunung! Wir werden hingehen und helfen. Ich will mir keine Sorgen um euch machen müssen.«
»Können wir nicht auch helfen?«, bat Sandri.
»Nein. Nein. Es gibt genug Erwachsene dort, die helfen können.«
Rosendorn kam mit einem schweren Korb aus dem Haus. Briar folgte ihr mit einem weiteren. »Darf ich bitte auch mitkommen?«, fragte er, als Eisenbart ihm seinen Korb abnahm.
»Nein, das darfst du nicht«, fuhr Rosendorn ihn an. »Du bleibst hier, genau wie die anderen!«

Ohne ein weiteres Wort rannten die Erwachsenen den Spiralweg entlang. Kleiner Bär setzte sich und begann zu heulen.
Drei weitere Knallsteine explodierten in der Luft. Tris zuckte jedes Mal zusammen. Ihr Haar fing an zu knistern.
Wir müssen Tris ablenken, bevor irgendetwas passiert, dachte Daja. »Wie wäre es, wenn du deine Blitze daran ausprobierst?« Sie deutete auf das Häufchen schwarzen Pulvers, das auf dem Pfad lag.
Tris starrte sie an. »Ich . . . ich weiß nicht«, antwortete sie mit zitternder Stimme.
»Ach, versuch es doch einmal«, drängte Sandri.
»Welche Blitze?«, wollte Briar sarkastisch wissen. »Das ist doch nur Runogs Feuer, mit dem sie rumspielt.«
Daja kannte die geisterhafte Flamme, das Licht des Wassergottes Runog, das in Stürmen auf Schiffsmasten und -dächern erschien.
»Nein, sie spielt mit Blitzen«, erwiderte sie. »Das ist nicht das Gleiche. Zeig es ihm, Tris.«
Ein weiterer Knallstein explodierte über dem Turm. »Ich . . . ich kann nicht«, erwiderte Tris und zitterte vor Furcht. Was wollten sie denn nur von ihr? Sahen sie denn nicht, dass jede Explosion für sie wie ein heftiger Schlag war? Ihre Muskeln waren verkrampft, während sie auf den nächsten Donnerschlag wartete.
»Sollst du nicht lernen dich zu beherrschen?«, fragte Sandri, »Vielleicht ist dies eine gute Gelegenheit zu üben.«
Tris starrte die anderen drei böse an und hasste sie dafür, dass sie sie nicht in Ruhe ließen. Sie wollte nur ins Haus rennen und sich unter einem Bett verstecken.
»Ha, wusste ich es doch«, sagte Briar spöttisch. »Es ist nur Runogs Feuer.«

Wütend deutete Tris auf den Pulverhaufen, der nur einen Fuß entfernt lag. Ein Blitz sprang von ihrem Finger. Es gab einen kleinen Schlag und Erde regnete auf sie. Rauch breitete sich überall aus und machte sie schwarz. Kleiner Bär jaulte und floh ins Haus. Die vier Kinder sahen sich mit großen Augen aus rußgeschwärzten Gesichtern an. Jetzt war ein Loch im Pfad.

»Seht ihr?«, sagte Briar schließlich. »Man muss nur wissen, was man zu ihr sagen muss.«

»Du . . .«, fuhr Tris ihn an, und ohne nachzudenken, deutete sie auf ihn.

Blitzschnell packte Briar ihre Arme und schüttelte Tris, während Funken über seine Hände liefen. »Tu das nie, nie wieder«, zischte er und seine Augen bohrten sich in ihre. »Wenn dein Deuten eine Waffe ist, dann deute nicht, solange du damit nicht jemanden umbringen willst. Verstehst du, du hirnlose Schnepfe?« Er war so erschrocken, dass er nicht einmal wusste, wo sein Zittern aufhörte und ihres begann. »Niko hat Recht.« Er stieß sie von sich weg. »Wir müssen alle lernen uns zu beherrschen und du am allermeisten.«

»Es tut mir Leid.« Tris strömten die Tränen aus den Augen, aber sie zwang sich Briar anzusehen. »Tut mir Leid. Ich wollte nicht . . . würde niemals . . .«

Sandri legte die Arme um Tris' Schulter. »Wir können einfach nichts mehr tun, ohne vorher nachzudenken, Tris. Das versuchen sie uns die ganze Zeit beizubringen. Ich denke, wenn wir Magier sind, können wir eben nicht mehr richtige Kinder sein, oder?«, fragte sie die anderen beiden. Die schüttelten die Köpfe. »Briar weiß, dass es dir hinterher Leid getan hätte.«

»Nachdem ich in ein hübsches kleines Stück Grillfleisch verwandelt worden wäre«, sagte Briar unbarmherzig.

Tris schlug die Hände vors Gesicht.

»Genug«, sagte Daja. »Sie hat es verstanden. Drangsaliere sie nicht weiter.«

Ich bin ein verdammt ängstlicher Drangsalierer, dachte Briar und steckte die Hände in die Hosentaschen. Und ich möchte sicher sein, dass sie auch Angst hat, genug Angst, um das nächste Mal nachzudenken.

Tris riss sich aus Sandris Umarmung und rannte ins Haus und in ihr Zimmer.

Briar ging zum Haus und betrachtete seinen Miniaturbaum, der auf seinem Fensterbrett stand. Die durch lange Jahre des Wachsens erworbene Ruhe des Shakan beruhigte seine Nerven. Er überprüfte die Erde in dem flachen Gefäß und fand, dass sie ein wenig trocken war. Also ging er ins Haus, um Wasser zu holen.

Daja und Sandri blieben, wo sie waren, und starrten auf das Loch im Erdboden.

»Was, glaubst du, ist ihre Reichweite mit Blitzen?«, fragte Daja. »Könnte sie einen Knallstein treffen?«

Sandri zupfte an einem ihrer Zöpfe. »Ich weiß nicht. Erinnerst du dich noch an den Tag, an dem wir uns alle kennen lernten? Ein Blitz schlug in einen Baum vor dem Verwaltungsgebäude ein. Ich glaube, dass sie das gemacht hat, denn sie war wütend. Ich habe das sofort gemerkt, als ich sie sah. Und sie war überhaupt nicht aufgeregt darüber, dass der Blitz so nahe bei ihr eingeschlagen hatte. Allerdings war es stürmisch an diesem Morgen. Diese Blitze von eben scheinen einfach an ihr zu hängen – sie sind nicht Teil eines Sturmes. Mag sein, dass sie dann nicht so weit reichen.«

»Aber wenn sie sich darauf konzentriert, wachsen sie. Es beginnt mit einem Funken, dann hält sie ihn und er wächst zu einem kleinen Blitz.« Daja stieß mit dem Fuß an den Erdhaufen um das Loch.

»Ich finde, wir sollten herausfinden, wie weit sie einen Blitz schicken kann.« Sandri bückte sich und tätschelte Kleiner Bär, der inzwischen wieder aus dem Haus geschlichen war.

»Ich denke, du hast Recht«, stimmte Daja ihr zu.

Der sicherste Platz schien die windgeschützte Seite nördlich des Hauses zu sein. Dort gab es einen breiten Grasstreifen, wo keine anderen Pflanzen wuchsen – Briar hatte sich geweigert ein solches Experiment an irgendeiner anderen Stelle in Rosendorns Garten zuzulassen. Nur die Wachen konnten sie sehen, doch die blickten hauptsächlich nach Norden oder nach Süden, wo das Feuer brannte. Inzwischen war bekannt geworden, dass ein Knallstein die magischen Barrieren überwunden hatte und in einem der großen Gebäude eingeschlagen war, in dem die Zimmererwerkstätten des Verschlungenen Kreises untergebracht waren.

Briar flocht einige Strohkränze als Zielscheiben. Sandri wühlte in Lerchenfrohs Lumpentasche und brachte Stofffetzen hervor, die sie an verschiedene Stellen legte. Dajas Aufgabe war es, Tris dazu zu überreden, mitzumachen.

»Ich finde das blöde«, sagte Tris, als Daja sie zu der Stelle brachte, die sie vorbereitet hatten. »Ich kann es nur, wenn ich wütend bin.«

»Es ist Magie, es ist immer da«, sagte Briar ungeduldig zu ihr. »Hör auf mit dem damenhaften Gejammere. ›Oh, ich kann es nicht, ich muss erst Angst haben.‹«

Tris sah ihn böse an. »Warum kannst du mich nicht endlich in Ruhe lassen?«

»Weil ich es satt habe, mit einer eingebildeten Kaufmannstochter zusammenzuwohnen!«, erwiderte er.
Tris deutete auf einen Stofffetzen etwa zwei Fuß entfernt. Ein Blitz zuckte in seine Richtung, aber er berührte das Tuch nicht.
»Willst du, dass ich dich weiter beleidige?«, fragte Briar. »Ich habe noch einiges auf Lager . . .«
»Mit dir zusammenzuwohnen ist auch nicht immer lustig, weißt du!«, fuhr Tris ihn an. Sie rief den Blitz zurück. Einen Augenblick lang stand sie sehr still, hielt die Augen geschlossen und atmete tief ein. Sie deutete wieder.
Der Blitz hinterließ einen Brandfleck auf dem Stoff.
»Das muss besser werden«, sagte Daja und schüttelte den Kopf.
»Dann versuch du es doch«, murrte Tris. Sie schloss die Finger ihrer freien Hand um Amerins Ohrring und deutete. Der Stoff löste sich in einer Rauchwolke auf.
»Ich hätte keine Seide nehmen sollen«, flüsterte Sandri. »Sie brennt gar so schnell.«
Tris deutete auf die Wand, die etwa fünf Fuß entfernt war. Dort hatten sie ein weiteres Stückchen Stoff mit einem Dorn in einer Mauerritze angebracht. Sie schleuderte einen Blitz. Er reichte jedoch nur über die Hälfte der Strecke.
»Versuch es damit«, sagte Daja. Sie legte ein Tuch ein kleines Stückchen weiter weg als dasjenige, das Tris getroffen hatte.
Eine Stunde später befanden sich einige Brandflecken auf der Wand und Tris musste ins Haus, um ihren Schützling zu füttern. Als sie zurückkam, brachte sie ihn mit und reichte Sandri sein Nest. »Er soll eigentlich Ruhe haben«, sagte sie. »Aber davon kann ja jetzt sowieso keine Rede sein.« Die Knallsteine waren den ganzen Nachmittag in der Luft über dem Verschlungenen Kreis explodiert.

Sandri betrachtete den Vogel. »Es scheint ihm gar nichts auszumachen«, sagte sie zu Tris. »Er zittert nicht einmal. Aber ich wollte dich schon dauernd fragen, was du in deiner Tasche hast. Du fummelst doch die ganze Zeit mit irgendetwas herum.«

Grimmig zog Tris Amerins Ohrring heraus. »Er hilft mir mich zu konzentrieren.«

Sandri drehte den Kopf, um Kleiner Bär zu befehlen kein Gras zu kauen, und hielt inne. Licht flackerte in ihrem Augenwinkel, Licht, das nicht zu den anderen Kindern gehörte. »Dieser Ohrring ist randvoll mit Magie«, sagte sie schockiert. »Und was ist das für ein Faden, der daraus hervorkommt?«

Tris betrachtete den Ring von der Seite. »Du hast Recht, was die Magie betrifft. Mein Vetter erzählte mir, dass der Piratenmagier ihn schuf, um Amerin an sich zu binden. Ich sehe aber keinen Faden.«

»Sieh doch, er geht in diese Richtung«, zeigte ihr Sandri und deutete in Richtung Süden.

Daja betrachtete den Ohrring mit zusammengekniffenen Augen. »Ich sehe etwas; es sieht aus wie ein . . . wie ein Draht«, gab sie zu. »Aber das hatte ich vorher nie bemerkt. Nur immer dieses blöde Flimmern.«

»Beschwer dich bei Niko«, sagte Tris. »Ich hätte nie gedacht, dass sein Spruch so auf euch übergreifen würde.«

»Ich wette, der Faden ist das magische Band. Es führt zu diesem Magier – Enahar? Blöder Name«, sagte Briar. »Zu schade, dass wir ihm nicht auch einen kleinen Blitz schicken können.«

»Er müsste durch Mauern gehen können«, sagte Daja. »Ich glaube nicht, dass er ankäme.«

»Versuchen wir etwas, was ein bisschen mehr Spaß macht«, sagte

Briar und hielt einen Strohkranz hoch. »Tris, kannst du den treffen, während er in der Luft ist?«
»Du machst wohl Witze.« Tris stellte sich breitbeinig hin, um sich den bestmöglichen Halt zu verschaffen. Als sie Amerins Ohrring umfasste, begannen Funken in ihren Locken zu glühen. »Also gut, Briar, aber ich glaube trotzdem nicht, dass ich das kann.«
Briar warf einen Strohkranz in die Luft. Tris deutete, doch der Blitz auf ihrer Fingerspitze verhedderte sich und wand sich um ihre Hand wie ein Strick. Briar warf wieder, etwas niedriger. Dieses Mal ging der Blitz nur um ein Haar daneben. Briar warf ein drittes Mal und Kleiner Bär sprang und hielt den Kranz zwischen den Zähnen. Tris setzte einen Brandfleck in die Mauer, um den Blitz von dem Welpen fern zu halten.
»Ich kann das nicht!«, rief sie ungeduldig aus. »Es ist, als sollte ich mit Gift spielen! Es . . .«
Daja stieß einen Schrei aus und deutete zum Himmel. Hoch über ihnen raste ein kleiner runder Ball auf sie zu.
Ein blendend heller Streifen weißer Hitze fuhr an ihnen vorbei. Er traf den Knallstein und riss ihn zweihundert Fuß über ihren Köpfen in Stücke. Die Kinder mussten ihre Gesichter schützen, als es Ruß und Scherben auf sie herunterregnete.
Tris schwankte. Ihre Knie gaben nach und sie setzte sich unvermittelt auf den Boden. Kleiner Bär kam und leckte ihr die Wange. Die anderen drei Kinder drehten sich um und starrten sie an.
»Ich schätze, wir müssen einfach nur darauf achten, dass es sich auch für dich lohnt«, meinte Daja.

12

Die vier Kinder nahmen das Abendessen vom Karren, der vom Turm geschickt worden war, und stellten es auf den Tisch. Sie fragten sich bereits, ob sie wohl allein essen mussten, als ihre Lehrer zurückkamen. Sie hatten anscheinend bereits gebadet, denn sie trugen alle naturfarbene Bademäntel und hatten ihre eigenen Kleidungsstücke in Netzen dabei. Die Netze ließen sie draußen an der Hintertür liegen. Sandri, die einen Blick darauf warf, fragte sich, ob man diese Kleidungsstücke überhaupt noch als Lumpen nehmen konnte, so rußig und zerfetzt, wie sie waren. Bei dem Geruch, der daraus aufstieg, wurde ihr übel.

Die Erwachsenen sprachen wenig und aßen noch weniger. Nach dem ersten »nicht jetzt«, das die vier zu hören bekamen, verzichteten sie darauf, das kontrollierte Blitzeschleudern zu erwähnen. Anstatt die üblichen Pflichten erledigen zu müssen, wurden sie zu den Bädern des Erdentempels geschickt, während die Erwachsenen aufräumten und sauber machten. Als die Kinder zurückkamen, gingen sie still in ihre Zimmer, um zu reden oder nachzudenken.

Sie schliefen alle schlecht. Als Tris weinte, wussten es die anderen drei. Als Briar davon träumte, wie das Brot, das er gerade ergattert hatte, sich unter seinen Fingern in Luft auflöste, wussten sie es ebenfalls. Als es dämmerte, wurden sie nicht von der Turmuhr geweckt, sondern von dem ersten Knallstein des Tages.

Wie am Abend vorher sprach niemand viel. Tris fütterte ihr Vogeljunges und lächelte kaum, als Rosendorn sagte, dass fast alle seine grauen Stoppelfedern gewachsen seien und er in zwei Wochen vielleicht schon fliegen könnte.
»Ja, und zwar in einen Knallstein«, warf Briar mürrisch ein.
»Hör auf damit!«, tadelte ihn Niko.
Sie waren mit frühstücken fertig, als Mondenstrahl und Himmelsfeuer ankamen. »Wir müssen uns unterhalten«, sagte Mondenstrahl, nachdem sie Niko einen Kuss auf die Wange gegeben hatte. Sie blickte viel sagend auf die Kinder.
»Nach oben«, befahl Rosendorn.
Die vier begannen zu protestieren. Niko sagte: »Sofort!«
»Genau wie Mutter, wenn sie in Kapitänsstimmung war«, bemerkte Daja düster. Sie nahmen den Hund und den Vogel und stiegen die steile Treppe hinauf.
»Sie behandeln uns wie Kinder«, sagte Sandri aufgebracht, als die vier sich oben auf den Treppenabsatz setzten.
»Wir sind auch Kinder«, erinnerte Briar sie.
»Aber wenn wir Magier sind, sind wir dann auch Kinder?«, wollte Tris wissen.
Eisenbart erschien am Fuß der Treppe. »Wir würden es begrüßen, wenn ihr in eines der Zimmer gehen könntet und nicht lauschen würdet.« Seine dunklen Augen waren blutunterlaufen und ohne das übliche Lächeln darin. »Ab mit euch!«
Murrend gehorchten sie. Tris schob sie in ihr Zimmer, blieb selbst jedoch zurück. Als sie sicher war, dass Eisenbart nicht mehr an der Treppe stand, griff sie eine Hand voll Luft über der Treppe. Sie wich langsam in ihr Zimmer zurück und ließ dabei bei jedem Atemzug ein klein wenig Luft aus der Hand. In ihrem Zimmer zog

sie den dadurch entstandenen Luftzug zu ihrem Fenster und schickte ihn hinaus. Nun gab es einen regelmäßigen Luftstrom aus dem Erdgeschoss in ihr Zimmer.

»Was . . .?«, wollte Briar fragen.

Tris legte einen Finger auf ihre Lippen und eine Hand hinter ihr Ohr.

». . . haben gestern Schlachtenfeuer bei den Dornen eingesetzt«, sagte Himmelsfeuer gerade. »Sie bombardieren das Spruchnetz im Osten mit den schwarzen Pulverbällen. Diese Dinger machen ein riesiges Loch, wenn sie auf den Boden fallen – sie reißen das Spruchnetz entzwei. Auf diese Weise arbeiten sie sich vor. Noch zwei Tage und sie werden am Osttor sein. Und selbst wenn wir herausfinden, wie ihr Schwarzpulver funktioniert, gibt es keine Garantie, dass nicht einige Knallsteine an unseren Magiern vorbeikommen. Sie werden über die Mauer katapultieren, so viel sie nur können, um uns gefügig zu machen. Zumindest ein paar davon werden auch treffen.«

»Waren unsere Kriegsmagier in der Lage den Schutzwall zu durchdringen, der die Piratenflotte umgibt?«, wollte Rosendorn wissen.

»Sie haben alles, was sie haben, auf dieses verdammte Ding geschleudert – nichts kommt durch«, erwiderte Himmelsfeuer bitter. »Wassermagier sagen, er reicht bis zum Meeresboden.«

»Er hat Magier-Fallen in den Schutzwall eingebaut.« Das war Niko. »Er benutzt gern die Kraft anderer Magier für sich, dieser Enahar.«

Die vier Kinder sahen sich erschrocken an und rückten enger aneinander.

»Was ist mit den Seestreitkräften?«, wollte Lerchenfroh wissen.

»Keine Nachrichten, sagt der Herzog«, berichtete Mondenstrahl. »Vielleicht kommen sie, vielleicht auch nicht. Ihr müsst die Kinder von hier wegschaffen. Wir können sie auf verborgenen Wegen nach Sommersee bringen. Ein Wagen mit Verwundeten verlässt das Tempelgelände um die Mittagszeit.«

»Nein!«, schrie Sandri mit funkelnden Augen. »Ganz bestimmt nicht!«

Tris und Daja bedeuteten ihr leise zu sein. Von unten rief Niko: »Was ist denn da oben los?«

Briar ging zur Tür. »Die Mädchen verstehen meine Späße nicht, das ist alles.«

Jemand lachte kurz auf, das musste Himmelsfeuer sein.

»Dann mach ruhigere Späße«, befahl Rosendorn.

Briar trat zurück ins Zimmer.

»Ich lass mich von ihnen nicht zu meinem Onkel zurückschicken!« Sandri streckte ihr Kinn so weit vor, wie sie nur konnte. »Ich gehe nicht weg!«

Tris' Gesicht war leichenblass. Kleine Blitze zuckten in ihrem Haar und um ihr Kleid auf. In jeder Zimmerecke raschelte der Wind. »Sie können mich nicht wieder wegschicken. Das können sie nicht.«

Wieder explodierte ein Knallstein in der Luft. Tris zuckte zusammen.

»Es ist ja nur, um dich davor zu beschützen«, erklärte Daja.

»Und was wird hier sein, wenn wir zurückkommen?«, wollte Briar wissen.

Keiner von ihnen konnte diese Frage beantworten.

»Piraten haben meinen Lieblingsvetter getötet. Jetzt werden sie mich von dem einzigen Ort vertreiben, an dem ich mich jemals willkommen gefühlt habe«, sagte Tris ganz leise. »Ich habe es satt, von ihnen herumgeschubst zu werden!« Sie ging zum Fenster, setzte sich auf das Fensterbrett und schwang ihre Beine hinaus. Sie würde zur Mauer gehen und Blitze auf die Piraten schleudern, bis es sie umbrachte.

Sandri machte einen Satz und packte sie. Die Blitze prickelten, schmerzten jedoch nicht.

»Lass mich!«, fuhr Tris sie an und versuchte sich loszureißen. Daja kam ebenfalls zum Fenster, um zu helfen.

»Hör mir zu! Hör mir doch zu!« Sandri sprach leise und schnell, um Tris zum Zuhören zu bewegen. »Du willst zurückschlagen und das ist ja auch ganz normal, aber du kannst das nicht alleine tun. Wurden wir nicht alle verletzt? Das ist auch unser Zuhause, das Beste, das wir jemals hatten.« Tris versuchte immer noch sich aus ihrem Griff zu winden. »Du brauchst unsere Hilfe. Hör mir zu, hörst du mir zu?«

»Lass mich los«, keuchte Tris.

»Sandri hat Recht«, sagte Daja und zog sie ins Zimmer. »Hör auf sie.«

Alle drei Mädchen stürzten mit einem lauten Poltern zu Boden. Sandris und Dajas Haar war wie elektrisiert und löste sich aus ihren Zöpfen.

Briar lauschte an der Tür. Die Erwachsenen schienen zu sehr in ihr Gespräch vertieft zu sein, als dass sie auf sie achteten. »Sie werden uns nicht erlauben auf die Mauer zu gehen«, wandte er ein.

»Wir brauchen ihre Erlaubnis nicht«, erwiderte Sandri. Sie hatte es aufgegeben, Tris überzeugen zu wollen, und saß jetzt auf deren Bauch. »Erinnerst du dich noch an den Abend kürzlich? Wer wird uns am Nordtor beschützen? Ich kann das. Ich kann alle davon abhalten, uns zu berühren. Ich will nicht weg von hier! Wenn die Piraten den Tempel stürmen, wenn sie Lerchenfroh etwas antun . . .«

Sie blickte zur Seite und blinzelte heftig. Die Blitze waren weniger geworden, aber jetzt wurden auch sie selbst und Daja von ihnen umspielt.

Muss mehr Licht als Hitze sein, dachte Briar, als er die Mädchen betrachtete. Und das war auch besser so, denn sonst würde Tris ja jeden verbrutzeln, der ihr zu nahe kommt.

»Ich glaube nicht, dass ich es ertragen würde, wenn der Verschlungene Kreis zerstört würde«, murmelte Daja. »Ich kann ein Blasebalg sein und die Leute von uns fortblasen. Oder . . . ich glaube . . . ich könnte . . .« Sie sprach ganz langsam, überlegte angestrengt.

»Lasst mich los«, sagte Tris. »Ich werde nicht aus dem Fenster klettern.«

»Versprochen?«, fragte Sandri.

»Versprochen.«

Sandri und Daja erhoben sich auf ihre Füße. Kleiner Bär schaffte es, Tris noch schnell ein paar Mal abzuschlecken, bevor Tris aufstehen und ihr Gesicht in Sicherheit bringen konnte.

Briar betrachtete Tris misstrauisch. Er mochte den trotzigen Zug um ihren Mund nicht. Ihre Blitze wurden noch stärker und ihr Haar schien noch heftiger elektrisiert zu sein. »Du siehst aus wie ein Busch«, informierte er sie.

Tris grummelte. Sie nahm einen langen Schal und wickelte ihn sich eng um den Kopf.

»Was ist mit ihrem magischen Schutzwall?«, fragte sie und setzte sich aufs Bett. »Ihr habt Himmelsfeuer gehört.«

»Wir können ihn durchstoßen«, sagte Daja. »Unsere Lehrer sagen doch immer, wie viel stärker wir sind, wenn wir uns vereinigen. Ich wünschte allerdings, wir hätten unseren Garnring.«

»Bist du sicher, dass wir ihn überhaupt brauchen?«, entgegnete Briar. »Am Nordtor sind wir auch ohne den Ring gut zurechtgekommen.

»Ich muss mal nach draußen verschwinden«, sagte Tris. »Ich habe zu viel Saft getrunken.«

»Wenn die dort unten dich lassen«, sagte Briar.

Tris glättete ihre Röcke. »Ich bin gleich wieder zurück. Macht noch keine Pläne ohne mich. Ich will mir diese . . . Jishen holen.« Sie drängte sich an Briar vorbei und ging die Treppe hinunter.

»Wenn Sandri uns beschützt und ich in die Nähe der Schiffe komme, was dann . . .?«, überlegte Daja.

»Was dann?«, drängte Sandri.

»Als Eisenbart und ich die Hafenkette reparierten, ließ er die Kette sich in die Luft erheben. Ich bin mir ziemlich sicher, dass ich weiß, wie es geht. Ich glaube, ich kann das Metall dazu bekommen, sich aus seinen Verankerungen zu lösen.«

»Ich werde auch nicht tatenlos zusehen«, versprach Briar. »Es gibt ja zum Beispiel Algen, die sich um ihre Ruder wickeln können. Und wenn der Lockenkopf seine Blitze einsetzen kann, schaffen wir es vielleicht, diese Aasgeier zu vertreiben.«

Sie diskutierten noch ein paar Minuten ihre Pläne. Briar war der Erste, der merkte, dass Tris sehr lange brauchte für jemand, der gleich wieder zurück sein wollte.

»Wartet hier«, befahl er den anderen. Er schwang sich aus dem Fenster und ließ sich auf die Strohmatten auf dem Dach von Rosendorns Arbeitsraum fallen. Er landete mit einem Plumps, gerade als ein weiterer Knallstein explodierte. Vorsichtig sprang er auf den Boden. Die anderen zwei warteten nervös, als er um das Häuschen spähte.

Innerhalb weniger Augenblicke war er mit wütendem Gesicht zurück.

Sie ist fort!, gab er ihnen zu verstehen.

»Hilf mir runter«, bat Sandri Daja und klemmte ihre Röcke zwischen die Knie. Sie setzte sich auf das Fensterbrett und schwang ihre Beine nach außen. Daja hielt sie fest und ließ sie hinuntergleiten, bis Sandri sich problemlos auf das Dach des Arbeitsraums fallen lassen konnte. Beim Sprung auf den Boden war Briar da, um sie aufzufangen.

Daja wollte nicht riskieren, dass die Erwachsenen den Lärm hörten, den sie verursachen würde, wenn sie sprang. Sie holte sich rasch ein Stück Seil aus der Dachkammer. Mit ein paar schnellen Handbewegungen hatte sie ein Ende an Tris' Bett gebunden. Indem sie sich an dem Seil festhielt, kletterte sie nach unten.

»Wohin könnte sie gegangen sein?«, fragte Briar, als Daja unten angekommen war. Sie schlichen sich durch den Garten vom Haus weg. »Es stehen doch überall Wachen.«

Hinter sich hörten sie ein Bellen. Kleiner Bär gefiel es nicht, zurückgelassen zu werden.

»Vielleicht hält sie sich die Wachen mit Blitzen vom Leib«, sagte Daja. »Ihr wisst doch, wie sie ist. Und die anderen wissen ja nicht, dass die Blitze, die sie umspielen, nicht weh tun.«

»Warte«, sagte Sandri. Sie schloss die Augen und streckte die Hand mit der Handfläche nach oben aus. »Ich fühlte eure Magie, Daja und Briar . . .« Sie schloss die Hand und öffnete die Augen. »Sie geht in Richtung Südmauer.« Als sie anfingen loszulaufen, fügte sie hinzu: »Vielleicht ist es auch nur bei uns so, dass die Blitze nicht weh tun . . .«

»Ihre Magie springt auf uns über«, sagte Briar. »Also glaubt die Magie vielleicht, wir wären ein Teil von ihr? Ich hoffe nur, Tris denkt nach, bevor sie jeden verbrennt, der nicht ein Teil von ihr ist.«

»Wenn wir sie gefunden haben, haue ich ihr eine runter«, drohte Daja. »Sie ist das anstrengendste Mädchen, das ich kenne.«

»Wie lange dauert es noch, bevor die da drin merken, dass wir weg sind?«, fragte Briar. »Wahrscheinlich nicht allzu lange, wenn Kleiner Bär so weitermacht.« Sie rannten schneller.

Tris rannte nicht; sie war zu dick und es wäre dumm gewesen, sich so zu verausgaben, dass sie die Mauer nicht mehr hinaufsteigen konnte. Während sie durch das Gras stapfte, rief sie sich alle unangenehmen Erinnerungen wach. Gefühle waren der Schlüssel zu ihrer Fähigkeit, Dinge zu zerstören, oder nicht? Sie rief sich die Gesichter ihrer Eltern vor Augen, als sie einem völlig Fremden erzählt hatten, dass sie nichts mehr von ihr wissen wollten. Sie erinnerte sich daran, wie Uraelle ihr die Bücher weggenommen hatte, wenn die Hausarbeit nicht so erledigt war, wie sie es sich vorgestellt hatte, und sie erinnerte sich an die Mädchen im Schlafraum, die sie wegen ihres Aussehens aufgezogen hatten. Sie dachte an die Jungen, die sie als fett beschimpft und grunzende Geräusche gemacht hatten.

Die Winde kamen, zogen an ihren Kleidern und zerrten an den Funken in ihrem Haar. Sie zausten Tris, als sie die Treppe in der Nähe des Südtors emporstieg.

»Runter hier!«, rief ein Wachmann und rannte auf sie zu. »Hier ist es zu gefährlich für dich.«

Ein Windstoß erfasste ihn und warf ihn zu Boden. »Bleibt mir fern!«, warnte ihn Tris. »Ich möchte Euch nicht verletzen.«
Er stand auf und kam wieder auf sie zu. Sie schickte einen stärkeren Windstoß in seine Richtung, der ihn an die Mauer presste. Tris blickte sich um und sah weitere Wachen und auch einige Magier auf sich zukommen.
Sie musste alle von sich fern halten. Winde hierfür zu benutzen kostete sie nicht viel Kraft, da die Winde ja bereits da waren. Sie brauchte nur ein klein bisschen Magie, um sie dorthin zu schicken, wo sie sie haben wollte. Sie in Gang zu halten würde sie jedoch ablenken und dabei konnte sie keinerlei Störung gebrauchen.
Niko hatte den vier Kindern einmal erzählt, dass sie, wenn sie in eine schwierige Situation kämen, einfach ihren Geist öffnen und sich von der Magie leiten lassen sollten. Das tat Tris jetzt.
Das Bild eines Kreises erschien vor ihrem geistigen Auge. Rosendorn und Lerchenfroh hatten schon magische Kreise geschaffen, um die Magie darin einzuschließen. Wer sagte, dass man einen solchen Kreis nicht auch nutzen konnte, um Leute fern zu halten?
Sie fuhr mit den Fingern durch ihr Haar und sammelte eine Hand voll Funken. Als sie sich kurz umblickte, sah sie, dass sich jetzt die Magier mit den Wachen näherten. Schnell formte sie die Funken und achtete nicht auf das Brennen, das sie dabei verspürte. Sie deutete mit der Hand, die den Funkenball hielt, auf den schmalen Weg vor sich auf der Mauer und begann sich zu drehen. Jetzt zog sie einen Kreis von Blitzen. Sein Feuer strömte nach unten und brannte ein Loch in den Boden, bis sie den Kreis geschlossen hatte. Sie war jetzt völlig eingeschlossen, mit gut zwei Fuß Platz um sie herum. Sie ließ den Kreis mit einer Fingerbewegung wachsen, bis er in ihrem Rücken und an den Seiten

eine Wand von über fünf Ellen Höhe bildete. Vor ihr lagen die Mauerbrüstung und die Bucht. Jetzt konnte sie mit der Arbeit beginnen.

Tris fasste zwei Hand voll Wind. Sie flocht sie ineinander, denn wie sie bei Lerchenfroh und Sandri gelernt hatte, verwandelte das Zusammenspinnen schwache Fäden in eine starke Schnur. Als sie fertig war, trat sie in ihrem Kreis von Blitzen einen Schritt zurück, sodass die Schnur aus Wind sich genau in seiner Mitte befand. Grimmig drehte sie ihren Finger im Uhrzeigersinn. Der Wind begann sich zu drehen.

Er holte sich andere Windfetzen und wuchs höher und wurde immer breiter. Schließlich schickte sie ihn in die Luft und ließ ihn die Dornenhecke auf der anderen Seite der Mauer berühren. Zweige und Dornen wurden von der Windhose aufgesogen, die damit zu einer dornigen Waffe wurde.

Einmal hatte Tris versucht einen Wasserzyklon zu lenken und er war nur zehn Ellen hoch gewesen. Als ihre Windhose jetzt dreißig Ellen hoch war, höher als die Mauer, auf der sie stand, holte sie ihn aus dem Dornengebüsch zurück. Mit einigen Handbewegungen schickte sie ihn nach vorne.

In dem Augenblick, als er das Meer erreichte, verwandelte er sich in einen Wasserzyklon. Er wurde breiter und wuchs immer weiter, während er sich auf die Piratenflotte zubewegte. Doch dann stieß der Wasserzyklon auf die magische Barriere der Piraten und blieb stehen.

»Amerin«, zischte Tris, um sich wütender zu machen, und drückte ihre Schöpfung vorwärts. »Amerin und die Zimmerer und deine armen Sklaven!« Wieder und wieder schleuderte sie den Wasserzyklon gegen die Wand, ohne Erfolg.

»Jetzt weißt du, warum du uns brauchst.« Sandri marschierte durch die Mauer aus Blitzen und sah Tris vorwurfsvoll an. »Du hättest warten sollen.«

Soldaten und Magier standen in respektvoller Distanz von Tris' glühendem Schutzwall. Daja nickte ihnen ernst zu, als sie und Briar Sandri durch die Blitze hindurch in den Kreis folgten.

Tris starrte sie verblüfft an. »Es hat euch nicht weh getan?«

»Es brennt ein wenig«, sagte Daja und rieb sich die Arme.

Briar baute sich vor Tris auf. »Du kannst die Piraten nicht ohne uns fertig machen«, sagte er zu ihr.

»Sie werden bald merken, dass wir fort sind«, erklärte Sandri. Alle vier wussten, wer mit »sie« gemeint war. »Wir brauchen mehr als diesen Kreis, damit sie uns nicht aufhalten können.«

»Das war das Beste, was ich schaffen konnte.« Tris schickte mehr Winde hinaus, um den Wasserzyklon zu halten, und lächelte grimmig, als er noch länger und breiter wurde.

»Aber zusammen können wir es besser«, erklärte ihr Sandri. »Am besten, du nimmst diesen Kreis weg und ich webe uns einen neuen.«

»Zuerst den neuen«, schlug Daja vor, »und dann erst den alten entfernen. Sonst packen uns die Wachen da draußen.«

Sandri nickte. Sie legte ihre Handflächen flach gegen die Barriere aus Blitzen und achtete nicht auf den Schmerz, als das Feuer auf ihrer Haut brannte. Sie suchte in ihrem Geist nach dem Netz, das sie am Nordtor gesichert hatte. Faden um Faden webte sie es gegen die Barriere aus Blitzen, schneller, als das Auge folgen konnte.

Als Sandri fertig war, nahm sie ihre Hände weg. »Wir werden stärker sein, wenn wir uns vereinen«, sagte sie zu ihren Gefährten.

Tris schloss die Augen und rief ihre Schutzwand zu sich. Die Blitze verwandelten sich in einen Strom weißer Hitze, der in ihre zu einer Schale geformten Hände floss. Als sie alles in Händen hielt, rollte sie es zu einem glühenden Ball und legte ihn auf die Mauer vor sich.

Die vier schlossen die Augen und vereinten sich, wie sie es bereits einmal während eines Erdbebens getan hatten. Daja war sich nicht sicher, ob sie solche Nähe ertrug. Briar ging es genauso. Sandri überschüttete sie mit beruhigender Wärme und erinnerte sie daran, dass es ja nur für den Augenblick war, dann richtete sie ihre ganze Aufmerksamkeit auf die mondscheinblasse Wand, die sie geschaffen hatte. Sie berührte sie mit ihrer gemeinsamen Stärke und ließ sie erstrahlen.

Gehen wir, sagte Tris.

Nicht so schnell, erwiderte Daja. *Hast du denn nicht zugehört? Da sind Magier-Fallen in der Barriere. Wir müssen uns vergewissern, dass wir nicht in eine davon geraten.*

Wir wissen ja nicht einmal, wie sie aussehen, wandte Sandri ein.

Wir müssen die Mauer nur genau ansehen, sagte Briar. *Seit Tagen sehen wir Magie. Lasst uns die Unterschiede herausfinden.*

Die vier verließen ihre Körper auf der Mauer und ihr Geist eilte zu der magischen Barriere. Sandri suchte nach Veränderungen in ihrem Aufbau, Tris nach Sturmzentren, Daja nach rostigen Stellen. Aus seiner langen Erfahrung beim Klettern in fremde Gärten und Häusern wusste Briar, dass man sich nicht nur auf seine Augen verlassen durfte: Geldsäcke zahlten immer noch für zusätzliche Sprüche, die die eigentlichen Sprüche verdecken sollten. Er glitt ganz langsam über die silbrig glänzende Wand und tastete sie ab.

Hier, sagte er schließlich. *Und hier und hier.*

Wir brauchen gar nicht weiterzusuchen, sagte Tris. *Wenn wir die Barriere in der Mitte zwischen diesen Stellen treffen, könnten wir es schaffen.*

Lass uns von deinem Wasserzyklon noch enger ineinander wirbeln, schlug Daja vor. *Um uns stärker zu machen.*

Briar hinterließ einen Tupfer grünes Feuer, um ihr Ziel zu markieren. Die vier schwebten zum Trichter des Wasserzyklons, der sich vor der magischen Barriere auf der Stelle drehte.

Briar sagte bewundernd: *Diesmal hast du ein richtiges Ungeheuer geschaffen, Lockenkopf.*

Fangen wir an!, rief Tris und ließ sich in den Trichter des Wasserzyklons fallen. Die anderen folgten ihr. Die Wassermassen des Zyklons erfassten sie und wirbelten sie herum, während Wind und Wasser sie nach unten ins Meer zogen. Sie merkten, wie sie sich noch stärker miteinander verbanden, stärker und immer stärker eins wurden.

Daja spürte auch Hitze, die Hitze eines Schmiedefeuers, das sie wärmte und zusammenschweißte. Wie viel von ihrer Kraft würde zwischen ihnen ausgetauscht sein, wenn sie dies überlebten? Es gab keine Möglichkeit darüber nachzudenken, denn sie rasten gerade in atemberaubender Geschwindigkeit in das spitze Ende des Zyklons und wurden sofort wieder nach oben getragen.

Nur noch ein klein wenig, dachte Tris, als sie sich der Trichteröffnung näherten. *Nur noch ein klein wenig . . . noch ein wenig . . .*

Sie schossen aus dem Zyklon heraus und prallten gegen die Barriere. Der Schutzwall gab etwas nach. Die Magie der Barriere fühlte sich nicht länger wie ein glattes und festes Ganzes an.

Noch einmal, beschloss Sandri.

Sie kehrten zum Zyklon zurück und ließen sich erneut hineinziehen. Auch er drehte sich immer schneller und die vier fühlten sich mächtig und voller Zorn. Sie schossen aus dem Trichter und zielten auf den grünen Fleck, den Briar an der Barriere angebracht hatte.

Der Wall zersprang wie Glas und schon raste auch der Wasserzyklon hindurch. Er erfasste die vorderste Galeere in der ersten Reihe der Flotte. Holzstücke flogen davon, als er die Ruder an der Backbordseite verschlang. Die vier Kinder lösten sich voneinander, bereit, an die Arbeit zu gehen.

Briar sah sich um. An der Küste, wo er und Rosendorn so hart gearbeitet hatten, um eine Dornenhecke wachsen zu lassen, waren nackte, verkohlte Flächen, wo Schlachtenfeuer alles verbrannt hatte. Gerade in diesem Augenblick wurde ein Beiboot an den Strand gezogen, seine Besatzung war bereits an Land. Sie warfen Beutel mit Schlachtenfeuer auf die verbliebenen Dornen und setzten sie in Brand, schufen Landeplatz für weitere Angreifer. Zwei Männer, die vor Magie schimmerten, schirmten die anderen vor den Sprüchen der Verteidiger des Verschlungenen Kreises ab. Briar warf einen Blick auf die Mauerbrüstung. Da war das Schimmern von Sandris Schutznetz, in denen sich die Körperhüllen der vier befanden. Die meisten der Soldaten und Magier, die sie kurz zuvor umringt hatten, waren inzwischen verschwunden, um die an der Küste gelandeten Piraten abzuwehren. Den roten Haarschopf des Geweihten Himmelsfeuer konnte Briar nirgends entdecken, doch es war ein langer Weg vom Haus Disziplin bis zum Südtor. Der General würde bald da sein, da hatte er keinen Zweifel. Himmelsfeuer wurde gebraucht, in der Bucht warteten sieben weitere Boote mit Piraten und ihren Schutzmagiern darauf, dass sie landen konnten.

Briar würde das nicht zulassen. Er sank in die Erde, um die Dornenhecke neu wachsen zu lassen.
Daja umrundete eine Galeere. Wo sollte sie anfangen? Das Metall des Katapults sah viel versprechend aus.
Sie dachte an den gestrigen Tag zurück. Kurz bevor Eisenbart die Kette gehoben hatte, hatte sie ein Schaudern gefühlt, wie wenn ein Knochen durchgesägt wird. Sie rief sich dieses Schaudern jetzt in Erinnerung und legte die Stärke ihrer Verbindung zu den anderen drei hinein. Sie befahl dem Metall sich zu erheben.
Holz knarrte, als Nägel darum kämpften, zu entkommen. Waffen erhoben sich, rissen sich aus dem Griff ihres Besitzers. Metallbeschläge stiegen in die Luft. Daja zog alles auf die dem Wind abgekehrte Seite des Schiffes und ließ dann das gesamte Metall ins Wasser fallen. Nach und nach entzog sie dem Schiff alles Metall und ließ ein Wrack zurück.
Plötzlich musste sie Atem holen. Oben auf der Mauer öffnete sie ihre wirklichen Augen und blinzelte, um durch das weiß strahlende Licht ihres Schutznetzes hindurchsehen zu können. Nur einige Soldaten standen unmittelbar vor ihnen und hielten nervös ein Auge auf die vier. Die Magier des Südtores, angeführt von Mondenstrahl, verteidigten die Bucht gegen eine Gruppe von Piraten, die gerade landeten. Andere Geweihte hatten sich entlang der Mauer verteilt. Sie wussten jetzt, dass die magische Barriere der Flotte zerstört war. Als Himmelsfeuer auf der Mauer auf und ab lief, Befehle schrie und auf Ziele deutete, war jeder, der feuern konnte oder Seile und Ketten zum Leben erwecken konnte, bei der Arbeit. Unsichtbare Hände schoben Piraten über Bord. Die Ruder auf den Schiffen kamen sich mit einem Mal ständig in die Quere.

Eine Galeere explodierte mit einem Knall. Jemand hatte es geschafft, die Schwarzpulverladung des Schiffes zu entzünden.
Daja kehrte zu ihrer Aufgabe zurück. Ein Magier mit einem spiegelgleichen Messingschild hielt Feuerpfeile von den Katapulten seines Schiffes fern. Nun, sie würde sehen, wie lange er diesen Schild noch halten konnte.
Nachdem die magische Barriere der Piraten in Stücke gegangen war, rief Tris den Ball aus Blitzen, den sie neben ihrem Körper auf der Mauer zurückgelassen hatte, zu sich. Wo war Enahar? Würde der oberste Magier nicht auf dem größten Schiff sein? Ganz sicher musste er doch in der Nähe des Piratenführers sein, oder?
Sie betrachtete die größten Galeeren. Jede hatte Männer und Frauen an Bord, in denen magisches Feuer glühte; das also war kein Hinweis. Der Schnellsegler in der Mitte der Flotte jedoch hatte noch mehr Magier an Bord als die anderen. Unter der roten Flagge, die jedes Schiff gehisst hatte, befand sich bei diesem Schiff noch eine kleinere blaue Flagge mit gekreuzten schwarzen Schwertern. Dies musste das Flaggschiff sein.
Das ist für Amerin!, schrie sie und zog den Ball in ihren Händen zu einem langen Streifen. *Für die Zimmerer und die Soldatin, die Hunde gern gehabt hatte! Das ist für die toten Eltern meines Staren!* Sie schleuderte den Blitz mit all ihrer Kraft und legte ihren ganzen Zorn hinein. Der Blitz streckte sich während des Fluges noch weiter und traf das Flaggschiff mittschiffs.
Es ging sofort in Flammen auf. Tris zuckte zusammen, obwohl ihr magischer Körper von umherfliegenden Wrackteilen nicht getroffen werden konnte. Es regnete brennendes Holz und glühend heißes Metall. Segel fingen Feuer. Ein brennender Mast fiel auf eine kleinere Galeere und durchschlug das Deck. Das Schiff explodierte.

13

Tris floh zurück in ihren Körper. Geschieht ihnen recht, dachte sie und öffnete ihre Augen. Ja, es geschieht ihnen ganz recht. Sie sind nur eine Horde von Dieben und Mördern.

Sie griff in ihre Tasche und zog Amerins Ohrring heraus. Er funkelte immer noch geheimnisvoll. Das bedeutete, Enahar war noch am Leben. Wenn er nicht auf dem Flaggschiff gewesen war, wo war er dann?

»Sandri?«, fragte sie.

Sandri öffnete die Augen und begann zu husten. Rauch von der verbrannten Dornenhecke erfüllte die Luft um sie. »Tris, das war furchtbar.«

»Sie wollten genau das mit uns machen«, erinnerte Tris sie.

»Ich weiß, du hast Recht.« Sandri schüttelte den Kopf. Piraten waren Abschaum und mussten vernichtet werden, das wusste sie auch. Es war nur schwierig, sich daran zu erinnern, wenn sie schrien.

»Enahar war nicht dort.« Tris zeigte ihr den Ohrring. »Ich muss ihn finden, Sandri. Er hat Schuld an allem. Er hat befohlen Amerin zu töten. Hilfst du mir ihn zu finden?«

Sandri nickte. Beide Mädchen schlossen die Augen und schickten ihr magisches Ich hinaus. Sie kamen an einem breiten Band von grünem Feuer vorbei, wo Briar und seine Dornen gegen landende

Piraten kämpften. Unter seinem Befehl schlugen die Kletterpflanzen wie Peitschen aus und zwangen die Eindringlinge zurück, während kleinere dornige Pflanzen sich in Ärmel, Kragen und Stiefel zwängten.

Im Meer wütete immer noch Tris' Wasserzyklon, zerschmetterte Ruder, fegte Menschen von Decks und verschlang Seile. Ein kupferfarbiger Schimmer hing über einem Schnellsegler. Das musste Daja sein. Sie hatte den Anker zu sich gerufen und er kam tatsächlich, erhob sich Stück um Stück. Sie zog ihn mittschiffs und ließ ihn fallen. Er durchschlug das Deck wie ein von einem Katapult abgeschossener Stein. Wasser sprudelte durch das Loch, während das Schiff zu sinken begann.

Tris sah sich überall um, suchte nach silbernen Punkten, welche die Magier kennzeichneten. An manchen Stellen waren es so viele, dass ihr Licht zusammenfloss und einen einzigen, großen Fleck bildete. Sie verlor darunter immer wieder den schwachen Schimmer vom Faden des Ohrrings.

Was ist das für ein magisches Muster?, wollte Sandri wissen. *Wozu dient es? Es ist jedenfalls riesig.*

Welches Muster?, fragte Tris verwirrt.

Siehst du es nicht? An Land, oben auf der Mauer, legte Sandri einen Arm um Tris. *Wie ist es jetzt?*

Tris' magischer Geist erhob sich höher über die Flotte. Jetzt, da sie in körperlichem Kontakt mit Sandri war, war das Muster klar, auch wenn Schiffe aus der Reihe fuhren oder völlig fehlten. Magische Fäden reichten von Magier zu Magier. Das Muster endete in einem schmalen Schiff am Ende der Flotte. Andere Fäden führten davon weg, nach Westen Richtung Sommersee. Tris wusste, dass sie bei den Magiern der Flotte vor Sommersees Hafen endeten.

Sandri berührte den Faden, der von Amerins Ohrring wegführte, und verdunkelte ihn von Silber zu einem Dunkelgrün, bis er sich deutlich gegen die Umgebung abhob. Auch er führte zu diesem Schiff.

Gut so?, fragte Sandri.

Vielen Dank, erwiderte Tris.

Auf der Mauer nahm Sandri ihren Arm weg. *Hab ein wenig Mitleid,* bat sie und blickte auf die Piraten und Sklaven, die im Wasser der Bucht schwammen.

Tris raste davon.

Sandri ließ sich tiefer fallen, um sich das Muster der Fäden genauer ansehen zu können. Irgendetwas stimmte nicht. Sie kam noch näher, bis sie über einem Schiff schwebte, in dem drei magische Fäden zusammentrafen. Behutsam berührte sie diese Verbindung.

Schwärze schlang sich um ihre Augen, ihren Mund, ihre Arme. Sie kämpfte heftig, aber etwas fesselte ihr magisches Selbst. Es war unmöglich, sich zu befreien. In der Ferne spürte sie, wie ihr Schutznetz auf der Mauer zusammenfiel. Nun konnte jeder sich ihren Körpern nähern. Sie konnte nur beten, dass das auch jemand tat, und zwar bald.

Daja suchte sich einen neuen Schnellsegler aus, den sie angreifen konnte. Hier war etwas Vertrautes: eine Menge feiner Kohle, wie die, die sie und Eisenbart in der Schmiede benutzten. Knallpulver!, dachte sie erfreut.

Dieses Schiff schien eine Art Vorratslager zu sein. Daja tastete mit ihren Sinnen vorsichtig weiter, bis sie die Eingangstür fand. Silbernes Licht flackerte daran, nicht jedoch nicht auf dem Metall-

riegel. Wenn sie lediglich die Tür öffnete und wie ein Blasebalg hineinblies . . . Eifrig berührte sie den Riegel.
Ein unsichtbares Netz schlang sich um sie und verschnürte sie wie eine Raupe in einem Kokon. Ihre Kraft entwich. Wer stahl ihre Magie?
Sie versuchte nach den anderen zu rufen, doch ihre Verbindung zu ihnen war unterbrochen.

Endlich rannten sie davon, dieser Abschaum, der ihn und seine Freunde hatte versklaven wollen. Briar schlang eine dornige Ranke um eine der langsameren Eindringlinge. Ihre Kameraden schnitten die Frau frei, zogen sie in ihr Boot und stießen sich ab. Briar ließ sie fliehen. Die vier und fünf Ellen hohen Ausläufer der Algen, die in der Bucht wuchsen, würden sich ihre Ruder schnappen. Sollten sie ruhig da draußen in der Sonne ohne Wasser sitzen, bis sie verbrannt waren, wie sie es mit seinen armen Pflanzen getan hatten.
Er glitt langsam zwischen den mit spitzen Dornen versehenen Pflanzen hindurch und überlegte, was er als Nächstes tun sollte. Etwas Glitzerndes stach ihm ins Auge. Einer der Piraten hatte etwas fallen lassen, was aussah wie ein goldenes Medaillon. Es schimmerte mit einem Hauch von magischem Feuer. Briar hielt es für ein Schutzamulett. Zumindest sah es so ähnlich aus, wie die Amulette, die er früher gestohlen hatte. Wenn er es versteckte, konnte er es für sich behalten, sobald die Piraten verschwunden waren. Er hatte das Gefühl, das würde nicht mehr lange dauern. Ihre Flotte sah nicht mehr so gut aus.
Er beugte sich vor und berührte das Medaillon.
Ein unangenehmer Klang wie das Zuschlagen einer Gefängnistür

hallte mit einem Mal in seinem Kopf. Plötzlich war er eingeschlossen, unfähig, sich zu bewegen oder um Hilfe zu rufen. Noch schlimmer – viel, viel schlimmer – war, dass seine Kraft schwand. Seine Magie nahm zusehends ab und ohne sie verdorrten seine Pflanzen. Sie fielen in sich zusammen. Der Weg zum Verschlungenen Kreis war jetzt für jeden frei.

Tris war auf dem Weg zu dem Schiff, als sie wieder gegen eine Barriere stieß. Sie wich zurück und untersuchte sie. Sie drehte sich wie ein Zyklon und konzentrierte ihre Macht auf einen kleinen Punkt, durchbrach die Barriere und setzte ihren Weg fort. Sie traf auf eine zweite Barriere dieser Art und auf eine dritte. Diese zu durchbrechen brauchte sie noch weniger Zeit als bei der ersten.

Sobald sie sich über dem Schiff befand, griff sie zurück zu ihrem Körper oben auf der Mauer und rief die Funken in ihrem Haar. Sie formte sie zu einem langen Streifen. Der Blitzstrahl hatte sie fast erreicht, als eine magische Stimme sprach.

Sehr eindrucksvoll, Blitz-Mädel. Dennoch . . . wenn ich du wäre, würde ich mich lieber einmal umsehen. Wenn du diesen Blitz auf mich schleuderst, werden dir die Konsequenzen nicht gefallen.

Sie hatte diese kalte, metallische Stimme vorher schon einmal gehört. Wo?

Auf der Felseninsel. Während Niko ihre Sehgläser mit Magie versehen hatte, war eine Unterhaltung an ihr Ohr gedrungen. Einer der Sprecher hatte zu jemand anderem gesagt: *Erledige deinen Teil und deine Schuld wird bezahlt sein.*

Die Stimme des anderen war ihr damals vertraut vorgekommen und kein Wunder – es war Amerin gewesen. Sie hätte schon die ganze Zeit wissen müssen, dass ihr Vetter in Schwierigkeiten war.

Nimm's ihm nicht übel, Mädchen, sagte der Magier Enahar. *Ich habe sehr geduldig nach Amerin gefischt. Ich muss zugeben, ich hätte nie erwartet, dass er mir einen so großen Fang bringt wie dich.*

Ihr habt ihn ermordet!, schrie sie.

So wie ich deine Freunde ermorden werden, wenn du deine Magie nicht von mir fern hältst. Sieh dir doch noch einmal mein magisches Muster an.

Sie tat, was er sagte, und sah zu ihrem Entsetzen, dass die Fäden Daja, Sandri und Briar gefangen hielten. Schlimmer noch, Tris konnte sehen, dass ihre Magie von ihnen abfloss.

Keine Sorge, sagte er fröhlich. *Sobald sie sich ausgeruht haben, wird ihre Magie wiederhergestellt sein und ich kann sie erneut benutzen. Was für ein Fang ihr vier doch seid! Wie stark, in diesem zarten Alter! Ihr müsst mir erklären, wie ihr es geschafft habt, euch miteinander zu verbinden.*

Ich werde es Eurem Leichnam erklären, erwiderte Tris und versuchte tapferer zu klingen, als sie sich fühlte. Sie hatte ihre Freunde in diese Sache mit hineingezogen . . .

Aber ich wollte es doch nicht, dachte sie verzweifelt. Ich bin ja allein gegangen!

Du hast gewusst – geahnt –, dass sie dir folgen würden, sagte eine kleine Stimme in ihrem Hinterkopf.

Dein Benehmen lässt noch zu wünschen übrig. Diesen Dummköpfen vom Verschlungenen Kreis scheint nicht klar zu sein, dass die Jugend Disziplin braucht. Nun, wir haben Zeit daran zu arbeiten. Du schuldest mir einiges, Kleine. Die Stimme schien noch kälter zu werden. *Du hast meine Schwester Pauha getötet, als du den Blitz auf ihr Schiff geschleudert hast.*

Gut, fuhr Tris ihn an. *Das freut mich sehr.* Ihre Freunde sahen aus, als würden sie schlafen. Sie durfte nicht zulassen, dass ihnen etwas geschah.

Lasst meine Freunde gehen und ich werde Euch dienen, sagte sie zu ihm und dachte: Vorher bringe ich mich um.

Einen solchen Fang freilassen? Mach dich nicht lächerlich!

Oben auf der Mauer öffneten knochige Finger ihre Hand mit Amerins Ohrring darin. Sie pressten etwas Leichtes in ihre Handfläche und schlossen ihre Hand wieder.

Niko hatte ihr eben den Faden gegeben. Ihr eigener Knoten – derjenige, der sie an feuchte Frühlingswinde und kräftigen Donner erinnerte – lag direkt über dem goldenen Ohrring. Tris' Hand schloss sich um ihn.

Die Anwesenheit ihrer Lehrer stärkte die Kinder. Lerchenfroh schlang Sandris Hand um einen Knoten, der sich anfühlte wie Garn und schimmernde Seide. Eisenbart tat das Gleiche für Daja, nachdem er ihren Körper mit den starr offen stehenden Augen näher zu Tris gerückt hatte. Rosendorn half Briars Körper sich mit seinem Teil des Fadenkreises zu verbinden.

Jetzt, flüsterte Briar. Die drei Gefangenen warfen sich gegen ihre Fesseln.

Noch einmal!, schrie Tris. Silberne Buchstaben und Luftschleier stiegen von Enahars Schiff auf. Sie wollte nicht, dass sie davon berührt wurde.

Eins, zwei, drei!, schrie Daja. Die Gefangenen warfen sich gegen ihre Fesseln. Die Magie, die sie hielt, wurde spröde und brach. Sie waren frei.

Enahar brüllte auf vor Wut. Überall um ihn herum wurde das Netz der Magie blass.

Ich glaube nicht, dass ich genug Kraft habe, um zu kämpfen, sagte Daja nervös. *Eisenbart? Kannst du mir helfen?*

Breite Hände fassten ihre Schultern. Es fühlte sich an, als ob gerade eben die Sonne hinter ihr aufgegangen sei. *Ich dachte schon, du würdest mich niemals fragen,* sagte er.

Lerchenfroh vereinte ihre Magie mit Sandris, Rosendorn tat das Gleiche mit Briar. Tris wartete, bis ihr klar wurde, dass Niko nicht ungebeten seine Magie mit ihrer vereinen würde. Er achtet die Gesetze der Magie, dachte sie. Dann sagte sie nur: *Bitte!*

Niko fügte seine Magie an ihre. Erneut wurden die vier eins, doch jetzt war ihre Kraft durch die Magie ihrer Lehrer verstärkt. Alle acht formten nun eine magische Klinge und fuhren hinunter, hieben auf die Fäden ein, die Enahar mit den Magiern der Flotte in der Bucht verbanden. Als Nächstes kappten Tris und ihre Freunde seine Verbindung zu den Magiern vor Sommersee. Als auch diese Bande gelöst waren, war Enahar abgeschnitten, ganz allein. Er zog silberne Schilde hoch, starken Schutz, der schwer zu durchbrechen sein würde.

Tris streckte eine Hand aus. Der Blitz war in ihrer Nähe geblieben, als Enahar sie verhöhnt hatte. Jetzt fügte er sich in ihren Griff. Sandri fütterte ihn mit der Kraft der magischen Spindel. Briar fügte die grüne Stärke von Stacheln und Dornen hinzu. Von Daja kam das weiße Glühen der Hafenkette.

Tris deutete auf Enahars Schilde. *Schlag ein,* flüsterte sie.

Der Blitz durchfuhr die Luft. Die Schilde und Enahars Schiff explodierten.

Schattenfinger schlossen sich um Tris und zogen sie aus Nikos Griff.

Wenn du mich so sehr willst, dann kannst du mit mir kommen!, knurrte der sterbende Enahar. Er zog Tris fest an sich und zerrte sie in die Dunkelheit.

Lerchenfroh und Sandri öffneten auf der Mauer des Verschlungenen Kreises ihre Augen. »Da ist etwas, was sie an ihn bindet«, sagte Lerchenfroh.

Sandri drückte Tris' zur Faust geballten Finger auf und nahm den Fadenkreis fort, sodass der goldene Ohrring zu sehen war.

Niko, der völlig grau im Gesicht aussah, war in seinen eigenen Körper zurückgekehrt, genau wie Briar, Rosendorn, Eisenbart und Daja.

»Ich denke, ich weiß, was zu tun ist«, sagte Daja. Sie nahm den Ohrring und legte ihn auf den Stein vor sich. Einige Funken zuckten noch immer in Tris' Haar. Sie sammelte sie ein. Sandri sponn sie zusammen und verwandelte sie in einen kleinen Blitzstrahl.

Briar fasste ihn und zielte damit auf den Ohrring. »Schlag ein«, flüsterten er, Daja und Sandri gemeinsam.

Der Blitz traf den Ohrring und verwandelte ihn in einen Tropfen flüssiges Metall.

Tris befreite sich aus Enahars Griff, während der Magier sich in Nichts auflöste. Ihr Geist erhob sich aus den Tiefen, in die Enahar sie gezogen hatte, bis er sich auf den Wellen des Meeres wieder fand. Auf diese Weise zurückzukehren mochte zwar eine Weile dauern, aber sie war zu schwach, um sich höher hinaufzuschwingen und auf einer Brise zurückzureiten. Die Flut würde sie schon nach Hause bringen.

Als sie so dahintrieb, blickte sie sich um und entdeckte das Grauen. Überall brannte Schlachtenfeuer und setzte die Überreste von Schiffen in Brand. Körper trieben zwischen Wrackteilen, manche davon standen in Flammen.

Das waren die Galeerensklaven, wurde Tris mit einem Mal klar.

Sie hatten keine Möglichkeit gehabt sich zu befreien. Wie viele von ihnen hatte sie getötet? Und wie viele trugen keine Schuld, außer dass sie nicht in der Lage gewesen waren zu entfliehen – oder zu kämpfen –, als Piraten sie überfielen?

Reine magische Kraft – sie kam von Lerchenfroh – war es, die Tris schließlich fand, wie sie zwischen den Toten trieb. Wie von einem Netz wurde sie eingefangen und nach Hause gebracht.

Tris hörte Jubelschreie und öffnete ihre Augen. Als ihre Knie anfingen zu zittern und sie zusammenbrach, fingen die anderen drei Kinder sie auf. »Warum denn dieses Theater?«, fragte sie matt. Von hier oben konnte sie die Wracks sehen und auch die leblosen Körper, die an den Strand gespült wurden. Ich kann das nicht mehr aushalten, dachte sie und schloss die Augen.

»Sieh doch!« Sandri deutete eifrig aufs Meer hinaus.

Es waren die Seestreitkräfte von Emelan, die die Halbinsel umrundeten. Die überlebenden Piraten der in der Bucht liegenden Flotte taten ihr Bestes zu entkommen, bevor die Seeleute des Herzogs sie erwischten.

»Du solltest lieber deinen Wasserzyklon entzwirbeln«, meinte Briar zu Tris. »Dem Herzog würde es sicher nicht gefallen, wenn seine Schiffe davon verschluckt würden.«

Die Piraten flohen. Manche liefen geradewegs den Leuten des Herzogs in die Arme, manche entkamen. Herzog Vedris versprach seinem Volk, dass er eine Streitmacht gegen die Fehde-Inseln aussenden würde, um die Piraten auszuräuchern. Jeder wusste, dass sie zurückkommen würden, wie sie es seit Jahrhunderten taten, doch das gesetzestreue Volk hätte zumindest einige Jahre Frieden, bevor es wieder so weit war.

Zwei Tage lang taten die Kinder nichts anderes als essen und schlafen, außer Tris, die sich um ihren Vogel kümmerte. Eisenbart kehrte zurück in seine Kammer über der Schmiede. Niko kehrte in seine übliche Unterkunft zurück.

Am dritten Tag suchte Tris Rosendorn und fand sie draußen zwischen ihren Tomatenpflanzen. »Ich bin beschäftigt«, sagte die Geweihte gereizt und band einen der Stängel entschiedener als nötig an seinen Stützstab.

Tris war von dieser Begrüßung nicht so abgeschreckt, wie sie es noch vor einer Woche gewesen wäre. »Ich würde Euch gern um einen Gefallen bitten.«

Rosendorn wandte sich um und schob ihren breitrandigen Hut nach hinten, um Tris' Gesicht besser sehen zu können. »Die Antwort ist nein.«

Tris lächelte fast. »Niko sagt, er wird die nächsten Tage beschäftigt sein. Bis mein Unterricht beginnt, möchte ich gern nachmittags im Lazarett helfen. Sie brauchen dort Leute, die Wasser und Essen holen und so weiter. Ich kann es aber nur tun, wenn sich jemand um Kreisch kümmert.«

»Kreisch?«

»So nenne ich ihn, weil er das dauernd tut.«

»Verstehe.« Rosendorn wischte Erde von einer Tomate. »Warum das Lazarett?«, fragte sie.

Tris wollte die Antwort darauf schon verweigern, überlegte es sich dann aber doch anders.

»Lerchenfroh sagt, dort sind die verwundeten Piraten. Es ist meine Schuld, dass manche von ihnen hier sind, also . . . sollte ich ein wenig helfen.«

»Es wird dir nicht gefallen«, warnte Rosendorn sie. »Es stinkt fürchterlich nach Erbrochenem, verfaultem Fleisch und viele von den Verletzten haben Verbrennungen. Sie werden es dir nicht danken.«

Lerchenfroh hatte das Gleiche gesagt. Es war nicht so, dass Tris ihnen nicht glaubte. Das tat sie durchaus. Das änderte aber nichts an der Tatsache, dass sie etwas tun musste, um die Geister der im Meer treibenden Toten zu verscheuchen, die ihr im Traum erschienen.

»Das erste Mal in meinem Leben, dass mir jemand für irgendetwas gedankt hat, war hier. Ich bin also nicht so daran gewöhnt, dass ich es von den Menschen erwarte.«

Rosendorn band eine weitere Pflanze fest. »Nur nachmittags?«, fragte sie.

Tris nickte.

»Na gut. Heute Abend werden du und ich darüber reden, was demnächst mit Kreisch – Mila, welch ein Name! –, mit Kreisch passieren soll. Er wird bald so weit sein, dass er fliegen kann.«

Tris nickte.

»Also, dann los. Bring ihn in meinen Arbeitsraum. Ich höre ihn schon, wenn er gefüttert werden muss.«

Rosendorn und Lerchenfroh hatten Recht. Es war ganz sicher nicht angenehm im Lazarett. An den heißen Nachmittagen musste Tris wegen des Geruchs immer wieder hinausrennen, um sich zu übergeben. Wunden mussten gesäubert werden, die schmutzigen Verbände in kochendem Wasser gewaschen und zum Trocknen aufgehängt werden. Eimerweise schleppte sie Wasser, bis ihr Rücken, ihre Beine und Arme schmerzten. Von der groben Seife wurden ihre Hände rot und rissig. Jeden Abend musste Daja sie wecken, weil sie in ihrer

Wanne in den Bädern des Erdentempels einschlief. Niemand dankte ihr außer den Heilern, und auch das nur selten. Die gefangenen Piraten, die die Strafe des Herzogs erwartete, sobald es ihnen besser ging, fluchten, zogen sie an den Haaren oder schlugen ihr Dinge aus den Händen. Die wenigen Sklaven, die gerettet worden waren, starrten nur wortlos an die Decke.

Am achten Tag, an dem Tris im Lazarett arbeitete, brachten die Geweihten die geheilten Verbrecher zum Gerichtshof des Herzogs in Sommersee. Nun gab es nur noch halb so viele Patienten und Tris hatte den Auftrag erhalten den Boden einer inzwischen leeren Krankenstube zu schrubben. Sie war zur Hälfte damit fertig, da hörte sie Schritte. Als sie aufblickte, sah sie Niko.

»Bist du bereit für die Fortsetzung unseres Unterrichts?«, fragte er.

Sie schob ihre Sehgläser hoch. »Wenn ich mit dem Boden fertig bin.«

»Hast du irgendwelche Vorstellungen, auf welches Gebiet deiner Talente wir uns konzentrieren sollten?«, fragte Niko beiläufig.

Ihre Antwort kam sofort. »Ich muss lernen mich zu beherrschen. In jeder Beziehung. Alles andere, denke ich, muss warten.« Das Wasser im Eimer fing an zu brodeln und Tris starrte auf die Blasen, damit Niko nicht sah, wie ihr Mund zitterte. Sie fürchtete langsam, sie würde den Rest ihres Lebens von ertrunkenen Sklaven träumen müssen. »Ich möchte nicht, dass dies noch einmal passiert. Es darf nie, nie mehr passieren.«

»Wenigstens hast du es erkannt«, sagte er leise und rollte seine Ärmel hoch. »Du hättest auch ein zweiter Enahar werden können, der vom menschlichen Leid lebt.«

Sie sah ihn aus ihren grauen Augen nachdenklich an. »Die anderen Magier – waren sie alle Sklaven? Amerin sagte, solange Enahar ihn mit seinem Blut an sich band, musste er tun, was er ihm sagte. Aber . . . er liebte auch das Geld, Niko. Das Geld und die Macht. Ich konnte es spüren.«

»Die meisten Magier dienten ihm freiwillig«, war die ruhige Antwort. »Doch wenn Amerin versucht hätte sich Enahar zu widersetzen, hätte er dafür mit seinem Leben bezahlt.«

»Schmutzige Jishen«, flüsterte Tris und schrubbte heftig den Boden. Niko besorgte sich eine zweite Bürste und half ihr die Arbeit zu beenden.

Später an diesem Nachmittag wollte Tris sich gerade daranmachen, Kreisch am großen Tisch zu füttern, als Briar eine kleine, bedeckte Schüssel zu ihr brachte. Sandri und Daja folgten ihm – er hatte angedeutet, dass es sich lohnen würde.

»Rosendorn sagt, du sollst das hier füttern«, informierte er Tris und reichte ihr die Schüssel.

»Rosendorn?«, rief Tris.

»Das ist sein natürliches Futter«, kam die Antwort aus dem Arbeitsraum. »Wenn du jetzt nicht damit anfängst, wird er nicht überleben, wenn er freigelassen wird.«

Briar entfernte den Deckel der Schüssel mit einer schwungvollen Bewegung. Tris blickte hinein und fuhr zurück. In der Schüssel krümmten sich zwei Regenwürmer, eine Hand voll Maden und eine kleine weiße Raupe. Kleiner Bär stellte sich auf seine Hinterbeine, um ebenfalls in die Schüssel spähen zu können. Daja fasste ihn am Kragen und hielt ihn fest, falls der Welpe beschließen sollte, es sei an der Zeit, Vogelfutter zu versuchen.

Kreisch meldete sich lautstark.

»Lass sie in sein Nest fallen«, schlug Tris Briar vor.

»Geht nicht. Rosendorn sagt, sie müssen in seinen Schnabel gefüttert werden, genau wie sonst auch.« Briar reichte ihr eine kleine Metallpinzette. »Damit geht's besser. Komm schon, Vogel-Fräulein, er will sein Abendessen.«

»Ich hasse Insekten«, entgegnete Tris. »Sie ... winden sich immer so.«

»Komm schon, Kaufmannstochter«, sagte Daja mit einem Grinsen. »Du bist mit Piraten und einem Erdbeben fertig geworden, hast dich sogar Rosendorn gestellt – was sind da schon ein oder zwei Insekten?« Zu Briar gewandt fragte sie: »Hat sie noch nie Heuschrecken gegessen? Gegrillt sind sie ja besser, aber frisch sind sie auch nicht schlecht.«

Tris würgte.

»Es ist nichts darin, was fliegen kann, oder es wäre schon längst weg«, sagte Briar. »Mach dich an die Arbeit, Lockenkopf! Wir haben nicht bis in alle Ewigkeit Zeit.«

»Kannst du es nicht machen?«, bat Tris Sandri. »Du fürchtest dich doch vor gar nichts.«

Sandri legte die Hände auf ihren Rücken. »Ich bin nicht seine Mama«, erwiderte sie mit einem Grinsen.

»Ich auch nicht!«, rief Tris. Als Antwort drückte Briar ihr die Pinzette in die Hand.

»Die Raupe kriecht davon«, bemerkte Daja. Sie warf sie zurück in die Schüssel.

»Du machst es!« Sofort reichte ihr Tris die Pinzette. »Du magst Insekten!«

Daja grinste und trat einen Schritt zurück. »Sandri hat Recht. Ich bin auch nicht seine Mutter.«

Keiner von ihnen achtete auf das Nest. Das Tuch, das es bedeckte, wurde hin- und hergezerrt und fiel schließlich herunter. Der Nestbewohner kletterte heraus. Fast flügge, war Kreisch jetzt etwa eine Handspanne groß, vom Kopf bis zum Hinterteil, mit noch einmal zwei Zoll für den Schwanz. Er hatte immer noch graue Stoppelfedern, doch seine schwarzen Augen waren lebhaft und weit geöffnet. Er wackelte laut kreischend über den Tisch.

Der Hund floh. Die vier Kinder beobachteten Kreisch.

»Vielleicht frisst er aus seiner Schüssel«, schlug Daja vor. Sie schob sie ihm hin.

Kreisch watschelte, ohne innezuhalten, zu Tris. Als sie ihre Hand nach ihm ausstreckte, pickte er sie heftig in den Finger.

»Au! Kreisch . . .«

Er kreischte und pickte wieder. Tris wich zurück.

Kreisch lief nach vorne und fiel über den Tischrand. Sandri und Tris stießen gegeneinander, als sie beide versuchten ihn aufzufangen. Als Tris ihn aufnahm, pickte er sie wieder. Sie hielt ihn in den Händen und zuckte zusammen. »Dieser Schnabel ist scharf!«, beschwerte sie sich.

»Ich tu alles für ein wenig Ruhe und Frieden.« Briar nahm die Pinzette, griff einen Wurm und hielt ihn über Kreisch. Das Vogeljunge versetzte Tris einen letzten Hieb mit dem Schnabel, streckte sich in ihrer Hand und öffnete seinen Schnabel ganz weit. Briar ließ den Wurm hineinfallen. Kreisch schluckte. Er schien zu überlegen, was er gerade verzehrt hatte.

»Na, das ist schon besser«, bemerkte Sandri mit einem Seufzer.

Kreisch fing wieder an zu schreien.

»Jetzt bin ich an der Reihe.« Daja nahm die Pinzette und bot dem Vogel die Raupe an. Kreisch biss sie entzwei und gestattete Daja die eine Hälfte noch zu halten, während er die andere Hälfte verschlang. Sobald der erste Teil des Leckerbissens in seinem Bauch war, holte er sich den Rest.

Sandri nahm einen Regenwurm zwischen ihre Finger. Kreisch akzeptierte dieses Angebot auf die gleiche Weise, wie er es bei der Raupe getan hatte. Er verspeiste es in kleinen Bissen.

»Du bist an der Reihe, Mama.« Briar zog das Nest heran, damit Tris ihren Schützling zurück in sein Bett setzen konnte. Kreisch beschwerte sich.

Langsam und vorsichtig nahm Tris mit der Pinzette eine Made und zuckte zusammen, als ihr fester Griff das Opfer quetschte. Sie hielt die Pinzette über den offenen Schnabel des Vogeljungen und ließ die Made fallen.

Alle klatschten. Kreisch blinzelte, seufzte und legte sich für ein Nickerchen zurecht.

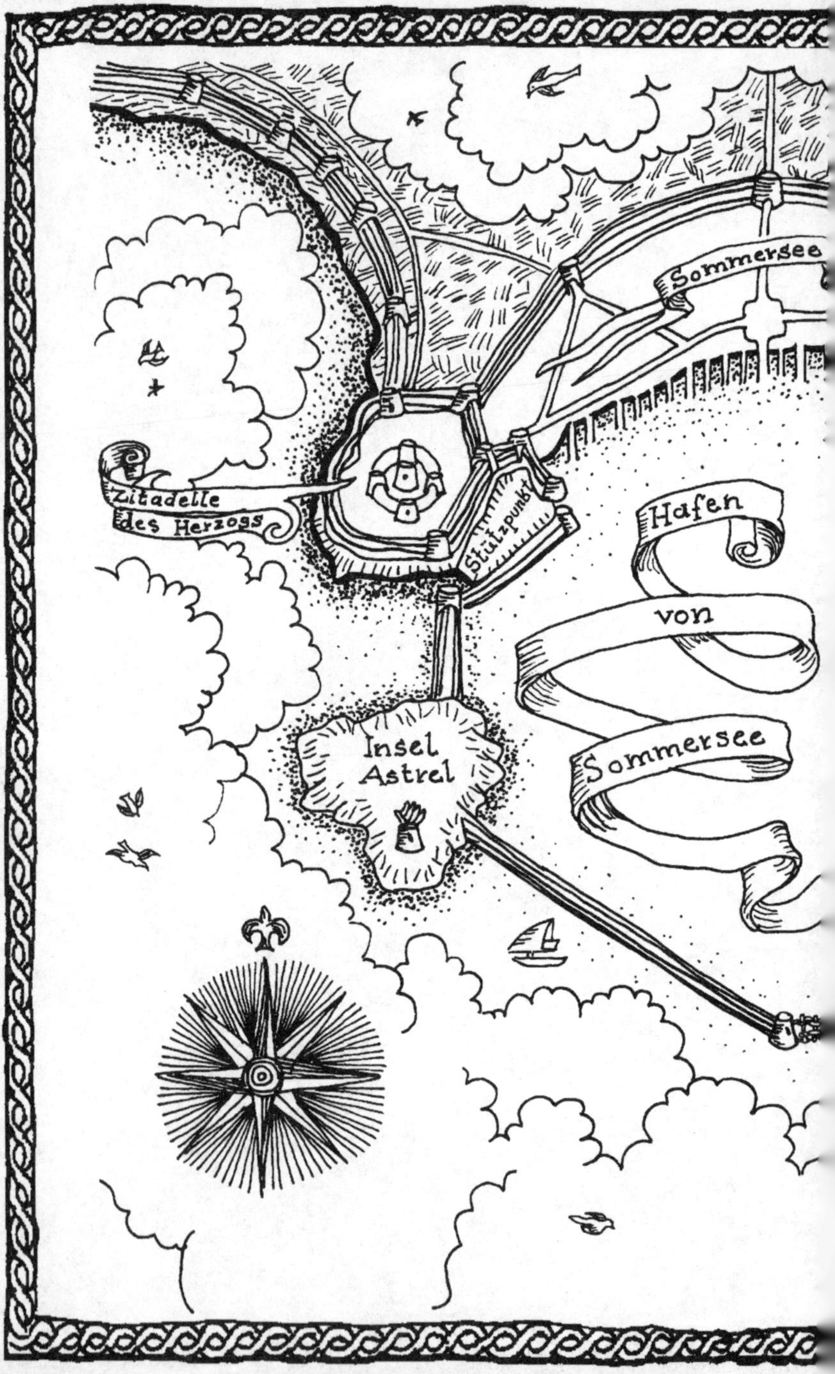
Sommersee
Zitadelle des Herzogs
Stützpunkt
Hafen von Sommersee
Insel Astrel

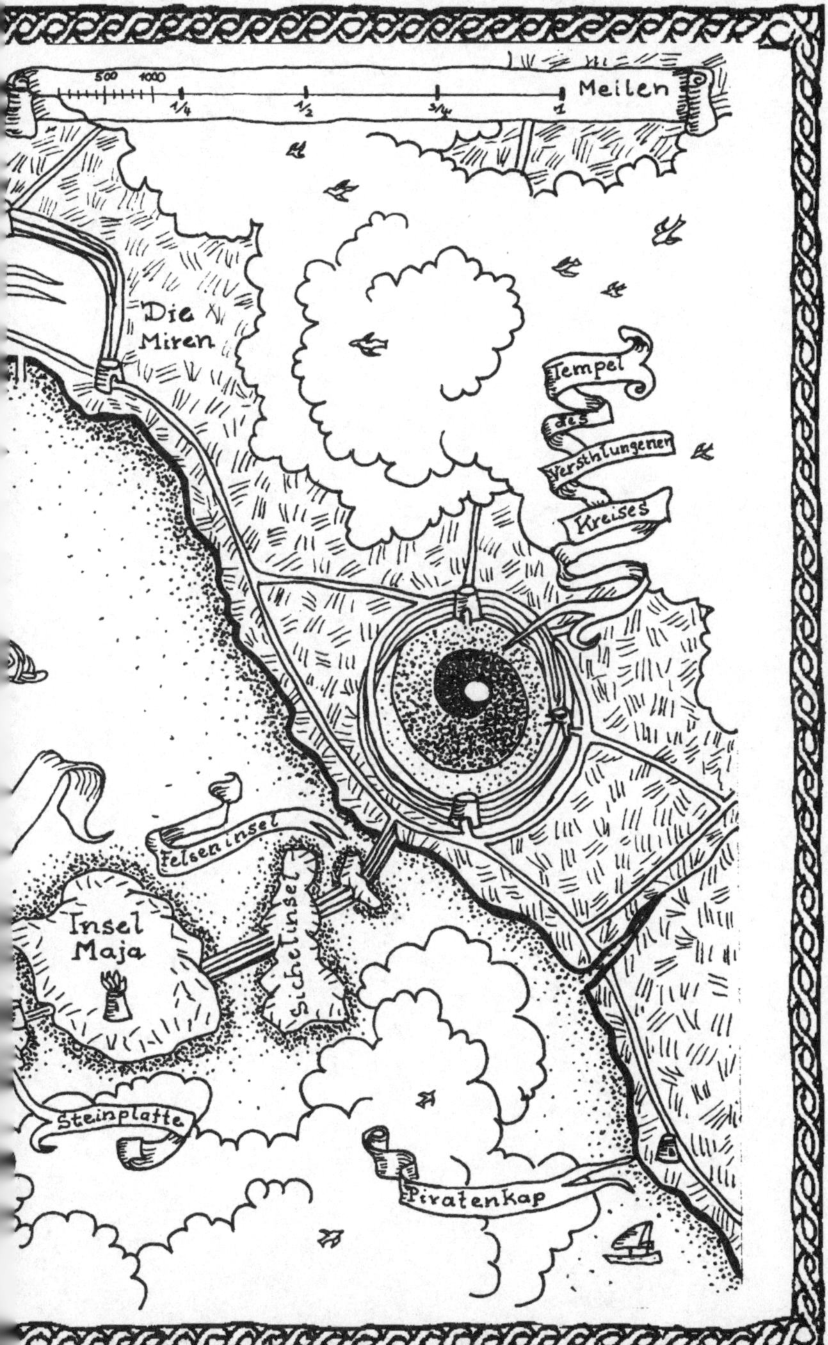
500
1000
1/4
1/2
3/4
1
Meilen
Die Miren
Tempel des Versthlungenen Kreises
Felseninsel
Sichelinsel
Insel Maja
Steinplatte
Piratenkap

Isolde Heyne

Malvea

und der Herr der Adler

Mit harter Hand regiert Targos die Menschen im Tal der Adler. Seine allgegenwärtigen geflügelten Helfer lassen die Bewohner keinen Augenblick unbeobachtet, ein mächtiger Strahlenschild hindert die Menschen an der Flucht. Malvea, die ungeliebte Tochter und Erbin des gefürchteten Targos, ist voller Hass auf den grausamen Herrscher – denn er hat Malveas Mutter unendlichen Schmerz zugefügt. Doch Malvea spürt auch Verletztlichkeit unter der Maske der Macht: Ihr Vater ist schwer krank und braucht Hilfe. Wird sie ihn retten können? Und wird er danach den Mut haben, den Menschen die Freiheit zu schenken? Wird er verstehen?

Arena Taschenbuch-Band 2815.
232 Seiten. Ab 12

Arena